"Purple Haze Feedback"

아련한 기억의 뒤편에 정지한
떠나간 동료들과 함께했던 날들
벗으로 선택받은 황홀감에 취해
미래에도 계속될 것이라 믿었던 영광
모든 것이 허무한 꿈이 되어 사라지고
온기조차 저편으로 희미해지고
죽어버린 보랏빛 안개가 말없이 감도네

수치심 없는
퍼플 헤이즈

수치심 없는 퍼플 헤이즈

죠죠의 기묘한 모험
제5부의 또다른 이야기

Purple Haze Feedback

Hirohiko Araki × Kouhei Kadono

문학동네

HAJISHIRAZU NO PURPLE HAZE

-JOJO'S BIZARRE ADVENTURE-

©2011 by LUCKY LAND COMMUNICATIONS, Kouhei Kadono

First published in Japan in 2011 by SHUEISHA Inc., Tokyo.
Korean translation rights in Republic of Korea arranged by SHUEISHA Inc.
through Shinwon Agency Co. and The Sakai Agency Inc.
Korean edition, for distribution and sale in Republic of Korea only.

INDICE

Illustration* Hirohiko Araki
Design* Yoshiyuki Seki for VOLARE inc.

공허하고 무의미한 꿈속
이기적인 공포의 환영이
흉악한 바이러스처럼
너를 산산조각 내리

— RAGE AGAINST THE MACHINE
〈SNAKECHARMER〉

아폴론 신전 유적이라 불리는 폐허에 두 사람의 그림자가 있었다.

한쪽은 사내였고, 다른 한쪽은 소녀였다.

때는 한밤중. 그리고 신월新月의 밤.

희미한 별빛밖에 비치지 않는 시커먼 세계 속에서 사내는 쓰러져 있는 소녀의 몸을 내려다보고 있었다.

"으, 으으으…"

괴롭게 신음하고 있는 소녀를 향해 사내는 차갑게 말했다.

"불러라."

"으으으으…"

"불러라, 푸고를— 놈을 이리 불러라. 비명을 질러서 도와달라고 불러라."

사내의 목소리에는 일말의 자비도 없었다. 칠흑 같은 살의만이 응고된 듯한 잔혹함, 오로지 그뿐이었다.

"으으으…"

소녀는 신음할 뿐, 움직일 수 없었다. 손발은 말도 안 되는 방향으로 구부러져 있었다. 자력으로 도망치는 것은 불가능했다. 그런 그녀에게 사내는 냉혹하게 단언했다.

"저항은 무의미하다— 네 의지 따위, '매닉 디프레션'으로 제어되는 육체 반응 앞에서는 무력할 뿐이다."

그러더니 사내는 소녀의 목을 거칠게 움켜쥐었다. 그 손가락이 피부를, 살을 파고들어갔다.

절규가, 밑바닥 꺼진 어둠으로 뒤덮인 밤에 울려퍼졌다.

＊

이것은 한 발짝 내딛기가 불가능한 자들의 이야기.

미래는 아무런 전망이 없고, 추억 역시 안식을 주지 않는다. 과거로도 미래로도 가지 못하고, 현재에 꼼짝없이 매여 있는 자들의 발버둥━ 그에 대한 기담奇譚이다.

그들이 발버둥치는 것은 어떠한 형태로든 한 발짝 내딛고 싶다고 생각하기 때문인가, 전진할 것인가, 후퇴할 것인가, 그것은 아무도 알지 못한다. 그들 자신은 물론, 그들을 그런 운명으로 떨어뜨린 세계 역시 아무것도 알지 못한다.

확실한 것은 단 한 가지, 그들이 서 있는 발판은 점점 붕괴하고 있으며, 이제 더이상 같은 곳에는 머무를 수 없다는 사실뿐이다.

내일도 없고, 고향도 없다. 그 와중에 사람은 어디서 희망을 발견하는가, 혹은 무엇에 절망해 분노를 쏟아내는가━ 그 의문을 한 소년에게 맡기고서 따라가보도록 하자. 그의 이름은 판나코타 푸고. 사람들에게 배반자라고 멸시당하고, 수치심도 없는 자라고 욕을 먹는 그가 어떤 운명에 도달하게 될 것인가, 그것은 그의 선택에 달려 있다.

수치심 없는

"Purple Haze Feedback"

퍼플 헤이즈

Vittorio Cataldi
비토리오 카탈디

Ⅰ. vitti 'na crozza 해골의 노래 ....

그날—

이탈리아 밀라노에 있는, 세계에서도 손꼽히는 축구 경기장 '주세페 메아차'는 기이한 분위기에 휩싸여 있었다. 떠들썩한 것은 아니었다. 떠들썩함은 이곳에서 일상이었다. 언제나 열광적인 지지자들이 몰려오고, 거기에 돈 냄새를 맡은 장사치들이 또 몰려오고, 게다가 소란을 통제할 경찰들까지 와 있는 것이 보통이었다. 에너지가 넘쳐흐르고 공기는 뜨거운 열기로 충만해 있는 것이 일상의 모습이었다.

그랬는데 지금은, 그날로 말할 것 같으면 원래는 현지 홈 팀이 인근 숙적 팀과의 결전에 나서는 시합 당일이었음에도— 수용 인원 80,018명을 자랑하는 거대 스타디움의 관중석은 텅 비어 있었다. 손님뿐만 아니라 시합을 해야 할 선수들의 모습도 찾아볼 수 없었다.

아무도 없었다.

활짝 갠 하늘 아래 이상할 정도의 정적이 그 공간에 펼쳐져 있었다.

그 위를 비행선이 천천히 떠돌고 있었다. 시합도 없는데 마치 스타디움 피치 위를 촬영하고 있는 것처럼 체공하고 있었다.

그 비행선의 기낭에는 눈에 띄지 않을 만큼 작은 크기의 디자인 서체로 '스피드왜건'이라는 글자가 적혀 있었다.

그 승무원들은 아무도 없는 스타디움을 내려다보며 긴장한 얼굴로 서로를 향해 고개를 끄덕였다. 그리고 손에 든 통신기로 어딘가에 연락을 했다.

"문제없습니다─ 스타디움 주변에는 아무도 없습니다."

"좋았어."

그 통신을 받은 사내는 달리 아무도 없는 스타디움의 관중석에 모습을 드러내더니, 상공의 비행선을 향해 보란듯이 손을 흔들었다. 찰칵찰칵, 하고 라이트가 점멸하며 그의 모습을 확인했음을 알렸다.

"그럼 당신들은 계속 관찰 좀 해줘. 알고 있을 거라고 생각하지만, 나한테 무슨 일이 생기면 즉시 튀라고."

"알겠습니다. 조심하십쇼, 귀도 미스타."

통신을 끊더니 그 사내─ 미스타는 부츠로 손을 뻗어 그 안에 꽂혀 있던 권총을 꺼내 익숙한 손놀림으로 쥐고서, 스타디움 맞은편의 선수 입장용 출구를 향해 외쳤다.

"좋아, 됐다─ 나와도 된다, 실라E."

그의 목소리는 낮지만 맑은 울림을 지닌 것이, 오페라 가수처럼 낭랑했다.

10초 정도 정적이 이어진 뒤, 평소였다면 선수들이 정신 집중

을 하며 등장할 곳에서 사람 그림자 둘이 터덜터덜 천천히 걸어
나왔다.

한 사람은 실라E라고 불린 소녀였다. 아직 다 성숙하지 않은
듯 앳된 티가 남아 있는 용모였지만, 무엇보다 이질적인 것은 그
눈빛이었다. 날카로운 맹금류와 같은, 응시한 모든 것을 급강하
해 물어뜯어 두 동강 내버릴 것만 같은 살기가 넘쳐흘렀다. 얼
굴에는 흉터가 몇 군데 남아 있었지만 그것을 신경쓰는 기색도
없었다.

그리고 그 실라E에게 떠밀리듯, 어깨가 축 늘어진 소년이 망
설이듯 발을 비틀비틀 옮기며 피치의 잔디를 밟고 앞으로 걸어
나왔다. 귀에 달린 딸기 피어싱이 불안정하게 흔들렸다.

실라E와 소년이 미스타의 전방 20미터까지 접근했을 때,

"거기까지, 다—"

라는 명령에 멈춰 섰다. 실라E는 호령에 행진을 멈추는 병사
처럼 기민하게 반응했지만 소년 쪽은 움찔, 하고 경련하는 듯한
움직임을 보였다.

미스타의 권총이 그를 겨누고 있었다. 그 총구가 안면의 중심
을— 미간과 입술 사이, 콧날 살짝 위쪽을 딱 겨누고 있었다.

흥, 하고 미스타가 가볍게 콧소리를 냈다. 그리고 소년을 내려
다보며 입술을 삐죽 내밀고 말했다.

"오랜만이다, 응?"

그 말에 소년은 어색한 동작으로 고개를 들었다.

소년을 응시하는 미스타의 눈은 얼음처럼 차가웠다.

"푸고 너 인마. 지금까지 뭐 하고 지냈냐?"

"……"

그는 대답할 수 없었다. 무슨 말을 해야 할지, 머릿속에 아무것도 떠오르지 않았다.

"우리 쪽 조사에 따르면 네가 지난 반년 동안 바에서 피아노를 쳤다던데… 뭐야, 너 인마, 피아노 같은 것도 칠 줄 알았냐? 난 또 그런 줄도 몰랐지. 꽤 오래 알고 지낸 사이였는데 말이야"

"……"

"역시 있는 집 도련님 출신은 달라요. 이래저래 고상한 취미를 갖고 계시네, 응?"

"…니야."

그 말에 푸고가 들리지 않게 뭐라고 중얼거렸다. 미스타는 즉시,

"앙? 뭐라고? 너 지금 뭐라고 했지—? 얀마, 하고 싶은 말이 있으면 똑바로 해 좀."

라고 물었다. 푸고는 입가에 경련을 일으키며

"—딱히, 아무것도."

라고 굳은 목소리로 대답했다. 그러나 사실 그는 이렇게 말했던 것이다.

'아니야. 난 도련님 따위가 아니야.'

라고. 미스타의 눈썹이 살짝 치켜 올라갔지만, 더이상 추궁하지 않고 말했다.

"그럼 내가 질문해볼까. 너 인마, 나한테 뭐 할말 없냐? 궁금한 게 있을 텐데? 괜찮아. 대답해줄게, 질문하라고. 응?"

"———"

푸고는 몇 초 동안 입을 다물고 있었지만, 이윽고 결심한 듯 입을 열었다.

"정말— 죽은 겁니까?"

그 눈에는 견디기 힘든 고통이 어려 있었다. 그것을 본 미스타는 눈썹을 찡그리더니 실라E에게 시선을 돌려,

"이봐, 실라E, 귀 막아."

라고 명령했다. 그녀는 즉시 "예."라고 대답하더니, 저러다 피라도 나는 것이 아닐까 하는 생각이 들 정도의 힘으로 양쪽 귓구멍을 꽈악꽈악, 하고 손가락으로 틀어막아 바깥 소리를 완전히 차단했다. 그 철저한 충성심은 다소 병적인 인상마저 풍겼다. 그러나 미스타는 그런 건 개의치 않고 푸고를 향해 다시 시선을 돌리며,

"부차라티가 죽은 건 너도 알고 있는 모양이군."

이라고 나직한 어조로 말했다. 그 말을 들은 푸고의 얼굴이 사악―하고 파랗게 질렸다.

온몸이 부들부들 떨렸고, 어금니가 따닥따닥 울렸다. 갑자기 눈보라가 몰아치는 설산 속에 알몸으로 뚝 떨어진 것만 같은 표정을 짓고 있었다. 그것을 본 미스타는 계속해서 나직한 목소리로 말했다.

"그리고 나란차랑 아바키오도 죽었어. 너 인마, 그때 그랬지? ―뭐라고 했더라? 기억나냐?"

"＿＿＿"

"당신은 현실을 보고 있지 않아요. 이상만으로 이 바닥에서 살아남을 사람은 없습니다. 이 조직이 없으면 우리는 살아갈 수 없어요."

―그렇게 말했던 것을 푸고는 물론 기억하고 있다. 잊으려야 잊을 수 없었다. 그 직후 그는 자신이 인생을 걸었던 인물과 결별하고 말았으니까.

그것은 경솔한 행동이었을까? 사태를 이해하지 못한 어리석은 자는 그 자신이었던 것일까?

그는 지금까지 쭉 그 의문을 품은 채 살아왔다. 그 대답 가운데 일부가 지금, 눈앞에 있었다. 그때 그와 결별했던 다섯 가운데 한 명이 눈앞에 또다시 서 있었다.

"미스타 ─ 그게, 사실입니까?"

떨리는 목소리로 물었다. 적잖이 모호한 질문이었지만, 미스타는 그 말에 살짝 미소 지었다.

"아무래도 네 귀에도 소문이 들어갔나본데. 넌 어떻게 들었지?"

"그건 ─"

푸고는 힐끗, 하고 옆에 서 있는 실라E를 보았다. 그녀가 이 이야기를 듣는 것을 원치 않기 때문에 미스타는 그녀의 귀를 막은 것이다. 그렇다. 지금부터 할 이야기는 각오가 필요할 것이다.

"좋아요, 전 이렇게 들었습니다… 조직의 보스가, 지금까지는 수수께끼에 싸여 있던 보스가 그 정체를 드러냈다, 고. 그리고 그 이름은 ─"

"그 이름은?"

"죠르노 죠바나 ─ 그것이 바로 비밀 결사 '파시오네' 보스의 이름으로 나이는 불과 16세 ─ 나이가 어린 탓에 불필요한 반감이 일 것을 경계해 지금까지 비밀로 해왔지만, 배반자가 나와 그 정체를 파헤치려다 아무 상관도 없는 소녀가 휘말리는 사태로 번지는 바람에, 이제 더이상 감춰둘 이유가 없게 되어 정정당당히 모습을 드러내기로 했다—든가요."

"그래, 맞아— 넌 그게 거짓말인 줄 알고 있을 테지? 뭐니 뭐니 해도 직전까지 넌 우리와 함께 있었으니까 말이야. 그래—"

미스타는 계속 말을 이어가면서도 푸고를 겨냥한 권총을 잠시도 다른 곳으로 돌리지 않았다.

"진짜 보스, 디아볼로가 부차라티와 다른 자들을 죽이기 직전까지, 말이야."

"……"

푸고는 목이 바싹바싹 마르는 것을 자각하고 있었지만, 침을 삼킬 수조차 없었다. 그런 그에게 미스타는 차가운 목소리로 이야기를 계속했다.

"그래, 죠르노는 처음부터 보스를 쓰러뜨린 뒤 조직을 탈취할 목적으로 입단했고, 부차라티도 쭉 그 일에 협조했었어. 듣고 보니 그랬구나 싶더라고. 너도 짚이는 구석이 있었지? 팀과 처음 대면하던 시점부터 보통내기가 아니었고, 평범한 신입과는 오라가 달랐던 게, 녀석을 대하는 부차라티의 태도 역시 말단이라기보다 신뢰하는 파트너 같은 느낌이었어, 하고— 죠르노는 나한테 두 사람의 관계는 어디까지나 대등했다고 하지만 내가 받은 인상은 달라. 부차라티는 사실상 죠르노의 부하였어. 뭐라고 해야 하나, 느낌이 그랬어. 부차라티는 죠르노의 꿈을 이루기 위해서라면 목숨을 버릴 각오가 있었어― 그리고 그것을 이루고 디아볼로와 공멸, 죽은 거야."

"……"

"죠르노의 행동은 적절하고 정확했어. 또 재빨랐지― 눈 깜짝할 사이에 조직을 장악해버렸지. 진짜 기막히더라니까. 네가 들은 소문도 그쪽 관련 이야기겠지? 상당히 공공연한 일이었으니까 말이야."

"네― 맞습니다. 이전까지 숨어 있던 갱단의 왕자가 뒷세계 청소에 나섰다, 고― 도시 전설처럼 퍼져 있죠. 그리고 미스타, 당신이 넘버 투라고 그러더군요."

"아, 그건 좀 아냐. 그거지? 권총을 쓰는 엄청난 실력자가 보스의 심복이라는, 그 얘기지? 그건 사실이 아냐. 넘버 투는 폴나레프야. 난 넘버 쓰리고. 생각해봐. 2라는 숫자를 곱하면 4가 돼버리잖아? 4라는 숫자는 재수가 없다고― 내가 그런 불길한 걸 가까이 할 리 없잖아? 3이라면 그럴 걱정은 없지. 안 그래?"

미스타는 살짝 익살스레 말했다.

"―폴나레프? 프랑스인입니까?"

"넌 모르는 사내야. 그리고 이름을 알아봤자 의미가 없는 인물이지. 너로선 조사할 방법이 없을 테니."

"……"

푸고는 중대한 비밀이 분명한 사실을 상대가 알려주고 있다는 점을 상기하며, 새삼스레 자신이 이곳에 불려온 의미를 곱씹어보았다.

보스를 죽이고 조직을 탈취한다— 그런 말도 안 되는 행동에는 도저히 가담할 수 없어 부차라티 팀을 떠난 그에게, 새로운 조직의 전령 실라E가 은신처로 찾아온 것은 어제였다. 언젠가 이런 날이 오지 않을까, 싶기는 했지만 그러나— 이것은 상상 이상이었다.

'이건— 과거의 보스 이상 가는 권력이야…'

반년 전까지의 '파시오네'는 확실히 강대한 세력을 자랑하는 비밀 결사로, 대기업, 경찰, 정부 고관에게까지 거액의 뇌물 제공과 협박을 반복하며 지배력을 떨치고 있었다.

그러나 이것은— 차원이 달랐다.

그를 이 UEFA 5성 스타디움 '주세페 메아차'로 불러낸다— 오로지 그것을 위해 수만 명의 관중을 쫓아내고 스타디움을 무인지대로 만든다. 그런 이유만으로, 전 세계의 TV 방송국들과 방송권 계약이 되어 있는 시합을 연기시키려면 도대체 어느 정도의 영향력이 필요할까. 단순히 고위 정치가의 입김 같은 레벨로는 도저히 견줄 수 없다는 것은 확실했다. 이미 과거의 조직과는 비교도 되지 않았다. 게다가 저기 저 상공에 있는 비행선은 '스피드왜건 재단'의 것. 세계에서도 손꼽히는 종합 연구 기관의 협조까지 얻어낸 것이다. 어떻게 같은 편으로 삼은 것인지, 푸고는 짐작도 가지 않았다. 그리고 그 비행선이 연구 대상으로 감시하고 있는 자는, 물론—

'나, 겠지— 달리 또 누가 있겠어.'

푸고는 자신을 날카로운 눈으로 응시하는 미스타와 실라E의 시선에 따가움을 느끼기 시작했다.

"푸고, 넌 지금 무슨 생각을 하고 있지?"

미스타가 드디어 그 질문을 해왔다.

"넌 네 자신이 배신자라고 생각해? 부차라티와 다른 사람들을 버린 매정한 인간이라는 죄책감을 가지고 있냐고?"

"……"

"이런 말하기 좀 그렇지만, 서도… 네가 옳았다 해도 과언은 아냐. 실제로 부차라티랑 딴 사람들은 죽어버렸어. 동행하지 않았던 너만 살아남고. 나처럼 특별한, 행운의 별 아래에서 태어난 럭키 나이스 가이는 아슬아슬하게 목숨을 건지긴 했지만, 그런 걸 기대할 수 없는 너 같은 어정쩡한 녀석에겐 아무래도 무리였을 테지. 디아볼로와 죠르노의 어마어마한 싸움 속에서 생존

했을 가능성은 제로였을 거야. 머리 하난 잘 돌아가는 놈이었으니까 말이야, 넌. 그 판단은 역시 옳았어."

"……"

"그러니까 그건 그랬다 치고— 바로 지금이야, 문제가 되는 건. 지금은 어떻지? 네 생각은 어떻냐니까?"

"……"

푸고가 입을 꾹 다물고 있자 미스타는 귓구멍에서 손가락을 빼, 라는 손짓을 했다. 실라E가 쏙, 하고 다시 귀가 들리도록 손가락을 빼더니 자세를 바로 했다.

언제라도 공격할 수 있는 임전 태세에 들어섰다. 그러더니 미스타는 나직한 목소리로,

"푸고— 꺼내."

라고 말했다. 그 말을 들은 실라E의 눈은 한층 더 날카로워졌고, 푸고의 얼굴은 점점 파랗게 질렸다.

"꺼내라니까— 네 '퍼플 헤이즈' 말이야."

"……"

푸고는 어금니를 악물었지만, 이윽고 그 말에 따랐다.

한순간, 푸고의 모습이 아지랑이 속에 있는 것처럼 이중으로 흔들렸다.

그리고— 그 흔들림만이 앞으로 걸어나왔다.

그것은 비유하자면 생령이 육체로부터 이탈해 제멋대로 걷고 있는 것만 같았다고나 할까. 푸고에게서 또하나의 인격이 분리돼 '형태'를 이뤘다— 그것이 푸고의 '능력'이었다.

녀석은 얼기설기 기운 몸에 핏발 선 눈을 부릅뜬 좀비 같은 모습이었다.

'퍼플 헤이즈'— 그것이 녀석의 이름이었다.

실로 무시무시한 푸고만의 능력이자 또하나의 푸고 자신이었다.

"그르르르르… 슈르르르르…"

'퍼플 헤이즈'는 무엇이 불만인지 시종 이를 갈고 있었다. 그 입에서는 계속해서 침이 뚝뚝 떨어지고 있었다.

푸고는 녀석의 모습을 보는 것이 싫었다. 너무 기분 나쁘다고 언제나 생각했다. 그러나 미스타는 그 기분 나쁜 모습에 아무 반응도 보이지 않고,

"자, 그럼— 푸고."

라며 권총을 겨눈 채 나직이 말했다.

"왜 네가 이곳에 이 한낮에 불려왔는지 알고 있냐?"

"_____"

"푸고, 네 능력은 엄청 위험해— 그 '퍼플 헤이즈'가 확산시키는, 가히 '살인 바이러스'라 할 만한 파워에 일단 감염되면 어떤 생물이든 흐물흐물 썩어 문드러져 죽어버려— 방어는 불가능하고. 감염을 컨트롤할 수도 없지. 버럭 화가 나 앞뒤 분별없는, 그런 노골적인 살의만이 덮쳐오는 것과 다를 바 없으니 말이야."

"———"

"하지만 그 '바이러스'가 빛에 약한 걸 난 이미 알고 있지— 그리고 사정거리는 끽해야 5미터 정도밖에 안 된다는 것도. 너도 알고 있지?"

"—예, 알고 있습니다."

"그래— 이 장소, 이 환경, 이 거리— 이 상황에서는 네 '퍼플 헤이즈'가 내 '피스톨즈'를 절대 당해낼 수 없어."

미스타는 계속해서 총을 겨누고 있었다. 총 자체는 평범한 권총이었고, 그 안에 든 것도 평범한 총탄에 불과했지만— 푸고에게는 보였다.

자신과 미스타 사이의 공간에 작은 요정 같은 모습을 한 존재가 둥실둥실 떠 있는 것이.

그것이 미스타의 '능력'이었다. 발사된 탄환의 궤도를 예측 불허로 변경시켜 상대의 그 어떠한 방어도 뚫고 정확히 급소를 직격하는 능력.

푸고가 아무리 '바이러스'를 확산시켜도 20미터 밖의 미스타에게는 닿지 않는데다, 이렇게 차폐물 하나 없고 직사광선이 눈부시게 내리쬐는 스타디움 한복판에서는 금세 바이러스가 죽어버려, 무력화될 것이 분명했다.

아무 상관도 없는 사람이 휘말리는 일 없이, 그러면서도 확실히 푸고를 즉사시킬 수 있는 간격이자 상황인 것이다.

'그리고—'

푸고는 후방 측면에 서 있는 실라E의 시선을 계속 느끼고 있었다.

이 소녀는 완벽한 '버리는 패'였다. 만에 하나 푸고가 계산 밖의 행동을 취할 경우 그에게 달려들어 움직임을 억누르는 것이 그녀의 역할이었다. 물론 바이러스 감염으로 죽는 것쯤은 이미 각오했을 것이다. 소녀는 목숨을 바치는 데에 조금도 주저하지 않는다. 그것은 처음부터 알고 있었다. 그녀에게는 그런 범상치 않은 낌새가 있었다.

포위는 완성되어 있었고, 달아날 곳은 어디에도 없다.

"알고 있습니다, 미스타—"

푸고는 떨리는 목소리를 자각하면서도 어찌어찌 말했다.

"당신이 절 죽일 생각이었다면 벌써 죽였으리란 건."

"흠…?"

미스타는 푸고의 고분고분한 말에 살짝 눈썹을 찡그렸다.

"왜 그래, 답지 않게? 궁지에 몰리면 버럭 화를 내며 금방 난폭하게 구는 게 네 성격 아니었나?"

"……"

"아니, 실은 네가 부차라티를 따라오지 않았을 때 난 솔직히 안심했다니까. 그렇잖아? 네가 이성을 잃고 무제한으로 바이러스를 확산시키기라도 해서, 거기에 휘말려 죽으면 어처구니가 없는 일 아니겠냐고. 안 그래?"

모욕이다. 틀림없다. 그러나 그것은 명백히,

'일부러 이러는 거야— 도발해서 내가 저항하길 바라고 있어. 그럼 사정없이, 아무 거리낌도 없이 날 쏴 죽일 수 있을 테니까. 실라E가 휘말리는 일 없이 날 즉사시킬 수 있을 테니까, 그런 거야.'

푸고는 이제야 비로소— 확신할 수 있었다. 자신이 여기까지 불려온 의미를 깨달았다.

그는 천천히 숨을 내쉬고 말했다.

"무제한이 아니에요."

"앙?"

"제 바이러스 공격은 여섯 번까지입니다. '퍼플 헤이즈'의 주먹에 달린 캡슐은 그게 전부니까, 하루에 대략 여섯 번까지밖에 공격할 수 없어요. 그건 당신도 알고 있을 텐데요?"

그 침착한 목소리에 미스타는 눈을 살짝 가늘게 떴다. 그도 푸고가 깨달은 것을 알고 있었던 것이다.

"다시 한번 묻겠어, 푸고. 넌 지금 어떤 생각을 하고 있지?"

"전 '파시오네'를 배반한 적은 한번도 없어요. 제 말이 틀렸습니까, 미스타."

"과연—"

미스타가 입을 삐죽거리더니 이내 크게 한숨을 쉬었다.

"말은 잘해요. 역시 머리 하난 잘 돌아가는데. 그럼 네가 이제부터 뭘 해야 할지, 알겠지? 넌 죠르노에게 다시 한번 충성을 맹세할 자격을 얻기 위해 '증명'을 해야 해."

"증명—"

"우리의 적이 아니란 걸 증명하기 위해 넌 가서 우리의 적을 죽이고 와야 한다 이거야— 그렇게 하지 못하면 그때는 내가 널 죽인다."

그 말에 부자연스러운 울림은 전혀 없었다. 위협도 아니었을 뿐더러 과장도 없었다. 담담히 사실을 고할 뿐이었다.

명령— 그 말에는 흔들림 없는 위엄이 있었다. 이 사내는 불과 반년 전만 해도 푸고와 마찬가지로 갱 조직의 말단이던 과거로부터 이미 먼 곳까지 와 있었다. 아득히 높은 위치로 올라가버린 것이다. 역력한 격차가 생겨나 있었다.

"____"

푸고는 따닥따닥, 하고 울릴 것만 같은 어금니를 필사적으로 소리 죽여 악물고 있었다. 뱀의 시선 앞에 놓인 개구리만도 못한 기분이었지만, 적어도 지금 즉시 처형되지 않으리라는 것만은 확실했다.

또다시 살아남았다—

안도해도 괜찮은 상황임이 분명했지만, 그러나 이때의 푸고는 어째서인지— 몹시 불쾌했다. 가슴속에서 괴로운 감정이 넘쳐흘러 그것을 억누르는 데에 급급했다. 온몸이 까칠까칠한 거스러미로 가득차는 듯한, 마치 불에 타는 것만같이 뜨겁고, 동시에 오싹할 정도로 차가운 감각이었다.

"가르르르르르…"

꺼내뒀던 '퍼플 헤이즈'가 갑자기 몸을 떠는 듯한 신음소리를 내는 바람에 푸고는 흠칫, 하고 정신을 차렸다. 미스타가 눈썹을 찌푸리며,

"이제 됐어. 녀석은 넣어둬."

라고 했기에, 푸고는 그 분신을 자기 안으로 돌려보냈다.

등뒤에서 실라E가 홍, 하고 바보 취급하듯 콧방귀를 뀌었다.

"자기 스탠드 하나 잠자코 있게 못 하다니. 대체 얼마나 자제력이 없으면 그 모양이야, 당신?"

푸고는 대꾸하지 않았다. 그러자 미스타가 중재하듯,

"앞으로는 다투지 말라고. 지금부터 너희는 함께 임무를 맡게 될 테니까 말이야."

라고 말을 꺼냈다. 그 말을 들은 푸고는 "엇?"하고 놀라며 외마디 소리를 지르고 말았다.

"이 소녀와?"

"물론 단둘은 아냐 ― 달리 또 사람을 붙여주겠어. 단독으로 해치울 수 있을 만큼 만만한 상대가 아니라서 말이야."

"상대…"

"표적은 한 사람이지만, 문제는 놈이 팀의 보호를 받고 있기 때문에 우리 쪽에서도 팀으로 나서지 않고서는 승산이 없어. 단체전, 그게 기본이지."

미스타가 날카로운 눈빛으로 푸고를 노려봤다. 그것은 상대의 만만찮은 강대함을 드러내는 것이었다. 푸고는 등줄기에 싸늘함을 느끼며 물었다.

"팀, 이라면… 설마."

미스타가 고개를 끄덕이며,

"그래— 구舊 '파시오네'의 어두운 유산인 '마약 팀' 녀석들이
지."

라고 말했다.

*

거의 같은 시각— 메시나 해협과 맞닿아 있는, 빌라 산 조반
니 항구의 구석진 창고 안에서 이미 상황은 움직이고 있었다.

"으, 으으으…"

사내의 신음소리가 휑하니 펼쳐진 어두컴컴한 공간에 울려퍼
지고 있었다.

그 사내 앞에는 한 소년의 모습이 있었다.

비쩍 마른 뺨에 깜짝 놀랄 만큼 큰 눈을 지닌 소년이었다. 그
눈꺼풀, 입술, 여기저기에 흉터가 잔뜩 나 있었다.

오래된 상처는 아니었다. 대부분이 딱지로 덮여 있었는데, 색
깔로 미루어볼 때 생긴 지 얼마 되지 않은 것 같았다.

그리고… 소년이 손에 쥔 단검이 지금, 같은 자리에 또다시 새
로운 상처를 내려 했다.

제 손으로 자기 얼굴에 상처를 내며 소년은,

"끽, 끼기긱, 끼기기기긱— 끼기익."

제 입으로 효과음을 내고 있었다. 그 표정은 흐리멍덩한 것이 통 생기가 없었고, 눈동자의 초점도 맞지 않았다. 그리고 어느 정도 피부에 상처를 다 냈는지 소년은,

"현대인, 은 말이야― 모자라다나봐."

뭐라 뭐라 중얼거리기 시작했다.

"여러 가지로 모자라다고 그랬…지? 아니, 영양이나 운동 같은 그런 거 말고, 원시인이랑 비교하면 좌우지간 그 뭐냐, 생활이었나? 일상이었나? 좌우지간 그런 게 모자라대… 맞아."

커억, 하고 갑자기 목구멍이 울렸다. 웩, 하고 뭔가 튀어나왔다. 가래처럼 보인 그것은 목구멍 안쪽의 상처를 덮고 있던 딱지였다.

"맞아― 생명, 살아 있다는 감각이 모자라다는 설이 있다나봐. 아니 정말로 진짜 에누리 없이 정말로."

소년은 입에서 피를 뚝뚝 흘리며 태연히 이야기를 이어갔다.

"그럼 어떻게 되느냐, 하면 말이야― 여기서부터야. 여기서부터가 정말로 진짜라 이거야. 생명 에너지가 모자라게 된 생물은 여지없이 멸종해버리는 것 같더라고― 그러니까 왜, 판다라고 있지? 걔넨 이미 글렀다나봐. 대나무만 먹고 다른 건 안 먹는 편식이 아주 결정적으로 절망적이래. 하지만 인류도 꽤 위험하다나봐. 사람이 필사적으로 문명 같은 걸 쌓는 건 생명 에너지가

바닥난 걸 얼버무리기 위해서라는 설도 있을 정도라니까. 아니 누가 그런 소릴 한 건지, 그런 시시콜콜한 것까진 모르겠지만 말이야. 아무튼 그래서 난 말이야, 그런 걸 피하기 위해 이렇게…"

끼기기기긱, 하고 또 새로운 상처를 자기 몸에 내기 시작했다.

"늘 자신에게 아픔이란 실감을 가해 생명을 환기하려는 거야. 무엇보다 그렇게 하지 않으면 멸종해버릴 테니까 말이야… 멸종은 하고 싶지 않거든—"

"……"

"그래— 뭐였더라? 당신, 할레였나? 훌레였나? 아, 살레였던가. 그런 이름이었지, 당신—?"

소년은 눈앞의 사내를 향해 친한 사이라도 되는 듯한 어조로 말했다.

"—큭…"

살레라는 사내 쪽은 온몸에서 식은땀을 흘리고 있었고, 미간에는 험악한 주름이 져 있었다. 긴장이 극에 달해 있었다. 그 역시 '파시오네'의 구성원으로 과거 조직의 간부였던 폴포의 유산을 둘러싸고 죠르노와 미스타 일행과 대립했던 과거가 있다. 푸고와 마찬가지로 그 실점을 만회하고자 지령을 완수해야만 하는 처지였다.

"그런데, 말이야― 살레*? 어째 영 짠돌이 같은 이름인걸. 응, 짠돌이처럼 생겼어, 당신― 우하하하하하하하하하하하 하하하하하하하하하하하하하하하하하하하하하하하하! 살레! 짠돌이처럼 생겼어! 우와! 엄청 웃기네!"

상처투성이 소년은 엉뚱하게도 갑자기 폭소하기 시작했다. 살레가 대답하지 않자 소년은 갑자기 웃음을 멈추더니 진지한 표정을 지으며 말했다.

"―이봐, 너한테 하는 얘기야. 내가 지금― 나 비토리오 카탈디가 얘기를 하는데 무시한다 이거냐? 무슨 놈의 성격이 그따위야, 짜샤⋯!"

"⋯⋯."

"앙? 어느 쪽이 옳다고 생각해? 예의 다 지켜가며 또박또박 조리 있게 얘기하는 나일까? 아니면 무례하게 입 꾹 다물고 아무 대답도 않는 너일까? 아니 이건 아무리 봐도 내가 옳은 거겠지? 불만의 여지없이 그런 거겠지?"

"⋯⋯."

"앙? 불만 있냐? 불만 있으면― 꺼내보든가, 네 능력을. 그 잘난 '크래프트 워크'인가 뭔가를 나한테 퍼부어보라 이거야⋯!"

---

* 살레: 이탈리아어로 '소금'을 뜻하는 말.

비토리오는 자신보다도 열 살은 더 많은 살레를 전혀 겁내지
않고 도발했다.

"……"

그 연하의 소년을 상대로 살레는 온몸의 털이 바짝 곤두서 있
었다. 그 역시 분명 여러 차례 지옥의 문턱을 넘나든, 심지어 미
스타와 대적하고도 죽지 않았을 정도로 불사신 같은 생존력을
자랑하는 사내였다.

그러나― 지금은 진심으로 겁이 났다.

눈앞에 있는 소년의 번뜩이는 눈동자가 그를 바라보고 있었
다. 그 눈동자는 뭔가가 결여되어 있었다.

인류가 어쩌고 문명이 저쩌고 하는 주제에― 그 눈동자에는
미래가 없었다.

자신이 장차 어떻게 되겠다 하는 비전이 없었다. 꿈도 희망도
정열도 없었다. 단지― 마음에도 없는 말과 '적의'만이 아무렇
게나 굴러다니는 것 같았다.

'이, 이 자식― 이런 놈이 정말 몇백 억이나 되는 막대한 이익
을 낳는 '마약 팀'의 멤버라고…?'

살레로서는 믿을 수 없었다. 마약 팀이라면 구 '파시오네' 안
에서도 노른자위 같았던 부분으로, 마음껏 꿀을 빨 수 있는 팀
이었을 텐데. 출세가도의 선두를 달리던 자들로, 돈이든 여자든

마음껏 손에 넣을 수 있었을 뿐만 아니라 뭐든지 좋을 대로 할 수 있는 위치 아니었던가.

그러나 지금 이 자리에 있는 것은 아무 지략도 지모도 없고 당장 짜증난다고 핏대를 잔뜩 세우는, 성미 급하고 시야 좁은 어린애에 불과했다. 게다가ー

'ー으으.'

살레의 시야에 들어온 것은 비토리오뿐만이 아니었다. 그 맞은편에 또 한 명ー 아까부터 꼼짝도 하지 않고 있는 사람 그림자였다.

깜짝 놀랄 만큼 하얀 피부에, 입술은 뚜렷한 윤곽이 없고 단지 새하얀 살에 희미한 붉은 기가 감도는 것처럼 느껴질 뿐이었다.

텅 빈 눈으로 아무것도 없는 허공을 응시한 채 입술을 살짝 벌리고 들릴 듯 말 듯 희미한 목소리로 뭔가 읊조리고 있었다.

라, 라라ー 라라라라, 라라, 라…

그것은 〈해골의 노래〉라는 유명한 민요였다. 그러나 원래대로라면 리드미컬하고 빠른 선율이, 질질 늘어지고 맥이 빠져 몹시 느슨하게 들려왔다.

소녀였다.

기른 것이라기보다는 단순히 자르는 것을 잊어버린 듯한 기나긴 머리칼이 바닥까지 늘어져 있었다.

움직이지 않고 지면에 주저앉아 있는 그 몸은 마른 나뭇가지처럼 가늘었다. 새하얀 목은 불안정하게 흔들리고 있는 것이, 당장이라도 부러져버릴 듯했다.

라, 라라, 레라레라, 레, 라라…

그녀의 이름은 안젤리카 아타나시오.

능력명은 '나이트버드 플라잉'― 단지 작은 새가 날아다니는 것으로밖에 보이지 않는, 파괴력 제로의 능력.

그러나 그것이 살레와 그의 파트너 주케로를 이 사지로 이끌었던 것이다.

"큭, 크으으―"

살레는 안젤리카를 노려봤다. 그러나 그녀는 전혀 살레에게 주의를 기울이지 않았다. 대담해서 그런 것이 아니었다. 그러한 인식이 불가능했던 것이다.

입에서 주룩 하고 침이 흘러내렸다. 그 침에는 살짝 피가 섞여 있었다. 구강 내 모세혈관이 터져 있어 출혈이 끊이지 않았던 것이다.

소녀는 누가 봐도 중증의 마약 중독이었다.

"—큭, 크으으…!"

미래 따위 알 바 아니란 듯 아무 생각 없는 소년과 애당초 장래가 존재하지 않는 마약 중독의 소녀— 그런 쓰레기라고밖에 생각이 되지 않는 상대가 지금, 자신을 몰아붙이고 있었다— 그 사실에 살레는 분노를 억누를 수 없었다.

앙다문 아랫입술이 찢어져 피가 흘러내리고 있었다— 그러나 살레는 그 고통을 느끼지 않았다. 너무나 분노가 큰 나머지 그런 것은 아니었다.

그는 이미 '나이트버드 플라잉'에 온몸이 오염되어 통각이 사라져 있었다.

아까부터 발밑이 불안했다. 양발로 필사적으로 버티지 않으면 금세 넘어질 것만 같았다. 현기증이 끝없이 계속되고 평형감각이 사라졌던 것이다.

복잡한 움직임은 불가능— 더이상 잔재주를 부리기란 불가능했다.

전력으로 돌격하는 수밖에 없었다. 살레는 비토리오를 노려봤다.

"끽, 끼기기기기긱, 끼기익—"

소년은 자기 몸에 또 새로운 상처를 내고 있었다. 그 단검은 마치 거울처럼 반짝이는 것이, 그 칼날에 살레의 모습이 비쳐 보였다.

'저 단검—'

살레는 쭉 그 단검이 신경쓰였다. 미스타가 권총을 쓰는 것처럼 이 비토리오는 나이프를 쓴다. 그러나 능력으로 싸우는 이상, 단순한 날붙이로 승부를 낼 리가 없다… 대체 저 단검에는 어떤 능력이 감춰져 있을 것인가?

살레의 '크래프트 워크'에는 접촉한 것을 '고정'할 수 있는 능력이 있었다. 상대가 탄환을 날려와도, 날붙이로 찔러와도, 간발의 차이로 자신을 공격해오는 그 사물을 '고정'해버리면 얼마든지 방어가 가능하다. 때문에 단검 따위를 겁낼 필요는 없다… 분명 그래야 했다.

'암, 그렇고말고— 겁낼 필요가 뭐가 있어!'

그는 이때 이미 냉정한 판단력을 잃은 상태였다. 강력한 능력을 가지고 있으면서도 그것에 도취하지 않고 위험을 느끼면 즉시 몸을 빼는 신중함이 그를 이날 이때까지 생존하게 해줬건만, 바로 지금— 그는 마음가짐을 상실한 상태였다.

라, 라라, 레라레라, 레라라라…

〈해골의 노래〉를 부르는 안젤리카와 마찬가지로 매사를 깊이 생각하는 것이 불가능한 상태였다.

그런 그에게 상처로 가득한 비토리오가 차가운 시선을 보냈다. 그리고 말했다.

"어디 와봐… 네 능력과 내 '돌리 대거'… 어느 쪽이 더 옳은 존재인지 확실히 가려보자고…!"

숙 하고 그 단검의 끝이 소년의 몸에서 멀어진 순간, 살레는 지면을 박차고 돌진했다.

단검으로 찌르려 하면 그대로 찌르게 놔둘 생각이었다. 그것을 즉시 '고정'하고 그대로 능력을 상대의 육체 자체에 퍼붓는다 — 그러나 살레가 아무리 가까이 다가가도 그 단검은 그를 찌르려 하지 않았다.

상대는 날붙이로 공격할 뜻이 없는 것만같이 멍하니 서 있을 뿐이었다. 방어 자세고 뭐고 취하지 않았다. 이상하고 부자연스러웠지만, 살레는 이미 뒤로 물러날 수 없는 거리까지 달려든 뒤였다… 그리고 그대로 저항 않는 상대의 가슴 한가운데에 주먹을 날렸다.

그 심장을 '고정'시키면— 즉사. 그리고 상대는 이미 그의 공격을 피할 수 없었다.

이겼다— 그렇게 생각한 바로 그 순간이었다.

…퍼억.

소년이 발을 들어 살레를 걷어차버렸다.

살레는 붕 날아가 지면 위를 나뒹굴었다.

말도 안 돼, 라고 생각했다. 분명 가슴에 주먹을 날렸을 텐데— 싶어 다시 보니 소년은 분명 가슴을 쥐고 괴로운 표정을 짓고 있었다.

"우, 우오오—"

진땀을 흘리며 신음하고 있었다. 그러나 즉사하지는 않았다. 대체 어떻게— 싶던 그 순간, 살레는 기묘한 것이 자신의 시야에 들어와 있음을 알아차렸다.

자신과 비토리오 사이의 공간에— 뭔가 떠 있었다.

분홍과 빨강의 중간 색을 띤 묘하게 번들번들한 물체가 덩그러니 떠 있었던 것이다.

살덩이 같은 질감이었다. 그것도 내장 같은 질감에— 단단하게 죄어들어 둥근 형태를 한 그것을 살레는 알고 있었다.

'심장—'

몸에서 튀어나온 심장이 공중에 '고정'되어 있었다.

'…이라니— 누구의…?'

그 순간, 살레의 목이 아래를 향해 저절로 기울었다. 이미 힘이 빠진 몸이 머리의 무게를 더이상 지탱하지 못하고 구부러졌던 것이다. 그러자 그의 눈에 들어온 광경은 바로 구멍이 뻥 뚫린 자신의 가슴이었다.

살레가 가한 공격이 반사되어 자신에게 돌아왔던 것이다. 그러나 그는 이미 더이상 그 사실을 곱씹을 수 없었다. 심장을 잃은 육체는 급속하게 혈류의 힘을 잃었고, 의식은 눈 깜짝할 사이 어둠의 밑바닥으로 꺼져 두 번 다시 눈을 뜰 수 없었다.

뚝 하고 공중에 '고정'되어 있던 살레의 심장이 발밑으로 떨어졌다.

"우, 우오오, 오오오옷…!"

그동안에도 비토리오는 괴로운 듯이 가슴을 부여잡고 있었지만, 그는 곧바로 창고 밖에 있는 동료를 불렀다.

"—마시모! 부르잖아, 마시모!"

그 부름에 응해 창고의 문이 쿵 하고 거세게 날아가버렸다. 바깥의 빛이 비쳐드는 것과 동시에 장신의 사내가 불쑥 하고 모습을 드러냈다.

무슨 비닐 같은 것을 손에 쥐고 질질 끌고 있던 그는 비토리오가 괴로워하는 모습을 보더니 그것을 버리고,

"뭐야— 또 무슨 무모한 짓을 한 거겠지? 어차피."

라고 말했다. 무심한 목소리였다.

"시끄러워! 내 심장이! 어쩐지 뛰는 게 이상해졌어! 멈출 뻔했다고나 할까— 3할쯤 멈췄어!"

"그러게 내가 뭐랬어? 비토리오— 네 '돌리 대거'가 반사할 수 있는 건 대미지 중 7할까지, 라고 했을 텐데. 너무 부주의하게 상대의 공격을 다 받으면 안 돼."

장신의 사내는 꾸짖으면서도 소년의 앞으로 다가와 그 가슴을 다소 난폭하게 퍽 하고 쳤다. 비토리오는 참지 못하고 쓰러졌다.

"꺄하하하하하하, 하하하—"

안젤리카의 힘없는 웃음소리가 창고 안에 울려퍼졌다.

"으으— 젠장, 살살 좀 해…!"

투덜거리면서도 몸을 일으킨 비토리오는 더이상 고통스러워하지 않았다. 사내가 건드리자 신체의 기능 부전이 한순간에 회복된 모양이었다.

사내는 비토리오를 무시하고 안젤리카 쪽으로 걸어와,

"이걸로 끝인가?"

라고 질문했다. 소녀는 고개를 끄덕이며,

"응. 이 주변에 더이상 다른 사람은 없어… 아무도 없어. 우리를 보고 있는 사람은 없어…"

라고 대답했다. 뒤이어 사내가 조금 전에 버린 비닐 같은 물

체를 가리키며,

"남은 건 저것뿐이야—"

라고 말했다. 사내는 "음." 하고 그리로 시선을 돌렸다. 비토리오도,

"아, 저게 그거야? 주케로인가 뭔가 하는 놈? 뭐라고 했더라? 물체를 얇게 만들 수 있는 능력이었나?"

라며 그 얇은 물체 쪽으로 걸어왔다.

자세히 보니 그것은 사람의 형태를 띠고 있었다. 바람 빠진 인형 모양의 풍선 같은— 그것이 움찔움찔 경련하고 있었다.

"하지만 말이야, 웬만한 능력은 자기 자신한테 못 쓰잖아. 이 자식은 자신도 얇게 만들 수 있나보네."

"그래. 그리고 얇아진 상태라면 아주 좁은 틈새에 들어가 접근할 수도 있다 이거지— 그런 식으로 살레와 함께 우리에게 접근했던 거야."

"하하하, 안됐네. 우리한테는 안젤리카가 있으니까 어떤 놈이든 몰래 접근하기는 불가능하다고."

비토리오는 그 팔랑팔랑한 물체를 발로 꽉꽉 짓밟았다.

"우와, 기분 나빠. 꿈틀꿈틀하는데, 이 자식."

"얇아졌다고 해도 맥박은 뛰고 있으니까. 내 '매닉 디프레션' 한테 당해서 더이상 자기가 자기 몸도 제어할 수 없게 됐지만

―"

　장신의 사내는 자신이 재기불능에 빠뜨린 상대를 차가운 눈으로 내려다보고 있었다.

　마시모 볼페.

　그것이 사내의 이름이다. 그리고― 그가 바로 죠르노 죠바나가 말살 대상 리스트 맨 위에 올려둔, 최고로 위험한 사내였다. 놈을 죽일 수만 있다면 다른 자들은 놓쳐도 상관없다고 할 정도로 이 사내는 각별한 요주의 대상이었다.

　그러나 겉모습 자체는 얌전한 인상이었다. 오히려 존재감이 흐리다고 해도 과언이 아닐 정도였다.

　이탈리아인이지만 골격은 뾰족한 인상을 주는, 어느 쪽이냐 하면 아일랜드계 영국인처럼 보였다. 가느다란 콧날에, 눈과 눈썹도 가늘었다.

　그런 마시모를 무시하고 비토리오 쪽이 주케로의 잔해를 이래저래 만져대고 있었다.

　"능력을 해제할 수 없게 된 건 좋지만서도, 이래 갖고 이 자식을 고문할 수 있는 거야? 아직 말이나 할 수 있나?"

　"글쎄― 어느 쪽이든 어차피 알 바 아니지만."

　"참 무서운 능력이라니까― 마시모의 '매닉 디프레션'은 말이야― '뿅 가버리잖아'―"

그때 그들이 있던 곳에 또 한 사람이 나타났다. 노인이었다.

"적당히 해라, 마시모— 내 몇 번이고 일렀을 텐데. 너는 가급적 싸우면 안 돼. 이깟 잔챙이 따위, 나와 비토리오에게 맡기고 너는 안젤리카와 함께 호위를 받고 있으면 될 일이야."

노인의 안면에는 깊은 주름이 패어 있었지만, 등줄기는 꼿꼿이 서 있었고, 동작도 힘차고 시원시원했다.

"아— 코카키—"

안젤리카가 기쁜 듯이 외치더니, 비틀비틀 노인 곁으로 다가가 좋아하는 주인에게 애교를 부리는 고양이처럼 그의 몸에 기대고는 그의 허벅지에 머리를 비볐다. 그런 그녀의 머리를 노인은 다정한 손길로 쓰다듬어줬지만, 시선은 어디까지나 마시모 쪽을 향해 있었다.

"아는 거냐, 모르는 거냐? 마시모, 이 팀의 중추는 바로 너다. 우리 팀은 오직 너를 위해 존재하고 있음이야."

"리더는 당신이잖아, 블라디미르 코카키. 난 당신의 지령을 따를 뿐이야."

마시모는 어깨를 으쓱이며 어쩐지 자포자기한 투로 말했다.

코카키 노인은 한숨을 쉬면서 말했다.

"허 참— 너는 자각이 없어도 너무 없어. 세계의 지배자라는 자각이 말이야. 네 능력만 있으면 모든 인간 위에 군림할 수 있건만."

"그건 당신이겠지. 당신의 '레이니데이 드림어웨이'를 꺾을 수 있는 녀석 따위 있을 거란 생각은 안 드는데."

"있잖아, 있잖아, 있잖아, 난? 내 '돌리 대거'도 꽤 세지 않아?"

"아하하하하하하하— 우리들, 굉장해—"

날카롭지만 나이든 노인, 자포자기한 듯 구는 사내, 아무 생각 없는 소년, 그리고 마약 중독 소녀. 이들 네 사람이 이 순간에도 '파시오네'가 혈안이 되어 찾고 있는 '마약 팀'의 멤버 전원이었다.

스탠드 명 : 돌리 대거		
본체 : 비토리오 카탈디 (16세)		
파괴력 = A	스피드 = A	사정거리 = C
지속력 = A	정밀동작성 = B	성장성 = C

능력 = 자신이 상처를 입으면 그 대미지 중 7할을 칼날에 비친 대상에게 전이시
킬 수 있다(3할은 자신이 입게 된다). 나폴레옹 시대의 오래된 단검에 썬 실
체화 스탠드. 총격이나 바이러스 감염에 관계없이, 모든 대미지를 반사할
수 있다. 자신 탓이 아니라는, 책임 전가를 바라는 강한 마음이 탄생시킨
스탠드.

Massimo Volpe
마시모 볼페

II. me voglio fà 'na casa 탑을 쌓자

과거 푸고와 적대했던 암살 팀의 멤버 일루조가 조사한 자료를 읽은 적이 있는데, 그 내용은 다음과 같았다.

"1985년 네아폴리스의 유복한 집안에서 출생. 아이큐 152의 높은 지능을 소유. 불과 13세에 이미 대학 입학 허가를 따냈지만 애석하게도… 외견과는 어울리지 않게 다혈질이라, 교수들과 관계가 순탄치 않아 한 교수를 무게 4킬로그램짜리 백과사전으로 마구 폭행… 이후, 추락할 대로 추락해 부차라티의 부하가 되었다."

틀린 설명은 아니지만, 정확하지도 않았다. 대학 입학 허가를 따낸 건 사실이지만, 지능을 인정받아서가 아니라 돈으로 자격을 산 것이었다.

푸고가家는 전통 있는 명문가가 아니었다. 위법의 경계를 아슬아슬하게 넘나드는 무역과 제2차 세계대전 직전 아프리카 제국을 상대로 투자를 잔뜩 유도한 뒤 물주를 파산시키는 악랄한 방식으로 출세한 벼락부자에 불과했다.

"어떻게든 귀족이 되겠다."

라는, 하류 계층 출신인 할아버지의 야망을 이루기 위해 푸고의 아버지는 파산한 귀족의 딸과 결혼하였는데, 그 사이에서 태어난 자식 중 셋째가 바로 판나코타 푸고였다.

두 형은 이렇다 할 구석 없는 범재였지만, 그는 어렸을 적부터 빛나는 데가 있었다.

그 때문에 이 아이를 버젓한 명사로 만드려는 할아버지의 총애, 그리고 강제적인 굴레가 그의 두 어깨에 동시에 지워졌다.

배울 수 있는 것은 모두 배웠고, 그중 대부분의 분야에서 천재적 재능을 보인 그는 철저한 영재교육을 받았다.

그는 매우 우수해서 거의 모든 분야를 마스터했지만, 너무 우수한 나머지 '어떤 것'을 깨닫게 되었다.

그것은 '한계'라는 것이었다. 자신의 재능에 한계가 있기도 했지만, 그보다 학문이나 예술의 '한계' 쪽이 더 크게 느껴졌다.

음악은 바흐나 모차르트로 끝났고, 조각이나 회화는 미켈란젤로나 다 빈치로 끝났으며, 건축은 스카모치나 베르니니로 끝났고, 수학은 가우스나 헤겔로 끝나버렸다.

'수백 년 전에 이미 극치를 이뤘다면 이제 와서 우리가 뭘 할 수 있다는 거지?'

그런 생각이 들자 어린아이지만 벌써 맥 빠지는 감각을 느꼈다. 더구나 그를 가르치던 교사들에게 그런 말을 했다가 건방진 녀석이라며 멸시당하기 일쑤였다.

게다가 그는 항상 주변 사람들의 경멸을 받았다. 다들 신분이 높은 사람이다보니, 돈으로 귀족이 된 하류 계층인 그를 경멸했고, 그 역시 자신보다 한참 뒤떨어지는 지성의 소유자들에게 바보 취급당하는 것이 불쾌해 견딜 수 없었다.

그런 그의 마음을 지지해준 것은 다정한 할머니뿐이었다.

"할머니 말 잘 들으렴, 우리 파니. 아무리 힘들고 괴로워도 분명 하느님이 널 지켜주실 거란다."

언제나 그렇게 말하며 케이크를 구워주던 할머니만이 그에게 안식을 주는 유일한 사람이었다. 그러나 푸고가의 다른 사람들은 할머니를 등한시했다. 할아버지가 아직 부자가 되기 전에 결혼한 가난한 소작농 출신인 할머니는, 집안이 벼락출세할 때 떨려난 신세가 되었던 것이다. 만약 이탈리아가 가톨릭 사회로 이혼을 죄악시하지 않았다면 벌써 버림받았을 것이 분명했다.

그러나 바로 그 할머니만이 일가의 기대주인 판나코타 푸고에게 진심 어린 말을 해주는 유일한 사람이었다. 부모의 사이는 최악이었고, 형들은 우수한 동생을 질투해 어른들 눈이 미치지 않는 곳에서는 언제나 그를 음습하게 괴롭혔다. 그래도 그가 참을 수 있었던 것은 할머니가 마음 아파하는 모습을 보고 싶지 않았기 때문이다.

그러나— 바로 그 할머니가 돌아가셨다.

그때 푸고는 이미 고향을 떠나 머나먼 볼로냐 대학에 들어가

고등교육을 받기 시작한 뒤였다.

그는 즉시 돌아가 할머니의 장례식에 참석하려 했지만, 할아버지가 이를 제지했다. 그럴 필요 없다, 는 것이었다. 그는 믿기지 않았다. 그날은 때마침 시험날이었다. 결과는 최악이었다. 푸고는 교수에게 불려갔다.

그 교수는 입을 열자마자 자신을 바보 취급하는 거냐며 화를 냈다. 다른 과목 성적은 우수하면서 자기 과목만 극단적으로 엉망인 것은 대체 무슨 억하심정으로 그러는 것이냐며 대뜸 호통치기 시작했다.

"자네 대체 무슨 생각인가? 기초 학문은 소홀히 해도 된다고 생각하는 건가? 뭐지, 그 눈은?"

너무나도 일방적인 호통이었던지라 실은 할머니가 돌아가셔서, 라고 무심코 말했더니 그 교수는 더욱더 화를 냈다.

"되지도 않는 소리 집어치우게. 자네 집에서 그런 연락은 오지 않았어. 애당초 그 유치한 변명은 뭔가? 할머니가 뭐, 어쨌다고? 어리광도 정도가 있지. 마마보이인가, 자네? 가당찮은 소리—"

중간부터 교수의 목소리 따위는 들리지 않았다. 정신이 들고 보니 탁자에 놓여 있던 백과사전으로 그의 머리를 마구 난타하고 있었다. 분을 못 참고 버럭 화를 냈다는 자각조차도 없었다. 밉다거나 죽이고 싶다는 기분도 들지 않았다. 다만 용서 못 해,

라는 돌처럼 단단한 감각이 마음속에 가득 차올라 다른 행동은
선택 불가능했다.

푸고의 상류 계층으로서의 인생은 거기서 끝났다.

달려온 경비원들마저도 때려눕히다 결국 경찰에 붙잡힌 그를
조사하던 형사는 곤혹스러워하며 말했다.

"너희 집에 연락을 했는데 자기들과는 아무 상관이 없다는 말
만 하더군. 데리러 오는 사람이 아무도 없어. 상황이 좋지 않은
걸. 이대로 가다간 널 시설로 보내는 수밖에 없어."

"……"

푸고는 아무 말도 하지 않았다. 그는 그대로 계속 구류됐고,
드디어 마지막이라고 단념했던 그날─ 면회자가 한 명 찾아왔
다.

모르는 얼굴이었다. 게다가 젊었다. 물어봤더니 아직 17세라
고 했다.

"난 브루노 부차라티라고 한다. 널 좀 조사해보고 싶어서 만
나러 왔지."

푸고는 그를 보고 한눈에 정체를 꿰뚫어봤다.

"그쪽은 갱이시군요?"

그러자 부차라티는 고개를 끄덕이더니 말했다.

"그래. 일단 어떻게 알았는지 가르쳐줄 수 없을까?"

"복장은 말쑥이 차려입긴 했지만 상류 계층의 냄새는 나지 않아요. 학생치고는 동작이 힘차고 시원시원한 게 군더더기가 없는데, 군인이라 하기엔 언행이 온화하군요. 그럼 갱밖에 없죠."

"과연. 듣던 대로 두뇌 회전이 빠른데다 배짱도 있는 것 같군. 내가 안 무서운 모양인데, 그건 왜 그런지 물어봐도 될까?"

"안 무서운 건 아니지만—"

"그리고 네가 지금 처해 있는 상황, 이것도 상당히 두려울 텐데? 부모님에게 버림받기 일보 직전 아닌가?"

부차라티의 말에 푸고는 쓰게 웃었다.

"천만에요— 그거라면 분명 지금은 저쪽이 절 두려워하고 있을걸요."

"?"

"제가 저지른 짓이 공공연하게 드러나면 집안의 명성에 누가 될 거라고 생각할 테니 말이죠. 의절하고 아무 상관도 없는 남이라고 우길 수밖에 없을걸요. 겁먹은 거예요."

푸고가 그렇게 말하자 부차라티는 미간에 주름을 지으며 말했다.

"달관한 것처럼 얘기하는군. 넌 부모님을 곤란하게 하고 싶어 폭행 사건을 일으킨 거였나?"

"천만에요. 그건 아니에요— 부모 따위 안중에도 없었어요.

그냥— 뭐랄까, 갑자기 모든 게 용서가 안 되더군요."

"흠—"

부차라티는 손에 턱을 괴고 잠시 생각했지만, 이윽고,

"넌 시설에 가면 어떻게 될 거라고 생각하지?"

라고 질문해왔다. 푸고는 어깨를 으쓱했다.

"어떻게 되긴요. 이도 저도 아니게 되겠죠. 대충 직업 훈련을 받고 그대로 길바닥에 내던져지지 않겠어요?"

"그러니까 부모님에게는 돌아가지 않을 생각이군?"

"돌아가요?"

푸고는 한순간, 진짜로 상대가 무슨 말을 하고 있는 것인지 알 수 없었다. 그 얼굴을 보고 부차라티는 고개를 끄덕이더니,

"달리 갈 곳이 없다면 어때— 내 일 좀 거들어주지 않겠어?"

라고 말했다. 푸고는 그제야 비로소 이 젊은 갱스터가 자신을 '면접'하고 있었음을 알아차렸다.

"다시 말해— 당신의 조직에 들어오라는 겁니까?"

"내 조직이 아냐. 난 아직 말단이라 직속 부하도 없어. 넌 다 꿰뚫어본 모양이지만 상류 계층 출신은커녕 어부의 아들이라 —난 아버지에 대해 긍지가 있기 때문에 그게 부끄러운 건 아니지만—제대로 된 학식도 없는 게 사실이지. 때문에 그런 지식과 판단력을 갖춘 동료가 필요해. 그런 의미에서 널 원한다는

거야."

"———"

푸고는 똑바로 자신을 응시하는 부차라티를 마주봤다.

신비한 기분이 들었다.

이것은 범죄 조직의 입단 권유, 그것도 말단이 더 말단 부하를 들이려 하는 것에 지나지 않았다.

그럼에도 불구하고— 푸고는 이 사내에게서 할머니와 같은 냄새를 느꼈다.

자신에게 거짓말을 하지 않는 사람의 냄새. 진심으로 느끼는 것만을 말하는 사람의 냄새.

"제가 필요합니까?"

"그래."

"왜 저라면 괜찮을 거라고 생각하셨죠?"

"부모님에 대해 이야기할 때의 네 얼굴을 살펴보니 복수심 같은 건 보이지 않더군. 원한이 없을 리 없는데도 넌 그런 집착이 별로 없어. 과열되기 십상인 내게는 그 침착성이 필요해."

"침착성이라— 전 워낙 성질이 급한 나머지 분을 못 참고 버럭 화를 내 앞뒤 분별없이 교수를 마구 폭행한 인간인데요?"

푸고가 그렇게 말하자 부차라티는 갑자기 날카로운 눈빛으로,

"교수 일은 다행이었어."

라고 대뜸 말했다. 푸고가 "응?"하고 눈을 휘둥그레 뜨자 계속해서,

"그가 죽지 않은 건 다행이었어. 넌 그가 죽을 위험성 같은 건 전혀 생각 않고 때렸을 테니까 말이야."

라고 말했다. 푸고가 입을 다물자 부차라티는 나직한 어조로 이야기를 계속했다.

"널 만나러 온 건 내 눈으로 직접 보고 싶었기 때문이야. 네가 '그런 인간'인지 아닌지 확인하고 싶었거든."

"……"

"똑같은 눈을 가졌어. 열두 살 때의 나와 똑같은 눈을. 그건 '살인자'의 눈이야. 이유야 어찌됐든, 살인을 저지르는 데에 아무 망설임도 없는 인간의 눈이라 이거야."

부차라티는 자신의 말에도 상대가 그다지 동요하지 않자,

"너는 갱생할 가망이 없어. 그러니까 조직 입단을 권유하는 거야. 너는 '이쪽'에서밖에 살 수 없는 인간이니까."

라고 말했다.

*

"_____"

푸고는 싸구려 호텔 방에서 천장을 노려보며 딱딱한 침대에 드러누워 있었다.

그때 부차라티가 와주지 않았더라면 지금쯤 자신은 어떻게 되어 있었을까, 하고 멍하니 생각했다.

어차피 일반 사회에서는 살아갈 수 없었겠지만, 처음부터 조직의 멤버가 될 수 있었던 것은 크게 플러스가 되었기 때문에, 그런 일이 없었더라면 어떻게 되었을지는 상상하기 어려웠다.

'아니— 난 그걸 전에 본 적 있어.'

그랬다. 푸고는 과거에 어쩌면 자신이 그렇게 되었을지도 모를 다른 소년의 모습을 본 적이 있었다. 나란차 길가란 소년이었다.

'그때는—'

푸고가 멍하니 생각에 잠겨 있는데 닫지 않고 열어뒀던 방문을 똑똑, 하고 실라E가 굳이 두드리더니,

"똑똑, 저기—?"

라고 말을 걸어왔다. 푸고가 그쪽으로 고개를 돌리자 그녀는 턱짓으로 재촉하며,

"따라와. 조직에서 지원이 도착했어."

라고 말했다. 푸고는 침대에서 일어났다.

좁은 복도에서 푸고를 앞장세운 채 걸으며 실라E가 뒤에서 질

문해왔다.

"그런데 왜 그렇게 문을 활짝 열어둬, 당신? 너무 부주의한 거 아니야?"

"닫아두면 몰래 접근하는 발소리가 안 들릴지도 모르니까."

"좁은 곳이 싫은 거야?"

"……"

"들자하니까 말이야, 당신 능력은 당신 자신도 바이러스에 감염되면 죽는다며? 그건 애당초 어떻게 확인한 거야?"

"부차라티에게 좀 거들어달라고 하고 옆구리 쪽을 살짝 감염시켜봤는데, 그쪽 피부가 녹아내려서 알게 됐어. 피부는 부차라티가 즉시 절제해줘서 더이상은 감염되지 않았고."

"아, 죽은 브루노 부차라티 씨? 굉장히 유능한 사람이었지? 죠르노 님의 신뢰도 두터운 간부였다고 하고. 당신에게는 분에 넘치는 상사였겠는걸."

그녀가 알고 있는 정보는 사실과 다소 차이가 있었지만, 그러나—

"…그래."

푸고는 반론할 수가 없었다. 실라E는 또다시 이야기를 계속했다.

"당신 능력— 사정거리는 5미터 정도라던데… 자기 자신도 감염된다면 반경 1미터 정도로는 위험하겠지? 멀리는 갈 수 없지만 또 너무 가까워서도 안 된다. 정말 불편한 능력이네—"

"———"

"좁은 곳에 있고 싶지 않을 만도 해. 하지만 적은 그런 건 신경써주지 않을걸."

"—알고 있어."

푸고의 대답을 듣고 있는 것인지 아닌지, 실라E는 다소 눈썹을 찡그리며 목소리를 낮춰 말했다.

"그런데… 조직에서 파견된 사람 말인데… 무롤로라는 남자, 혹시 전부터 알던 사이야?"

"아니, 처음 듣는 이름인데—"

"이런 얘긴 좀 그럴지도 모르지만— 아무래도 난 영 신용 못하겠어. 조심하는 편이 좋을지도."

"그건… 무슨 의미지?"

"당신도 보면 그렇게 생각할 거야."

실라E는 탐탁지 않은 표정이었다.

두 사람이 복도 끝에 있는 방 앞까지 오자 문 너머로 누군가가 언짢은 목소리로,

"아— 아아아, 그만둬. 노크는 참아줘. 그 짧게 재촉해대는 소리를 들으면 왠지 본능적으로 짜증이 나거든. 왔다는 건 알겠

으니까 노크는 그만두라고."

　라고 대뜸 빠른 말로 지껄여댔다. 푸고는 자기도 모르게 실라E 쪽을 보았지만, 그녀는 불쾌한 듯이 얼굴을 찌푸릴 뿐 아무 말도 하지 않았다. 푸고는 어쩔 수 없이 노크하려던 것을 멈추고 방 안으로 들어가기 위해 문의 손잡이를 잡고 돌렸다. 그러나 문은 잠겨 있어 열리지 않았다.

　"저— 잠긴 것 좀 열어주시면 안 될까요?"

　그렇게 말하자 또다시 문 너머의 누군가가 언짢은 목소리로,

　"분명히 해두지 않을 수 없겠군?"

　이라고 뜬금없는 말을 하는 것이었다.

　"응? 뭘 말이죠?"

　"방금 네녀석의 그 말, 말이야— 그건 어느 쪽이지?"

　"어느 쪽, 이냐고 하신들—"

　"네녀석이 진심으로 나 무롤로를 당해낼 수 없으니 존경심을 담아 간청한 건지, 아니면 그냥 아무래도 상관없는 놈이라는 생각에 대충 '당연히 하자는 대로 하겠지' 하고 날 만만히 보고 말한 건지— 그걸 분명히 해줘야겠어."

　"……"

　푸고는 곤혹스러워하며 실라E 쪽을 다시 봤지만, 역시 그녀는 아무 말 없이 아랫입술을 삐죽 내밀고 있었다. 푸고는 우선,

"…아뇨, 미스타가 제게 당신의 지시에 따르라고 당부한 만큼 지위는 당신이 저보다 위라고 생각하는데요."

라고 무난한 대답을 했다. 그러자 잠시 침묵이 이어졌지만, 이윽고— 찰칵, 하고 잠금이 풀리는 소리가 들려왔다. 문이 열리는가 싶었지만 그렇지는 않았기에 푸고는 또다시 문고리를 쥐고 직접 문을 열었다.

푸고의 방보다는 넓었지만 어차피 싸구려 호텔이라 그렇게 넓지는 않은 방의 한가운데. 그 사내는 의자에 걸터앉아 있었다.

한마디로 말해서 낡아빠진 사내였다.

마치 1930년대의 암흑가를 그린 영화에서 튀어나온 것만 같은, 그야말로 '갱'이라고 써 붙인 것처럼 보란듯이 갖춰 입은 패션에, 실내인데도 보르살리노 모자를 쓰고 머플러를 어깨에 두르고 있었다. 지나치게 멋을 부린 나머지 오히려 우스꽝스러웠다.

'＿＿＿'

푸고의 뺨에 아주 잠깐 경련이 일었다. 사내의 모습은 어쩐지 그가 처음으로 폴포의 명령을 받고 '퍼플 헤이즈'로 처치한 상대와 닮았다. 거리에 마약을 유통시키던 다른 조직의 간부였는데, 그렇게 차려입기를 좋아하는 자였다. 또한 목숨을 구걸하면서 동료를 태연히 팔아넘기는 소인배였다. 눈앞의 사내는 그때 그

쓰레기와 분위기가 비슷했다.

"어디…"

그 사내는 아무 거리낌도 없이 푸고를 빤한 눈으로 구석구석 훑듯이 응시하더니 말했다.

"네녀석이 그— 위험하기 짝이 없는 능력을 쓰는 녀석인가? 판나코타 푸고?"

"예. 그게 접니다."

"뭐야, 영 빈약하잖아. 새파란 범생 타입 애송이잖아— 좀더 한 가닥 하는 킬러 같은 녀석일 거라고 생각했는데. 뭐, 아무렴 어때. 난 카놀로 무롤로. 조직의 정식 멤버로, 정보 분석 팀을 맡고 있지."

"맡고 있는 게 아니라 그중 한 명에 불과한 거겠지."

실라E가 끼어들었다. 무롤로는 소녀를 노려보며,

"시끄럽다, 실라E— 다 알고 있어. 네녀석은 보스를 배반한 암살 팀과 보스 친위대 간의 연락책이었다는 걸 말이야. 그래서 영 신뢰받지 못하니까 이 임무로 결백을 증명하려는 거지?"

라고 말했다. 그러나 실라E는 안색 하나 바꾸지 않고 말했다.

"그건 당신도 마찬가지잖아, 무롤로. 미스타 님이 말씀해주셨 어— 배반자 리조토 일당에게 당신이— 정보를 흘렸다며?"

그 말에 무롤로의 안색이 바뀌었다. 처음에는 새파랗게 되었다가 뒤이어 새빨개졌다. 그리고 의자를 박차듯 벌떡 일어나 말했다.

"바, 바보— 바보 같은 소리! 그, 그건 그런 게 아— 아냐! 그때 난 아직 리조토 팀이 배반했다는 걸 몰랐을 뿐이야. 게다가 정보를 흘렸다고 해도 별거 아니었어. 그냥 놈들이 가져온 불에 탄 사진을 복원한 것뿐이라고. 찍힌 것도 별거 아닌 베네치아 산타 루치아 역 앞 풍경에 불과했고. 사자상 주변, 그 왜 누구나 본 적 있는 관광 안내 사진 같은, 아무래도 상관없는 사진이었어. 분명 아무 의미도 없는 거였다니까."

"그럴까—? 미스타 님은 '그땐 정말 큰일날 뻔했다니까'라고 하시던데."

"마, 마, 마마, 말도 안 되는 소리—! 네녀석, 설마 미스타 님에게 있는 소리 없는 소리 다 한 건 아닐 테지?"

"있는 소리밖에 안 했어."

"뭐가 어째—"

두 사람이 당장이라도 주먹다짐을 시작할 것만 같은 험악한 분위기가 조성되자 푸고는 넌더리를 내며,

"저기— 괜찮다면 여러분? 임무와 관련된 이야기를 하고 싶은데요, 전. 아무래도 우리 모두 발등에 불이 떨어진 것 같으니까요. 태평하게 다투고 앉아 있을 상황은 아니라고 생각하는데

요."

라고 말했다. 웃, 하고 무롤로가 찜찜한 얼굴로 다시 의자에 앉았다. 실라E는 아무런 표정 변화 없이 흥 하고 콧방귀를 뀔 뿐이었다.

"어, 어흠. 어흠."

무롤로가 태도를 가다듬고 테이블 위에 자료를 죽 늘어놓기 시작했다.

그중 한 장의 사진을 보고 푸고는 눈썹을 찡그렸다. 그 사진 속의 인물을 알고 있었다.

"이자는—"

"응? 뭐야 네녀석, 놈을 알고 있는 거냐? 수상한걸."

"이자도, 조직의 멤버였습니까?"

"이봐, 이봐— 내 질문이 먼저야. 네녀석, 어떻게 이자를, 마시모 볼페를 알고 있지? 놈이 조직에 있다는 것조차 톱 시크릿 이었는데."

"톱 시크릿—?"

푸고는 당혹감을 억누르지 못했다. 도무지 이해도, 판단도 되지 않는 상황이었다.

그랬다. 그는 이 사내를 알고 있었다. 그러나 그것은 그가 이 피비린내로 가득한 세계에 몸을 던지기 이전의 이야기였다.

"볼페는— 제 동기였습니다."

그는 어찌어찌 질문에 대답했다. 뭐? 하고 무롤로와 실라E가 수상쩍다는 듯이 가는 눈을 떴다.

"무슨 소리 하는 거야, 암만 봐도 네녀석은 놈보다 열 살은 더 어릴 텐데?"

"전 열세 살에 대학 입학 허가를 따냈습니다— 그때 그 볼로냐 대학 시절에 같은 강의를 듣는 학생이었죠, 볼페는."

푸고는 사진을 손에 들고 그 사내의 얼굴을 다시 한번 응시했다.

역시 자신이 알고 있던 대로 눈꺼풀 아래 다크 서클과 젖빛 유리 같은 눈동자를 지닌 사내의 얼굴은 옛날과 거의 변함이 없었다.

*

'파시오네'라는 조직은, 원래는 주로 기존 갱 조직의 횡포에 대항하는 '의적' 같은 활약으로 시민의 지지를 얻어 세를 확장해왔다. 그러나 그것은 단지 그럴싸한 눈속임으로, 사실은 조직을 창설한 디아볼로라는 사내가 자신의 세력을 확장하기 위해 꾸민 단순 모략에 불과했다. 확고한 기반을 얻은 뒤에는 본래 금기시했던 마약 거래 사업에도 정력적으로 뛰어들었다.

그러나 마약은 생산지 조직과의 커넥션이나 밀수 노하우 등 클리어해야 하는 조건이 너무 많아 '신규 진입'이 어려운 영역으로 알려져 있었다.

그러나 과거 미국에서도 1968년 베트남 전쟁을 틈타 프랭크 루카스라는 젊은 흑인 갱이 아무도 눈여겨보지 않던, 세관을 경유하지 않고 미군 수송 부대와 유착하는 방법으로 밀수 루트를 개척, 정글 오지의 생산자와 직접 거래하는 '비기秘技'를 고안해 급성장한 사례가 있듯이, 다들 불가능하다고 생각했던 '파시오네'의 대대적인 마약 사업 진입도 '비기'에 의해 더없이 손쉽게 실현돼버렸다.

그 '비기'의 이름은 '매닉 디프레션'— 마시모 볼페의 능력이었다.

"한마디로 말해 놈의 능력은 '마약을 생성하는' 능력이지."

무롤로는 푸고와 실라E에게 자신이 알고 있는 정보를 알렸다.

"죠르노 님도 처음에는 놈에 대해 모르고 계셨지만, 디아볼로가 간부 부차라티 씨에 의해 처리되면서 놈이 감추고 있던 여러 사실이 차례차례 발각되었고 수수께끼에 싸여 있던 '마약'

의 정체도 판명된 거야. 다른 조직 녀석들을 심문하면 보통 이런 식으로 대답하지— '밀수 루트에 대해서는 아무것도 아는 것이 없다. 마치 요술이라도 부린 것처럼 계속 나오는 것이, 마약이 샘솟는 것만 같다'고 말이야. 그야 그럴 수밖에— 볼페의 능력으로 주변에 널려 있는 암염이나 바닷물을 마약으로 '가공'하고 있었으니까 말이야."

"어쩐지 '파시오네'의 마약은 다른 마약과 달리 신선도 때문에 유통기한이 정해져 있다는 소문이 들리더라니."

"소문이 아니라 사실이야. 능력의 '기한'이 지나면 단순한 소금으로 돌아가버리지. 단 그 '기한'의 존재가 조직에서 통제하기에는 딱이었지. 은근슬쩍 빼돌리는 놈이라든가, 마약을 희석해서 양을 불리려는 놈이라든가, 그런 불량한 놈들을 일소할 수 있으니 말이야. 디아볼로가 급속히 힘을 키울 수 있었던 건 그런 식으로 놈의 부하들 중에 배반자가 나오는 걸 사전에 방지할 수 있었기 때문이다, 뭐 그런 이야기도 있더라고."

"뭐, 그것도 죠르노 님에게 들통나기 전의 이야기지만서도."

"하지만 그런 사실을 전혀 몰랐던 리조토 팀은 디아볼로를 쓰러뜨리면 분명 그의 마약 밀수 루트를 가로채 이권을 독점할 수 있을 줄 알고 놈에게 도전한 것 같더군. 얼빠진 놈들 같으니. 처음부터 루트 같은 것은 있지도 않았는데. 만에 하나 놈들이 이겼다고 해도 아무 이익도 얻을 수 없었을 거야."

"다들 쓰레기 같은 놈들이었으니까, 당연한 벌이야."

실라E의 몹시 강한 어조에 푸고는 의아한 생각이 들었다. 그 말투에서 명백한 증오마저 느껴졌기 때문이다. 무롤로도 그것을 알아차린 모양인지,

"응? 뭐야 너, 리조토 팀에 원한이라도 있었던 거냐?"

라고 묻자 실라E는 한순간 무서울 정도로 차가운 눈빛을 띠더니 말했다.

"난 그 팀에 있던 한 남자를 죽이기 위해 조직에 들어온 거였어."

"응?"

"조사에 시간이 꽤 걸렸어— 하지만 분명 그 팀에 있었다는 건 알아낼 수 있었지. 일루조라는 지옥 밑바닥의 악마만도 못한 최저 최악의 쓰레기 같은 놈이 말이야."

"일루조, 라— 뭐야, 놈과 다투기라도 했던 거냐?"

무롤로의 가벼운 질문에 실라E는 한층 더 얼어붙을 것만 같은 눈빛을 띠면서,

"놈은 우리 언니를 죽였어."

라고 말했다. 무롤로의 말문이 막히자 실라E는 살짝 웃으며 말했다.

"난 내 단 하나뿐인 가족이자 부모 대신 날 키워준 클라라 언니의 원수를 갚기 위해 조직에 들어왔어— 죽어도 상관없다는 각오로 말이야. 하지만 그 일루조는 이미 죽고 없었어. 내 각오는 갈 곳 없이 붕 떠버렸지. 하지만 그런 내게 죠르노 님은 말씀하셨어—"

"일루조는 이 세상에서 가장 무참하고 고통으로 가득한 죽음을 맞았다. 그걸로 네 기분이 풀릴 거라 생각하진 않지만, 그자는 적어도 죽기 전 30초 동안 네 언니를 죽인 것을 비롯해 그때까지의 모든 것을 후회해가며 나와 내 동료들 바로 눈앞에서 죽었다."

"—그 말씀을 듣고 난 활짝 갠 것만 같은 기분이 들었어. 그때까지의 난 어떻게든 복수를 하겠다고 마음속으로 맹세했었지 — 하지만 한편으로는 또 이런 생각도 했어. 내가 일루조를 죽이고 싶어하는 건 언니의 한을 풀기 위해서라고 하지만, 실은 나 자신을 위해서가 아닐까, 이기적인 어리광에 불과한 건 아닐까, 하고— 하지만 더이상 그런 생각은 안 해. 일루조는 클라라 언니를 죽인 대가를 치렀어. 정의는 구현된 거야— 남은 건 내가 죠르노 님에게 받은 은혜를 갚는 것뿐. 그분이 베풀어주신 만큼 그분을 위해 임무를 완수하는 것뿐이야. 그래— 더이상 자기만족이 아닐까 고민할 필요가 없어."

그렇게 말하는 실라E의 눈에는 기이한 빛이 깃들어 있었다. 뭔가에 취해 있는 것만 같은 구석이 있었다. 죠르노에게 고마워하고 있다기보다도 어쩐지— 그 죽은 언니의 망령에 씐 것만 같은 야릇함이 있었던 것이다.

"—이봐 이봐 이봐 이봐 이봐 이봐 이봐, 아니 이봐."

무롤로가 얼굴을 찌푸리며 말했다.

"원수를 갚기 위해 조직이 들어왔다, 라니— 그래서 암살 팀과의 연락책으로 활동하고 있었다니— 네녀석, 그건 다시 말해 처음부터 배반할 생각으로 입단한 거나 마찬가지 아냐. 그런 얘길 듣고도 네녀석을 신뢰할 수 있을 거라고 생각하냐?"

"일루조를 처리하기 전엔 물론 보스에게 먼저 말씀을 드릴 생각이었어. 딱히 배반할 생각은 없었거든."

"하지만 그 당시 네녀석은 죠르노 님과 이야기한 적도 없었잖아… 디아볼로와 보스도 구별 못했던 거 아냐?"

"그건—"

"위험천만해, 어째 네녀석은 영 위험천만해. 시야가 좁달까— 이번처럼 빈틈없는 적을 상대할 수 있을까?"

그 말에 실라E는 언짢은 표정을 지으며 무뚝뚝한 얼굴로,

"당신보다는 충분히 보탬이 될 거라고 생각하는데."

라며 시비조로 말했다. 그러나 무롤로는 그 말에 대꾸하지 않고 계속해서 의심 어린 시선을 보내고 있었다.

"———"

그동안 푸고는 아무 말도 하지 않았다.

무슨 말을 하면 좋을지, 그로서는 알 수 없었다.

과거 그와 동료들은 디아볼로의 명령을 받아 암살 팀과 싸웠다. 그리고— 그때 죠르노, 아바키오와 함께 일루조와 싸운 것은 푸고 자신이었다.

'이 얘기를 해봤자 이 녀석은 믿지 않겠지— 게다가 실제로 놈을 쓰러뜨린 건 사실상 죠르노와 아바키오 두 사람이고 난 마지막으로 숨통을 끊은 것뿐이었으니까. 내가 과연 보탬이 됐냐고 물으면 대답할 자신이 없어—'

그 당시부터 이미 자신은 무력했다. 그 사실을 굳이 실라E에게 말할 필요는 없다고 생각했다.

"—그나저나 볼페 일당은 지금 어디 있는지, 그건 알고 있는 겁니까?"

화제를 돌리기 위해 질문해봤다. 그 말에 무롤로는 떨떠름한 표정을 지으며,

"—마음에 안 드는걸."

이라고 엉뚱한 말을 했다.

"…예?"

"영 마음에 안 들어… 어쩐지 네녀석들은 나에 대한 존경심이 부족한 것 같아. 하지만 미스타 님도 '협조할 수 있는 만큼 최대한 협조하라고' 하셨고, 뭐, 상부에서도 '내가 위'라고 보증해준 거나 다름없으니까 그 점은 어느 정도 봐주기로 하지… 하지만 짜증이 나는 건 나는 거니까 일단 장부에 달아둘 테니 그런 줄 알라고…"

투덜대며 무롤로는 슈트 속주머니에서 뭔가를 꺼냈다.

그것은 한 세트의 트럼프 카드 덱이었다. 케이스에 들어 있지 않고 꺼내져 있었다. 그것을 익숙한 손놀림으로 착착착 셔플해 마술사처럼 우아하고도 세심하게 커트하기 시작했다. 어깨에 얹은 카드를 손까지 흘려보내기도 하고 단번에 촤라라라라라라, 하고 앞뒤를 반전시키기도 하는 등 기술을 한껏 뽐내고 있었다.

"……? 뭐 하는 겁니까?"

푸고의 질문을 무시하고 카드를 만지던 무롤로는 이윽고 머리에 쓰고 있던 모자를 벗었다.

촤촤촤, 하고 카드를 그 모자 속으로 튕기듯 쏟아부었다.

그리고 재빨리 뒤집어 테이블 위에 덮었다.

"따―안, 따라라라라라라라라―"

그리고 입으로 드럼 롤 소리를 흉내내며 푸고와 실라E를 향해 뭔가 재촉하듯 손짓했다. 당연히 무슨 뜻인지 알 수 없는 두 사람이 멍하니 있자 무롤로가 작은 목소리로,

"박수치라고, 박수— 박수가 없으면 이 '녀석들'은 흥이 안 나."

라고 속삭였다. 영문도 모르고 푸고는 짝짝 박수를 쳤다. 실라E는 무시했다. 무롤로는 다소 불만스러운 듯싶었지만 어쩔 수 없다는 얼굴로,

"따라라라라라라라, 따단, 따다단…!"

하고 또다시 드럼 롤 소리를 내며 느릿한 동작으로 모자를 들어올렸다.

그러자 그 아래에서 트럼프 카드가 나오기 시작했는데, 대체 또 어떤 트릭을 쓴 것인지 몰라도 멋지게 트럼프 타워를 쌓아올리고 있었다.

모자의 일곱 배 이상 높이까지 타워가 점점 세워졌다.

무롤로가 모자를 다시 머리에 쓰자 타워가 마치 살아 있는 것처럼 흐느적하고 저절로 움직였다.

계속해서 트럼프 카드 한 장 한 장에 작은 손발이 쏙쏙 돋아나 서로의 손발을 잡고 빙글빙글 돌기 시작했다.

"우, 우, 우리는 극단 '감시탑'―!"

카드들이 합창하기 시작했다. 마치 동화 애니메이션 속 한 장면 같은 광경이었다.

'올 얼롱 워치타워'― 이것이 카눌로 무롤로의 능력이었다.

*

"자, 자, 그럼 이 자리에 계신 신사 숙녀 여러분, 지금부터 보실 것은 53명의 단원이 보내드리는 촌극 되겠습니다. 저는 단장을 맡고 있는 조커입니다."

"아아, 조커― 조커― 장난만 치는 심술쟁이 같은 자식."

"그리고 이쪽은 스페이드 그룹, 화가 나면 갈 데까지 갑니다. 온갖 생떼에, 사생결단에."

"오오, 스페이드― 스페이드― 근데 그게 뭔 심벌인지 잘 모르겠어."

"오, 저건 하트 그룹, 마음이 있기에 증오도 있는 법이죠. 뒤끝이 장난 아니랍니다."

"이야, 하트― 하트― 심장도 잘 생각해보면 꽤 기분 나쁘지 않아?"

"그리고 또 저건 클로버 그룹. 럭키한 만큼 일단 지르고 보죠. 좋건 나쁘건 다시 또다시!"

"오호, 클로버— 클로버— 근데 말이 행운의 네잎 클로버지, 사실 꽤 흔하잖아."

"다이아 그룹. 세상은 돈이 전부라는 것은 두말하면 잔소리! 금은보화에 눈이 멀었답니다."

"푸하, 다이아— 다이아— 멋내기는 모조품으로도 충분하지 아마."

—트럼프 카드들이 노래하며 춤추고 있었다.

"뭐야 이게…?"

푸고가 자신도 모르게 중얼거리자 무롤로가 째릿하고 노려보더니,

"잠자코 보라고."

라고 소리 죽여 말했다. 그동안에도 카드들은 그 '공연'을 계속했다.

"오늘의 주제는 블라디미르 코카키가 이끄는 '마약 팀'에 대해서. 자, 그럼 지금 놈들은 어디서 뭘 하고 있을까, 있을까, 있을까?"

"우게게, 코카키. 그 노인네 근처엔 얼씬도 하고 싶지 않아."

"실은 '파시오네'보다도 오래된 갱. 평소에는 얌전하지만 적대하는 상대는 몰살."

"협조해줬던 디아볼로가 죽은 뒤 동료를 지키기 위해 모습을 감췄어."

"동료들은 세 명, 누구 하나 할 것 없이 맛이 간 놈들."

"볼페."

"비토리오."

"안젤리카."

"다들 주객이 전도돼 마약을 다루다가 자기들이 마약에 맛이 가버렸어."

"그래서."

"그래서."

"그래서 고통을 못 느껴. 아무리 때려도 안 통해—"

"위험해 위험해 위험해 위험해 위험해, 타이밍 한번 엄청 위험해. 지금 그런 상황이야."

"그러니까— 이건, '천리안'?"

실라E가 카드들을 가리키며 말했다.

"멀리 떨어져 있는 걸 염사念寫하는 능력이 있는 것처럼 당신

080

같은 경우 이 카드가 '분신사바'나 뭐 그런 것처럼 알고 싶은 걸 대답해준다 이거네? 점 같은 거군?"

"그런 불확실한 게 아냐. 내 '워치타워'는 오로지 '사실'— 그 것만 알려준다고."

"하지만 어쩐지 영 모호하달까…"

실라E가 눈썹을 찡그리는 동안에도 그 '공연'의 상황은 점점 이상해져갔다.

"맛이 간 놈들이랑은 썸씽을 말아야."

"바보, 상종을 말아야, 겠지."

"시끄러, 다이아 7, 어정쩡한 숫자가 주제도 모르고 어디서 끼 어들어?"

"아, 이 자식, 스페이드 6 주제에 누가 어른한테 말대꾸를 하 래?"

"얼치기 주제에 놀고 있네."

"누가 얼치기라고?"

"웬 입씨름이야. 둘 다 바보 같아."

"너 눈에 뵈는 게 없나보다?"

"어디서 잘난 척이야."

"애당초 너희들, 전부터 으스대는 게 마음에 안 들었어."

"그런데 방금 전에는 내가 대사 할 차례였는데 너 새치기했지?"

"쓸데없이 입씨름은. 하여간 온통 바보들만 모여 있다니까."

"뭐야? 말을 왜 그 따위로 해."

"애당초 네가…"

…라며 싸워대기 시작했다. 서로에게 숫자들을 투척, 맞은 카드는 기절했고, 숫자를 죄다 던져버린 카드 역시 백지가 되어서 기절했다. 킹과 퀸이 서로 멱살을 잡고 목을 조르다가 기절했다. 잭이 그 사이에서 벌벌 떨다 숫자에 맞아 기절했다. 형태를 이루고 있던 타워에서 카드가 차례차례 탈락, 비틀비틀 불안정하게 흔들리는 듯하더니 와르르 무너져내렸다.

산처럼 쌓인 카드 더미 위에서 하트 4가 비틀거리며 일어나,

"…타오르미나…"

라고 한마디한 뒤 털썩 쓰러졌다. 그러자 무롤로가 또다시 짝짝 박수를 쳤다. 푸고와 실라E에게도 박수를 치도록 재촉하는지라 푸고는 어쩔 수 없이 그에 응했지만, 실라E는 역시나 무시했다.

카드 더미는 무너진 채로 슬금슬금 움직여 무롤로의 주머니 안으로 들어가버렸다. 이걸로 끝, 이라는 것 같았다.

"뭐야 이게…?"

실라E가 넌더리가 난다는 얼굴로 말했다.

"능력은 본인의 정신이 투영된다고 하던데— 정말 그렇네. 쓸데없는 상하관계에 집착하다 정작 중요한 점괘를 대충 넘겼잖아."

"대충 넘기다니. 지명도 다 알려줬잖아. 코카키 일당이 잠복 중인 곳은 이걸로 알아낸 셈이니까—"

무롤로는 의기양양해서 가슴을 쭉 폈다. 푸고는 턱에 손을 짚고 잠시 생각했다.

"타오르미나… 시칠리아 섬이군."

어쩌면 일이 골치 아프게 될지도 모른다고 푸고는 생각했다. 그곳은 그런 땅이었다.

*

"푸고—?"

어두컴컴한 방 안에서 마시모 볼페는 자신도 모르게 되물었다.

"그거 혹시, 판나코타 푸고 말인가?"

그 앞 의자에 건조중인 젖은 셔츠처럼 널려 있었던 것은 얇게 변형된 마리오 주케로의 육체였다.

"—커, 커커컥—"

두께를 잃은 주케로의 성대는 더이상 제대로 된 소리조차 낼 수 없었지만, 마시모는 육체 동작을 읽는 데에 이골이 나 있었기 때문에 입술 부분의 떨림을 보면 무슨 말을 하려는지 알 수 있었다.

"그래, 네가 부차라티 팀과 싸우던 이야기는 이제 됐어. 좌우지간 그 멤버 중에 푸고라는 남자가 있었다 이거지?"

"—커, 커커컥—"

"호오, 나이는 대충 엇비슷한걸. 녀석이 퇴학 처분된 이후의 일 같은 건 생각도 해본 적 없지만— 확실히, 조직에 들어와 있었다고 해도 있을 수 없는 이야기는 아냐."

"컥, 케엑, 케케켁, 커커컥—"

"흐음… 나란차라는 녀석과 푸고, 둘 중 어느 쪽이 소문의 흉악한 능력자인지 알 수 없어 우선 그 두 사람을 제압했다, 라."

"나란차란 소년이라면 이미 죽었다."

뒤에 서 있던 코카키가 보충 설명했다.

"죠르노 죠바나가 그 소년의 이름으로 네아폴리스 교회에 거액을 기부함과 동시에 장례를 치렀으니까 말이다. 하지만 푸고란 녀석과 관련해서는 아직 정보가 없어."

"과연— 아무래도 정말 그때 그 푸고가 적이 된 모양인걸."

"어떻게 된 거야? 옛날 친구?"

안젤리카가 질문했다. 그러자 마시모가 쓰게 웃으며,

"녀석에게는 친구 따위, 아무도 없어."

라고 말했다.

"그렇게 겉으로 점잔 빼고 다니면 그만인 줄 아는, 머리만 커가지고 속은 완전 맛이 간 자식에게는 말이야—"

"호오오?"

비토리오가 탄성을 질렀다.

"그렇게 위험한 놈이야? 나보다 더 맛이 갔어?"

"글쎄— 하지만 녀석에게 동료라? 도무지 믿기지 않는걸…"

마시모가 생각에 잠기자 코카키가 또다시 설명했다.

"부차라티란 청년은 폴포의 총애를 받아 조직 내에서 출세할 수 있었지— 그중에서도 수많은 적을 한순간에 몰살하는 능력자를 부하로 두고 있다. 그런 소문도 상당한 가산점이 되었던 것이 분명해. 그래서 다들 부차라티의 팀을 경원했었지. 녀석들을 건드리면 위험하다, 고 말이야."

"그게 푸고였다 이거군. 어쩐지 납득이 가는 이야기야. 그래,

녀석에게는 확실히 그런 이미지가 있었어. 성실한 척하고 있지만 속으로 무슨 생각을 하는지 알 수 없다, 뭐 그런—"

"친구랑 싸우는 건 어떤 기분이야—?"

안젤리카가 또다시 질문해왔다.

"그러니까, 녀석이랑 친구 아니라고."

쌀쌀맞게 대답하자 안젤리카는 흐느적흐느적 그에게 다가와,

"아— 마시모는 있잖아— 왜 항상 그렇게 얼굴을 찌푸리고 그래? 배고파?"

라며 허리에 매달리면서 종잡을 수 없는 소리를 해왔다.

"안 찌푸렸어."

"있잖아, 전부터 생각했는데— 마시모, 웃으면 분명 엄청 귀여울 것 같아— 웃어봐, 응? 응?"

"웃고 있어, 봐봐."

"아냐, 좀더 제대로 웃어봐—"

안젤리카는 가짜 웃음을 짓고 있는 마시모의 뺨을 잡더니 그것을 끌어올리려 했다.

"아앙, 어쩐지 잘 안 돼—"

그러는 안젤리카의 입에서 피가 한 줄기 주룩, 하고 흘러내렸다.

마시모는 그것을 말없이 닦아줬다. 그리고 '매닉 디프레션'을

발현시켜 그 능력으로 그녀의 등을 다정하게 문질렀다.

안젤리카 아타나시오— 이 연약한 소녀는 선천적으로 '혈액이 거칠어지는' 난치병을 앓고 있었다. 그것은 수없이 많은 미세한 바늘이 혈관 속을 흐르는 것만 같은 격통에 시달리는 병이었다. 어떤 약을 투여해도, 어떤 능력을 써도, 그녀를 건강하게 만들어줄 수는 없었다.

그러나 마시모 볼페의 능력만은 그녀의 고통을 덜어내고 그 병의 진행을 늦출 수 있었다.

그런 그들의 모습을 코카키와 비토리오가 말없이 응시했다.

이윽고 코카키가 얇아진 주케로에게 시선을 돌리고 말했다.

"하지만 이 녀석들에게 발각됐다는 건, 이다음에 올 추적자는 더욱 본격적인 암살자 팀일 거라고 보는 게 맞겠군. 달아나지 못할지도 몰라."

"다시 격퇴하면 그만이지. 다들 내가 지켜줄게."

비토리오가 단검을 휘둘러대며 자신만만히 말했다. 그러나 그 말에 코카키 노인은,

"아니— 네녀석은 안젤리카와 마시모에게 붙어 있는 게 최우선이다. 이번엔 내가 가마. 그 푸고 군의 특기가 '무차별 몰살'이라면 내 쪽이 더 상성이 좋을 거다."

침착한 목소리로 담담하게 말했다.

스탠드 명 : 매닉 디프레션		
본체 : 마시모 볼페 (25세)		
파괴력 = C	스피드 = A	사정거리 = E
지속력 = B 약물 효과는 보름 정도	정밀동작성 = B	성장성 = C

능력 = 생명력을 과잉 촉진한다. 소금에 침투시킨 용액을 정맥에 주사하면, 투약
 자의 뇌내 마약을 과잉 분비시켜 기존의 위법 약물과 동일하거나 그 이상
 가는 효과를 육체에 초래한다. 효과는 한시적으로, 본체에서 떨어져도 지
 속된다. 이 스탠드의 가시에 찔리면 육체가 과잉 반응한다. 심장이 파열되
 거나 과잉 소화 작용에 내장이 녹는 등 갖가지 효력을 지닌 탓에, 무슨 짓
 을 해올지 짐작할 수 없는 스탠드다.

Sheila E
실라E

III. 'a vucchella 현혹하는 입술 ....

이탈리아를 여행하는 사람이 조심해야 하는 것 중에 '쇼페로'라고 불리는 파업이 있다.

그것이 시작되면 사회의 거의 모든 것이 정지되는데, 미술관 역시 동참하기 때문에 기껏 관광을 가서 옴짝달싹 못하는 신세가 될 수도 있다. 마침 그날 메시나 해협과 맞닿아 있는 그 항구에서도 쇼페로가 한창이었던 관계로, 평소 같았으면 운항중이었을 페리 같은 배들 역시 모두 휴업 상태였다. 때문에 항구에 사람이라곤 그림자조차 찾아볼 수 없었다.

"혹시, 이 쇼페로도…?"

푸고가 물어봤지만, 무롤로는 히죽히죽 웃기만 할 뿐 대답해주지 않았다. 그랬다, '파시오네'의 사주에 의한 것일 가능성이 높았다. 애당초 대부분의 쇼페로는 그 배후에 어떤 형태로든 조직이 존재한다. 노사 양측 사이에서 비합법 조직이 중재를 담당하는 것은 이 나라에서 드문 일도 아니다.

"그래서, 혈흔이 발견됐다는 창고는 이쪽이었지?"

실라E가 혼자 성큼성큼 걸어가버렸다. 푸고와 무롤로가 그 뒤를 쫓았다. 그녀는 출입금지 팻말이 걸려 있는 창고 문을 움직이려 하다가 자물쇠가 잠겨 있는 것을 확인하고는 난데없이 능력을 사용했다.

"―'부두 차일드'…!"

그녀의 중얼거림과 동시에 자물쇠가 잠겨 있던 문이 날아갔다. 보통 사람에게는 보이지 않는 강인한 파워로 비틀어 따버린 것이다.

"아―아―, 열쇠라면 있었는데."

무롤로가 투덜거렸지만, 실라E는 아랑곳 않고 능력을 발현시킨 채 안으로 들어갔다.

그녀의 '부두 차일드'는 근거리 파워형인 듯 날카로운 뿔이 난 실루엣이 항상 그녀 곁에 바싹 붙어 있었다.

그리고 실라E가 창고 바닥에 검은 얼룩이 묻어 있는 곳까지 오자 '부두 차일드'는 느닷없이 주변 바닥을 강철 같은 주먹으로 차례차례 난타했다.

"…에리에리에리에리에리에리에리…!"

주문 같은 고함을 지르며 바닥을 쳐대는 모습은 꼭 응석받이 어린애가 난리를 피우는 것처럼 보이기도 했다.

콘크리트 바닥은 금세 갈라져 무수한 균열이 생겼다.

그리고 다음 순간, 균열들이 차례차례 변형되기 시작했다.

그것들은 모두 인간의 입술 모양으로 변해갔다. 그리고 꿈틀꿈틀 움직이나 싶더니, 일제히 말하기 시작했다.

"제길, 그 자식, 딴 여자가 있는 주제에." "요전에 토토칼초 스포츠 복권으로 대박 난 게 모두에게 들통나지 않았겠지?" "일을 망친 걸 어떻게든 그 자식 탓으로 돌려." "젖비린내도 안 가신 것들을 너무 두들겨 팼나?" "그 자식 짜증난다니까, 안 좋은 소문을 또 퍼뜨려주라고." …그것은 두서가 없을 뿐 아니라 전후 맥락도 맞지 않는 말들이었다. 그 전체가 하나의 대화가 아니라, 그것은—

'그런 건가—'

푸고는 그 입술들이 하고 있는 말의 정체가 무엇인지 짐작이 갔다.

'저건 아마도 과거 이 창고에서 일하던 자들이 뱉은 말들이겠지— 좀처럼 남에겐 말할 수 없었던 마음이 이곳에 스며들어 있었다는 건가— 잔류 사념이라고 할까, '영 켕기는걸'이라든가 '위험할지도'라든가, 그런 죄책감을 동반한 강한 감정이 그 짙은 잔향 때문에 지박령처럼 지면에 남아 있는 것 말이지. 그걸 불러일으키는 게 실라E의 능력임이 분명해…'

그녀는 "언니를 죽인 범인을 찾고 있었다"고 한 만큼, 그런 정신이 능력에 반영된 것이다. 남은 단서를 찾아내면서 동시에 놈에게 그 죄를 깨닫게 해주고 싶다는 복수심— 실로 스트레이트하면서도 어찌 보면 겉과 속이 딱 맞는 성격이라고 할 수도 있을 것이다.

'그럼, 난—'

거기까지 생각이 미친 푸고는 내키지 않는 기분이 들려 해 더
이상 생각하기를 그만두었다. '퍼플 헤이즈'의 살인 바이러스는
과연 어떤 정신이 반영된 것인지— 그런 것은 생각도 하고 싶지
않았다.

실라E는 의미 없는 목소리들을 차례차례 지워나갔고, 그 결
과 마지막으로 남은 말은,

"…난 당신의 지령을 따를 뿐이야, 따를 뿐이야, 따를 뿐이야,
따를 뿐…"

이었다. 그 말을 들은 푸고는 흠칫하더니

"이거다— 틀림없어, 볼페의 목소리야!"

라고 외쳤다. 옆에서 무롤로가 고개를 끄덕이며,

"과연, 역시 이곳에서 싸움이 일어났군. 우리보다 먼저 온 추
적자가 여기서 반격당한 거야. 시체는 어디 다른 데서 처분했겠
지. 대충 바다 밑바닥에서 물고기 밥이 되었으려나."

라고 결론을 내렸다.

"하지만 어떻게 된 걸까? 볼페란 남자는 리더인 코카키의 말

을 따르는 게 못마땅한 건가? 이상하네. 자기가 팀 위에 서서 위세를 부리고 싶은데 그걸 숨기고 있는 거라면, '부두 차일드'로 들춰낼 수 있었을 텐데."

실라E가 의아한 듯이 눈썹을 찡그리며 푸고 쪽을 응시했지만,

"나도 몰라— 그 정도로 그 남자와 친했던 것도 아니고."

라고 말할 수밖에 없었다. 그런 두 사람에게 무롤로가 대충 넘어가자는 투로,

"딱히 적의 정신 분석 같은 걸 할 필요는 없어. 좌우지간 이걸로 내 '워치타워'의 예언은 옳았단 게 증명된 셈이군? 놈들은 이 항구에서 해협을 건너 타오르미나로 간 게 틀림없다니까—!"

자랑스레 콧방귀를 뀌며 턱을 위로 쳐들었다. 실라E는 아직 다소 의심스러운 눈치였지만, 이윽고 한숨을 쉬면서 말했다.

"뭐— 그러게, 이리저리 머리 굴려봤자 소용도 없고."

"좌우지간 여긴 그냥 확인차 온 것뿐이야. 예정대로 출발하지."

세 사람은 항구 끝에 정박되어 있던 한 척의 요트로 향했다. 쇼페로 때문에 모든 배가 멈춘 지금, 시칠리아 섬으로 가려면 직접 마련한 배를 탈 수밖에 없기 때문이다.

사전에 마련된 그 요트를 본 푸고는 움찔, 하고 눈썹을 찡그

렸다. 그 선체는 부차라티가 소유했던 요트, 라군호號와 똑같았다.

뇌리에 문득 그들이 라군호를 처음 보았을 때의 광경이 되살아나기 시작했다—

*

"우오오오오옷, 죽인다! 멋진데—! 이거 부차라티 배야?"

"그렇다니까요."

배를 보고 가장 좋아라했던 것은 나란차였다. 열일곱 살 먹은 그가 마치 여섯 살짜리 어린애처럼 눈을 반짝거리며 잔교 위를 뛰어다녔다.

푸고는 부차라티가 배에 태워준다는 말을 꺼냈을 때부터 무슨 특별한 임무가 있는 거겠지, 하고 정신을 바짝 차렸지만 나란차는 그런 쪽으로는 전혀 머리가 돌아가지 않는 모양으로, "배 타고 어디 갔다 온다니 신난다!"는 듯이 촐싹대고 있었다.

나 이거야 원, 하고 푸고는 고개를 좌우로 저었다. 그리고 옆에 서 있던 아바키오가 아까부터 계속 말이 없는지라,

"저기, 아바키오 생각엔 어떻죠?"

라고 말을 걸어봤다.

그러나 아바키오는,

"……"

역시 입을 다물고 있었다.

한때 경찰이던 이 사내의 침묵은 굉장한 박력을 지녔다. 푸고야 이골이 났지만, 실제로 가까이 있던 아이가 울음을 터뜨리는 광경을 본 적도 있었다. 그때도 아바키오는 눈썹 하나 까딱 하지 않고 오히려 아이를 매섭게 쏘아보았다. 그렇게 험상궂은 얼굴을 지닌 사내였다.

"이건 제 생각이지만— '슬슬 때가 된' 게 아닐지?"

"……"

"그 죠르노라는 신입이 어떤 재능을 지녔는지는 몰라도 이 시기에 인원을 늘렸다는 건, 역시 '슬슬 때가 됐기' 때문이 아닐까 싶은 생각이 드는데 말이죠."

"……"

"그래요, 부차라티가 '간부'가 될 때가 온 거예요, 분명. 부차라티의 인망과 실적을 감안하면 오히려 너무 늦었을 정도라고요. 하지만—"

푸고가 다소 흥분해 말을 잇자 아바키오가 위압감 있는 목소리로 말했다.

"억측으로 일을 단정짓지 마. 푸고, 네녀석은 그런 면이 있어.

머리가 너무 잘 돌아가는 바람에 생각하지 않아도 되는 것까지 생각하는 버릇 말이야."

"으…"

"우린 그냥 부차라티의 명령만 따르면 돼. 녀석을 전면적으로 믿는다. 그뿐이라고. 내 말이 틀렸나? 그리고 그 신입은 신용할 수 없어. 마음 놓지 마라."

"저기요— 그 신입은 부차라티가 데려온 사람인데요? 그런데 신용하지 않는다니— 모순 아닌가요?"

"시끄러워. 그건 그거, 이건 이거라고."

두 사람이 쑥덕대고 있는 동안 이리저리 뛰어다니던 나란차가 돌아오더니,

"있잖아, 있잖아, 사진 찍자! 기념으로 다 같이 나란히 배 앞에서 말이야—!"

라고 외쳤다. 그 천진난만함에 푸고는 자신도 모르게 웃음을 터뜨리고 말았다.

그러자 조금 떨어진 곳에 있던 미스타가 그 목소리를 듣고,

"거 괜찮겠는데. 그럼 부차라티도 이리 오라고. 얀마, 신입. 네 녀석이 셔터 눌러."

라며 죠르노에게 카메라를 던져주고 배 앞쪽으로 왔다. 부차라티도 쓰게 웃기는 했지만 그뒤를 따라왔다.

"자, 그럼 여러분. 여기들 보시죠."

쵸르노는 요령 있게, 묘하게 이골이 난 듯이 라군호를 배경으로 팀원 다섯 명을 프레임 안에 맞춰 넣고 찰칵하고 셔터를 눌렀다. 머리 위로는 탁 트인 푸른 하늘이 펼쳐져 있었다.

*

—그러나 지금, 푸고의 머리 위에 펼쳐진 하늘은 몹시도 우중충했다.

'그때 그 사진은— 어떻게 됐을까.'

지금까지 까맣게 잊고 있었다. 그때 그 요트를 타고 갔던 카프리 섬의 마리나 그랑데에서 부차라티가 간부가 됨과 동시에, 암살 팀과의 사투로 이어진 보스의 딸 호위 임무를 맡게 되다보니 필름 현상 같은 것에 신경쓸 여유가 없었다. 카메라 안에 든 채 그대로가 아닐까. 지금은 어디에 있을까—

그가 그런 생각을 하고 있는 동안에도 무롤로가 조타하는 배는 '그 섬'으로 계속 접근했다.

시칠리아—

그 오랜 역사 동안 페니키아인, 그리스인, 아랍인, 노르만인 등 수많은 민족에 의해 차례차례 정복됐지만, 21세기인 오늘날에 이르도록 그 주민들은 스스로를 '시칠리아인'이라고 하지, 이탈리아인이라고 하지는 않는다. 그러나 시칠리아의 문화는 다양한 양식이 혼연일체를 이루고 있어 독자성을 판별하기가 쉽지 않다. 아라비아 양식과 노르만 양식이 뒤섞인 듯한 교회도 다수 있다. 지중해의 교차점이라 불리며 다양한 역사의 다채로운 흐름이 유입되어온 그 땅은 빛과 어둠을 동시에 끌어당기는 곳이었다. 과거 그리스 3대 철학자 중 하나인 아르키메데스가 그곳에 매료되어 자신의 지혜를 사람들에게 전파할 장소로 택했다가 끝내 침략자에게 목숨을 잃었듯. "희극과 비극이 끊임없이 반복되는 인간의 대 스펙터클"— 그곳을 가리켜 그렇게 일컬은 바 있는 작가 파바 역시 뒷세계 조직에게 살해당했다. 제2차 세계대전 당시에는 미영 연합군의 시칠리아 공략을 기점으로 나치 독일을 중심으로 한 추축군의 패배가 거의 결정되는 등 역사의 일대 전환점 역할을 맡기도 했었다.

그곳은 그런 곳이었다.

"……"

푸고가 멍하니 가까워져가는 섬의 맞은편 해안을 바라보고 있노라니 실라E가 다가와,

"멍하니 뭐 하고 있는 거야?"

라며 힐난조로 말을 걸어왔다.

"아니, 아무것도."

"설마 당신, 볼페가 옛 지인이라고 해서 켕기는 건 아니지?"

"그런 거 아냐."

"놈은 '모든 악의 근원'— 절대 살려둬서는 안 되는 존재야."

"마약이잖아, 알고 있어."

"아니, 모르고 있어."

실라E가 고개를 좌우로 저었다.

"당신도 어차피 이런 식으로 생각하는 거 아냐? '마약을 하고 싶은 놈이 마약을 하는 건 자기 마음이다. 개인의 자유라는 게 있다. 죽고 싶은 놈이 어떻게 죽을지 자기가 정하는 것도 자유 다. 뭐 이런."

"……"

"하지만 그건 틀렸어. 마약이 좀먹는 건 육체가 아냐. 그건 인 간의 영혼을 썩게 만들어. 애당초 인간의 육체는 괴로운 일이 있 을 때 자연히 뇌내 마약을 분비해 고통을 완화하게 되어 있어 — 그건 어디까지나 괴로운 일에 맞서기 위한 거야. 하지만 외부 에서 주입되는 마약은 그 괴로움을 없애주지 않아. 오히려 괴로 움 그 자체가 배가돼버려. 단지 그걸 알아차리지 못하게 될 뿐이 야— 그만큼의 괴로움을 주변의 관계없는 가족들에게 떠넘기는 거라고. 그건 약자를 이용하고 짓밟는 것과 다름없어— 때문에 그런 마약을 팔아대는 놈은 세계의 모든 걸 모독하는 거나 다름 없어. 그건 인간성을 모독하고, 존엄성을 모독하고, 미래를 모독하고, 생명을 모독하는 거야— 절대 그냥 놔둘 수 없어."

그 말을 실라E는 마치 대본을 읽는 것만같이 술술 읊었다. 누가 한 말을 통째로 기억해 암송하는 것만같이… 아니, 실제로 그랬을 것이다. 녀석의 말은 절대로 틀릴 리 없다고 믿어 의심치 않고 있었을 것이다.

'죠르노 죠바나—'

이 소녀는 그를 맹신하고 있었다. 그가 죽으라고 하면 그 자리에서 죽을 것이다. 푸고의 바이러스에 휘말려 죽으라고 해도 태연할 것이다. 애당초 바로 그렇기 때문에 그녀가 그를 데리러 왔던 것이다.

이런 식으로 누군가를 마음속 깊숙이 믿어 의심치 않는다—자신의 목숨보다 타인을 신뢰하는 인간을, 푸고는 전에도 본 적이 있었다. 필사적인 그 눈을 알고 있었다. 그때 그 소년은 이런 식으로 말했다.

"저기… 부차라티… 난… 어떡해야 해? 같이 가야 할까? 어… 엄청 무서워. 그… 그치만 '명령'해줘… '같이 가자!'고 명령해주면, 그럼 용기가 날 거야. 부차라티의 명령이라면 하나도 안 무서워…"

그때 그눈이다. 지금 이 실라E는 그때 그 나란차와 같은 눈을
하고 있다.

'나란차는—'

그 역시 처음부터 그런 것은 아니었다. 덮어놓고 대뜸 부차라
티에게 신뢰를 보낸 것은 아니었다. 그전에는 당연히 나란차 나
름의 인생이 있었고, 고뇌가 있었고, 나름의 고집도 있었을 것이
다. 그것을 푸고는 알고 있었다. 왜냐하면—

'부차라티와 나란차, 두 사람을 만나게 한 건 나였으니까—'

*

푸고는 그날, 업무 관련 미팅 때문에 호출을 받고 부차라티가
즐겨 가던 리스토란테를 찾았다. 약속 시간에 약간 늦는 바람
에 다소 서둘러 가던 중, 그는 그 소년을 처음 보았다.

그는 주방 뒤쪽 쓰레기통을 뒤지며 채소 찌꺼기나 육수를 우
려내고 버린 고기 쪼가리 같은 것을 움켜쥔 채 갉아먹고 있었
다.

흔히 있는 부랑아였다. 극심한 불경기가 계속됐던 탓도 있고

해서 그런 녀석은 거리 곳곳에 있었다. 여느 때 같았으면 이렇다 할 신경도 쓰지 않았을 존재였다.

"......"

어째서 그가 마음에 걸렸던 것일까— 그는 자신을 응시하고 있는 푸고의 시선을 알아차리고도 주눅든 기색이 없었을 뿐더러 부끄러워하는 것 같지도 않았고, 그렇다고 되레 뻔뻔하게 구는 인상도 없었다. 어차피 무슨 소리를 듣든, 뭐라고 대꾸하든 소용없을 것이라는 기묘한 포기가 그곳에 있었다. 나중에 알게 된 것이지만, 이때 그는 앓고 있던 눈병이 악화해 조만간 죽을 거라며 체념하고 있었다고 한다. 그러나 푸고가 그에게서 느꼈던 것은 그런 무거운 각오가 아니었다. 오히려 그와는 반대로 몹시 가벼운 것 같았다. 가벼워도 너무 가벼워서 푸고는 그에게 동정도 멸시도 느끼지 못했다.

그것이 나란차 길가와 푸고의 만남이었다.

"———"

무슨 생각을 했던 것일까— 푸고는 눈이 마주친 다음 순간, 나란차 쪽으로 걸어가 그의 팔을 잡고는 약속 장소였던 리스토란테 안으로 함께 들어갔다. 그는 저항도 하지 않고 그저 몸을 맡길 뿐이었다. 푸고는 그의 반응을 기다리지도 않고 이미 리스토란테 안에서 자신을 기다리고 있던 부차라티를 향해 외치듯 말했다.

"이 녀석에게 스파게티를 좀 먹여주고 싶은데 괜찮겠지요?!"

가게 급사장은 깜짝 놀란 표정을 지었지만, 부차라티는 미동도 하지 않고 손짓으로 두 사람을 부르더니 자신에게 나온 접시를 나란차에게 내밀었다. 푸고 쪽은 구태여 보려 하지도 않았다.

그가 그러리라는 것을 푸고는 알고 있었다. 부차라티는 좌우지간 어린아이에게는 다정했다. 쇠약한 어린아이에게는 더더욱 그랬다. 푸고의 그 행동은 지각을 얼버무리기 위한 목적도 얼마간 있었으나, 결국 왜 그런 행동을 한 것인지는 자신도 확실히 알지 못했다.

나란차의 병을 알아차린 부차라티는 그길로 택시를 불러 그를 병원에 데려갔다. 푸고는 홀로 리스토란테에 남겨졌다.

그러나 뭔가 먹고 싶은 생각은 들지 않아 방금 나온 접시에 담긴 음식을 공연히 쿡쿡 찌를 뿐 입에는 대지 않았다.

나란차의 눈이 마음에 걸렸다. 그 눈을 어디서 본 것만 같은 기분이 들었다. 묘하게 텅 빈 그 눈을, 자신은 확실히 알고 있다는 생각이 들었다.

"곤란합니다, 푸고 씨—"

가게 주인이 나타나 찌푸린 얼굴로 말했다. 이곳은 부차라티의 구역이었던 관계로 푸고에게는 가게를 보호할 의무가 있었다.

"그런 부랑아는 오냐오냐하면 금세 기어오른다는 건 알고 계실 테죠? 놈들이 떼 지어 가게에 몰려오기라도 했다간—"

투덜대는 주인에게 푸고는 다소 퉁명스레,

"그럴 걱정은 없어요— 녀석에게는 그럴 만한 동료가 없을 테니까."

라고 단언했다. 그 직후, 자신이 무슨 수로 그런 것을 알 수 있을까 싶었다. 그러나 확신할 수 있었다. 틀렸으리라 생각되지 않았다.

"그렇습니까? 하지만—"

"알고 있어요. 두 번 다시 같은 짓은 하지 않을 거고, 부차라티에게도 얘기해두죠."

주인은 한숨을 쉬더니 말했다.

"부차라티 씨는 아무래도 여린 데가 있으셔서— 아니, 저희 어머니도 그분을 마음에 들어하시니 대놓고 말씀드릴 순 없지만, 보호비 좀더 챙겨드릴 수도 있으니까 제대로 본때를 보여주셨으면 좋겠는데 말입니다."

"요즘은 괜한 시비를 걸어오는 놈들이 없을 텐데요? 그럼 된 거 아닌지?"

"좀더 상류층 분들이 손님으로 오셨으면 싶어서요. 씀씀이가 큰 손님 말입니다. 가난뱅이들이나 몰려들어선—"

주인의 말에 푸고는 벌떡 일어나 뜨거운 요리가 담겨 있는 접시를 냅다 맨손으로 후려갈겨 깨버렸다.

버럭 화가 났다.

돌발적인 분노가 치밀어오를 때, 그는 그것을 억누를 수가 없었다. 자신도 무슨 짓을 할지 예상이 되지 않았다.

히익, 하고 주인이 깜짝 놀라 뒤로 물러났다. 푸고는 무표정한 얼굴로 그에게는 시선조차 돌리지 않은 채, 화상을 입고 깨진 접시 조각에 찔려 피까지 나는 손으로 묵직한 지갑을 꺼내더니 통째로 주인에게 휙 내던졌다.

"수리비와 위자료다— 거스름돈은 됐어."

내뱉듯 말하고 그대로 가게를 나섰다.

뭐가 그리 화가 났던 것일까. 그것조차 생각하기 귀찮았다.

그로부터 약 반년 뒤의 일이었다. 거리를 걷고 있는데 나란차의 모습이 보였다. 그에게 달려오고 있었다.

"아, 안녕— 너지, 너 맞지? 그때 날 구해준 게?"

나란차는 병도 다 나아 말끔히 건강해져 있었다. 푸고는 좀 성가시게 됐는걸, 하고 생각했다. 타인이 친하게 구는 것이 싫었다. 그러나 나란차는 묘하게 필사적으로,

"널 찾고 있었어, 너 말고는 부탁할 데가 없어서."

라고 말했다. 그 눈을 본 푸고는,

'─어라?'

싶었다. 어쩐지 위화감이 들었다. 그것은 지난번에 본 소년의 눈과는 달랐다.

"넌 '조직' 사람이지? 거리의 소문을 들었어. 부차라티의 오른팔이라던데─ 굉장해. 다들 너한텐 꼼짝 못한다며."

"그쪽은 나란차 군이죠? 제게 무슨 볼일인가요?"

"실은, 그런 너한테 부탁이 있거든. 아니, 사례로 할 수 있는 건 뭐든지 다 할게. 날, 그─ '조직'에 들여보내줄 수 없을까?"

"부차라티는 뭐라던가요?"

푸고는 알고 있으면서도 굳이 그렇게 물었다. 아니나 다를까, 나란차는 눈썹을 찡그리며 입술을 삐죽 내밀었다. 그리고 말하기 거북한 듯,

"그게─ '어린애는 부모님에게 돌아가야 해. 그리고 학교도 잘 다니고!'래─"

"그럼 그렇게 하지 그래요."

"그, 그치만서도! 그 뭐냐, 왜 있잖아, 뭐라고 해야 하나, 그러니까, 그게─"

반론에 전혀 요령이 없었다. 무슨 말을 하고 싶은 건지, 평소 같으면 이해할 수 없었을 것이다. 그러나 푸고는 어째서인지 그

가 하고 싶어하는 말의 뜻을 알 수 있었다.

"부모는 믿을 수 없다, 학교도 거짓만 가르치는 것 같은 기분이 들어 마음을 잡을 수 없다, 그런 건가요."

푸고의 말에 나란차는 깜짝 놀란 듯한 표정을 지었다.

"그— 그래, 그래! 그런 느낌이야!"

"포기해요, 세상이란 그런 거니까요."

"매, 매정한 소리 마— 너도 알 것 아냐? 그 사람 생각을 하면 이렇게 마음이 차분해진다니까. 용기가 끓어오르고 말이야. 안 그래? 아무 이득도 없는데 나처럼 더러운 부랑아를 진심으로 혼내주고— 아버지나 선생들은 날 화풀이 삼아 혼낼 뿐이었는데 그 사람은—"

나란차는 거의 울상이 되어 있었다. 그래도 그 눈만은 빛을 잃지 않았다.

그때 그눈과는 이미 딴판이었다. 쓰레기통을 뒤지던 그때 그눈, 아무 희망도 없었던 그때 그눈과는 달랐다. 그는 부차라티와의 만남을 계기로 그것을 찾아낸 것이다— '미래'를.

이렇게 살고 싶다, 라는 황금 같은 꿈을 찾아낸 것이다.

'_____'

그제야 비로소 푸고는 그때 자신이 어째서 나란차를 도와줬는지 그 이유를 깨달았다.

'그래— 이 녀석, 나와 닮았어. 부차라티가 도우러 와주기 전, 버림받고 혼자였던 그때의 나와.'

구원 따위 있을 리 없다는 생각에 모든 걸 자포자기했던 그때의 자신과 동류가 눈앞에 나타나자 무심코 손을 내밀어버렸던 것이다. 그랬다.

그러나 지금은 더이상— 그렇지 않았다.

그 눈은 이미 조금도 푸고와 닮은 데가 없었다.

지금의 푸고와도, 과거의 푸고와도 전혀 다른 눈빛이 그곳에 있었다.

"응? 응? 부탁이야. 부차라티한테는 비밀로 할 테니까—"

나란차는 거의 비는 듯한 자세로 푸고에게 매달렸다. 그는 지금 이 자리에서 거절당한다 해도 절대로 포기하지 않을 거란 생각이 들었다. 그러나 "조직에 들여보내줘" 같은 소리를 계속하고 다녔다가는 목숨이 몇 개가 있어도 모자랄 것이다.

푸고는 스읍, 하고 숨을 들이마신 뒤 다시 내쉬었다. 그리고 나직한 어조로 말했다.

"나란차 군— 뒤 좀 돌아봐요."

"어? 왜?"

"잔말 말고 돌아봐요."

나란차는 망설이면서도 천천히 고개를 뒤로 돌렸다. 그러면서

의아함에 '응?'하고 가는 눈을 뜨는가 싶더니, 그다음 순간,

"—으악?!"

하고 비명을 질렀다.

"뭐, 뭔가— 뭔가 있어! 흐릿한, 유령 같은 게—"

그 반응을 보고 푸고는 고개를 끄덕였다.

"저의 '퍼플 헤이즈'가 보인다는 건 그쪽에게 '소질'이 있다는 거예요."

"어? 어어? 어어어…?"

"이거면 '폴포의 입단식'에도 '합격'할 수 있을 거예요— 개죽음으로 끝나진 않겠죠."

푸고가 '퍼플 헤이즈'를 되돌리자 나란차는 눈을 휘둥그레 뜨며 말했다.

"다, 다시 말해— 오케이라고? 날 '조직'에 들여보내줄 거야?"

"소개까진 해드리죠. 그다음은 그쪽 하기 나름입니다. 단, 간부 면접을 볼 때는 너무 있는 대로 바보 티를 내면서 말하지 않는 게 나을 거예요."

푸고가 그렇게 말하자 나란차는 살짝 얼굴을 찌푸리더니 말했다.

"—바보라니, 말이 좀 심하잖아."

"그러니까, 그런 식으로 금세 대꾸하는 게 바보 같다는 거예

요, 나란차 군."

"있잖아— 아까부터 마음에 걸렸는데, 뭐야 그거?"

"그거라니, 뭐가요? 나란차 군?"

"아니, 그러니까 말이야— 너 왜 날 자꾸 '나란차 군'이라고 부르는 거냐고? 어쩐지 엄청 위에 올라 앉아 내려다보는 것 같아서 맘에 안 들어. 너, 나보다 어리지 않아?"

"그래서 뭐가 어쨌단 거죠? 그쪽이 '조직'에 들어온다면 제가 선배인데요."

"그거야 그럴지 몰라도—"

나란차는 영 불만인 듯했다. 그 이유는 알 수 있었다. 그는 부차라티 외에 다른 사람에게는 결코 얕보이고 싶지 않았던 것이다. '조직'의 권력 같은 것에도 관심이 없었다.

"—나 이거야 원, 그럼 나란차라고 편히 부르죠."

"뭐냐고. 더 바보 취급하는 거 아냐, 그거?"

"저를 푸고라고 편하게 부르셔도 되니까, 그걸로 샘샘인 셈 치죠."

"어쩐지 영 맘에 안 들어— 나란차 형님이라고 하면 안 돼?"

"안 되겠는데요, 그런 건. 바보가 '형님'이라뇨. 그래도 대등하니까 괜찮죠? 부차라티도 동료를 그렇게 부르거든요."

"그, 그래? —아니 잠깐, 방금 또 바보라고 하지 않았어?"

"자꾸 귀찮게 따지는 사람은 부차라티가 싫어합니다."

"으, 으—응—"

…그때는 푸고와 나란차가 대등했다. 똑같이 부차라티의 도움을 받았고, 그 은혜를 갚는 것이 삶의 보람이었다. 그 점에 둘 사이엔 차이가 없었다.

그러나— 지금, 나란차는 죽고 없으며 푸고는 배반자라는 오명을 씻기 위해 마약 팀과 사생결단을 내러 가는 상황이었다.

과연 어느 쪽이 '위'일까. 연상이라는 사실에 그리도 연연하던 나란차라면 어떻게 느낄까.

아니— 나란차는 이제 없다. 답은 푸고 자신이 알아낼 수밖에 없다.

'나란차— 그건 어떤 의미였죠? 나란차가 산 조르조 마조레 섬에서 했던 그 마지막 말의 의미는 대체…'

푸고가 그런 생각을 하는 와중에도 배는 점점 시칠리아 섬으로 접근했다.

"비가 오네—"

실라E가 하늘을 올려다보며 말했다.

후둑후둑— 우중충한 하늘에서 안개비가 내리고 있었다.

　무롤로의 판단에 따라 항구에 배를 대는 대신 바위밭 근처에 정박하고, 섬에는 고무보트를 타고 상륙하기로 했다. 섬 곳곳에는 깎아지른 절벽에 거친 바위 표면이 드러난 곳이 있었는데, 그런 곳에는 애당초 접안이 불가능했지만, 그들 같은 경우 '능력'을 사용해 절벽을 기어오를 수 있기 때문에 문제될 건 없었다. 그러나 무롤로는 자신의 능력이 "힘쓰는 일에 적합하지 않다"고 하는지라, 푸고의 '퍼플 헤이즈'와 실라E의 '부두 차일드'를 사용해 끌어올렸다. 푸고는 실수로 바이러스를 확산시키지 말라는 신신당부를 들었다.

　"요트는 놔두고 가는 거야?"

　"저 안에는 센서가 장치돼 있어. 침입자가 들어오면 금세 알람이 와. 감시 카메라에 볼페 일당이 찍혀 있으면 즉시 자동폭파시키지."

　"아무 상관도 없는 사람이 실수로 침입한거면 어쩌고?"

　"괜찮아, 그런 사소한 것쯤. 그건 그냥 그 녀석이 운이 없는 거지."

　"……"

　실라E는 잠시 요트를 응시하다가 이윽고 주변에 굴러다니던 단단한 암석을 '부두 차일드'로 들어올려 요트를 향해 "에리이이이—!" 하고 던져버렸다.

요트의 선체는 초고속으로 발사된 암석에 관통되어 눈 깜짝할 새 가라앉기 시작했다.

"이, 이봐 이봐—"

무롤로는 얼굴을 찌푸렸지만 실라E는 태연히,

"자, 그럼 가."

라며 가버렸다. 어쩔 수 없이 푸고와 무롤로도 그뒤를 따라갔다.

바위밭에는 포장 도로 따위 있을 리 만무했으므로 그들은 가파르게 경사지고 발 디딜 곳도 마땅치 않은 코스를 한 발 한 발 나아갔다. 머리 위에서 내리는 안개비가 더 거세질 낌새는 없었지만, 그칠 것 같지도 않았다. 찌푸린 하늘은 구름이 잔뜩 끼어 틈새 하나 보이지 않았다. 지중해 연안의 기후는 환절기에 쉽사리 사나워지니 아마도 그 때문이었을 테지만,

'덕분에 눈에 안 띄고 섬에 상륙할 수 있었지만— 거꾸로 너무 일이 잘 풀리는 것만 같은 기분도 드는걸.'

하고 푸고는 생각했다. 뭐니 뭐니 해도 마약 팀 일당은 죠르노의 포위망을 돌파하고 이곳 시칠리아까지 달아난 실력자들이었으니 말이다—

부르르 하고 푸고의 몸이 살짝 떨렸다. 죠르노 생각을 할 때마다 반사적으로 소름이 돋았던 것이다.

행동을 함께한 기간은 길지 않았지만, 돌이켜보면 그 금발 소년은 언제나 '옳은' 말만 했을 뿐만 아니라, 항상 그다음 큰 전개로 연결되는 행동만을 적절하고도 정확하게 실행했다. 푸고가 '어쩔 도리가 없다'고밖에 생각지 못한 상황을 더없이 간단히 돌파해왔던 것이다.

'왜 죠르노는 나한테 마약 팀을 추적하라고 시킨 걸까?'

그 소년은 헛수고는 하지 않는다. 이 작전에도 명확한 이유가 있을 것이다. 단순히 배반자들과 배반 의혹이 있는 용의자들을 맞붙게 해 일거양득을 노린다. 그런 안이한 짓을 죠르노가 택할 것이라는 생각은 들지 않았다.

'무슨 목적이 있는 게 아닐까— 숨겨진 진짜 목적이—'

그러자 실라E가 어느샌가 그런 그의 얼굴을 옆에서 빤히 응시하고 있었다.

"뭐, 뭔데?"

걸음을 옮기며 푸고는 실라E에게 물었다. 실라E는 앞은 전혀 상관하지 않고 푸고 쪽만 보고 있으면서도 걸음은 늦추지 않았다. 발 디딜 곳이 마땅치 않아 비틀거리는 낌새도 없었다. 살쾡이나 닌자 같은 소녀였다.

"당신— 방금 죠르노 님 생각을 하고 있었지?"

딱 걸린 푸고는 살짝 머쓱해졌다.

"딱히 안 좋은 생각을 한 건 아냐. 그냥 죠르노 보스가 이 작전에 어느 정도 성과를 기대하는 걸까, 그런 생각을 한 것뿐이야."

"당신— 죠르노 님과 만났을 때 무슨 생각을 했어?"

"무슨 생각이냐니—"

"뭘 느꼈어?"

"그건…"

푸고는 살짝 말을 머뭇거렸다. 그러나 실라E의 날카로운 눈빛이 속임수를 용납하지 않았던 관계로 솔직히 말했다.

"…그때는 아직 죠르노 보스의 정체를 몰랐기 때문에 대수롭지 않게 생각했어. 그래서— 얼핏 보면 '나약함'으로 간주될 수도 있는 소극적인 태도를 보이지만, 앞으로 크게 성장할 가능성이 잠재된 사내인지도 몰라… 라고—"

"……"

"어디까지나 그 순간의 인상이었어. 그때 난 아직 죠르노 보스를 부차라티가 데려온 신입인 줄로만 알았으니까."

"……"

실라E는 어쩐지 의심 어린 눈빛으로 그를 응시하고 있었다. 이윽고 그녀는,

"죠르노 님은 내게 이렇게 말씀하셨어— '네가 나를 올곧은 인간이라고 느낀 것은 너 자신이 올곧은 인간이기 때문이다'라 고—"

라고 뜬금없는 말을 했다.

"…뭐?"

당혹스러워하는 푸고를 무시한 채 실라E는 이야기를 계속 했다.

"똑같은 걸 미스타 님에게도 여쭤봤어. 그러자 미스타 님은 죠르노 님을 '끗발 한번 죽여주는 놈인지도 모르겠는걸. 럭키 보이라 이건가?'라고 생각하셨다던데— 무슨 의미인지 알겠 어?"

"그, 그게 그러니까…"

"럭키 보이는 미스타 님 본인이잖아? 다시 말해 죠르노 님을 볼 때, 사람들은 그 눈앞의 너무나도 거대한 '그릇'에 그만 자기 자신을 투영해버린다는 거야. 통째로 삼켜지기 때문에 거기서 느껴지는 건 결국 '자신'인 셈이지."

그녀는 알지 못하는 일이었지만, 그밖에 또 히로세 코이치라 는 소년이 죠르노를 가리켜 "상쾌한 녀석이었어요. 가방까지 도 둑맞아 놓고 좀 이상한 소리긴 하지만…"이라고 일컬은 바 있었 다. 코이치 본인 역시 친구들 모두가 좋아하는 실로 '상쾌한 녀석'이기도 했다.

"……"

푸고는 말문이 막혀 반응할 수 없었다. 실라E는 아직도 의심스러운 듯,

"그렇게 생각하면 성장 가능성이 잠재된 건 당신 자신이란 얘기가 돼. 적어도 당신 자신은 아직 더 성장할 수 있다고 무의식적으로 생각하고 있다, 그런 거야— 하지만 당신의 '퍼플 헤이즈'— 바이러스 확산으로 대량 살육하는 능력은 아무리 생각해도 '종점'이지? 성질상 그다음 단계가 있을 거란 생각은 들지 않아. 그런 능력의 어디에 '성장'할 여지가 있다는 거야?"

라며 다그치듯 따져댔다. 푸고로서는 대답할 길이 없었다.

"내게 그런 소릴 한들…"

"이봐, 무슨 영문도 모를 입씨름하고 있는 거야, 너희들? 우리처럼 신분이 낮은 자들은 죠르노 님이나 미스타 님에 대해 이러쿵저러쿵하는 게 아냐. 불손하다고."

뒤처져 있었던 무롤로가 낑낑거리며 다가오면서 두 사람을 나무랐다. 그러나 실라E는 그쪽을 쳐다보지도 않았다.

그 대신 갑자기 전방을 향해 코를 킁킁거리며 냄새를 맡기 시작했다.

"이 '냄새'—"

"앙?"

"이 토사물 냄새— 이 정도로 위산이 짙은데다 발효가 동반
되지 않은 부패취가 섞여 있다는 건, 틀림없어—"

의미를 알 수 없는 말을 중얼거리나 싶더니 다음 순간, 실라E
는 발 디딜 곳이 마땅치 않은 거친 바위 표면을 박차고 전력으
로 달려나갔다.

"이, 이봐—?"

푸고가 불러도 그녀는,

"당신들은 마을에서 기다리고 있어— 확인하고 올게!"

라고 말할 뿐, 돌아볼 생각도 하지 않았다. 그리고 곧장 달려
가 눈 깜짝할 새 더이상 보이지 않게 되었다.

"뭐, 뭐야? 저거— 뭘 확인한다는 거야?"

"대체—"

무롤로와 푸고는 그 자리에 단둘이 남아 한참을 망연히 서 있
었다.

*

시칠리아 섬 연안부의 거리들은 하나같이 매우 좁다랗다.

경사가 가파른 탓에 얼마 되지 않는, 어찌어찌 겨우 건물이

들어설 만한 공간을 효율적으로 활용하고자 주민들이 밀집해서 살고 있기 때문이다. 차가 다닐 수 없는 것은 물론이고, 사람과 사람이 지나칠 때 가까스로 어깨와 어깨가 부딪치지 않을 정도밖에 되지 않는 좁은 길이 많다. 정원 같은 공간도 없어 건물 벽이 도로와 바로 맞닿아 있다.

해변 쪽으로 시선을 돌리면 유려한 경관이 멋드러지게 펼쳐져 있지만, 가까운 지면은 몹시 폐쇄적으로 얽혀 있다.

그 극명한 대비는 관광지로서 이곳을 찾는 사람들에게는 흥미를 자극할 만한 매력 요소였지만, 주민들이 어떻게 느끼고 있는지는 실제로 살아보지 않고서는 알 수 없을 것이다―

"……"

그런 좁은 골목 안에 실라E는 홀로 발을 들여놓았다. 노후화가 극심해 이미 주민도 살지 않는 모양이었다. 역사적 유적지로 보존할 것인지, 아니면 허물고 정비할 것인지, 어느 쪽으로도 결정을 내리지 못하고 방치되어 이도 저도 아닌 상태 같았다.

석조 블록이 깔린 골목을 안개비가 적시고 있었다. 그 한 귀퉁이에서 그녀는 몸을 굽혔다. 그곳에는 다른 곳과 색이 다른 얼룩이 생겨 있었다. 코를 가까이 갖다대고 냄새를 맡았다.

손은 대지 않았다. 눈도 감지 않았다. 조사를 하면서도 경계는 풀지 않았다. 필요 이상으로 접근도 하지 않았다. 몇 번인가 확인하듯 응, 응, 하고 고개를 끄덕였다.

"남자야— 평소 술은 마셔도 약은 하지 않았어… 팀 멤버는
아닌가…?"

그녀의 후각은 그 토사물— 다시 말해 '매닉 디프레션'의 약
물이 투여된 자가 게워낸 오물의 냄새로 그 신체 반응을 알아낼
수 있었다. 이것은 능력과는 상관없는 그녀의 특기 중 하나이다.
어렸을 적 길렀던 개와 함께 숲속을 놀러다니던 시절에 단련된
감각이었다. 그 개는 그녀의 둘도 없는 친구였지만, 어느 날 불
량배들이 장난삼아 죽여버리고 말았다. 그때 그 분노가 그녀의
마음속에는 아직도 있었다. 그녀의 근본적인 부분에 인간 혐오
가 자리잡고 있는 것은 이 어렸을 적 체험의 영향이 컸다. 그녀
는 타인에 대한 자비의 마음이 거의 없었다. 어차피 한 꺼풀 벗
기면 죄다 애견 토토를 죽인 놈들과 동류, 라는 인식이 있었던
것이다. 이런 인식은 소중한 언니마저 살해당했을 때 결정적으
로 굳어져버려, 이제는 아마도 평생 치유되지 않을 것이다.

"하지만 반응이 너무 짙어— 약물로 섭취한 것치곤 너무 생
생해…"

그녀가 중얼거리고 있는데, 그 뒤쪽 벽에서 기묘한 현상이 일
어났다.

완전 평면으로 분명 단단해야 할 벽면이 한순간 물결치듯 일

렁 하고 움직인 것이다.

그 일렁임은 미묘하게 이동하여 그녀의 발밑 지면까지 미끄러져 내려왔다. 그리고 석조 블록의 미세한 틈새 속에서 '그것'이 튀어나왔다.

종이처럼 팔랑팔랑한 그것은 '손'이었다.

그 손에는 역시 두께를 잃은 바늘이 쥐어져 있었고, 그 끝으로 실라E의 등을 찌르려 했다.

그러나 그 순간 이미 그녀는 그 자리에 없었다.

위쪽.

영양 같은 도약력으로 지면을 박차고 벽으로 뛰어오른 그녀는 그곳을 손끝으로 붙들고 거미처럼 달라붙어 있었다.

얇은 손은 기습에 실패했음을 깨닫고 스르륵하고 또다시 모습을 감췄다.

"─방금 그건."

실라E는 힐끗 보인 그 적의 정체와 관련해 짐작가는 구석이 있었다.

"물체의 '두께'를 빼앗아 얇게 만들어버리는 능력─ '소프트 머신'인가? 당신, '조직'의 멤버 마리오 주케로 맞지…?!"

그렇게 말하면서도 그녀는 골목 이곳저곳을 살피고 있었다. 석조 블록 틈새, 벽의 균열, 그런 미크론 단위의 공간만 있어도

'소프트 머신'은 그 사이사이로 이동할 수 있었다. 언제까지고 같은 곳에 머물 리 없었다.

"주케로, 당신은 우리보다 한발 앞서 볼페 일당을 추적하고 있었을 텐데— 배반한 건가? 아니면 놈의 약물에 절어 꼭두각시 인형이 된 건가?"

팟 하고 실라E는 벽에서 떨어져 더욱 고립된 곳으로 이동했다. 건물에서 튀어나와 있는 피뢰침 쪽으로 향했다.

그곳에 올라가 거리를 내려다봤다— 좁은 골목이 무수히 얽혀 있는 이 지역, 이곳은 확실히,

"—과연. 탁 트여 있는 곳이 불리한 '소프트 머신'— 거꾸로 이곳 타오르미나는 숨을 만한 곳이 얼마든지 있는 절호의 습격 포인트라는 건가…"

실라E는 코를 킁킁거렸지만, 토사물의 자극적인 냄새가 너무 강해 주케로의 체취를 감지할 수 없음을 알아차렸다. 게다가 안개비에도 냄새를 지워버리는 효과가 있었다.

'게다가 빗물이 지면을 적시고 있을 때는 그 수분막과 석조 블록의 틈새로도 잠입할 수 있어… 날씨와의 궁합도 최고인 걸…'

절체절명— 그렇게 생각할 수밖에 없는 상황 속, 그러나 실라E의 얼굴에 떠오른 것은 대담한 웃음이었다.

흐흥 하고 입가에 미소를 띠더니 어디에 있는지도 불확실한 상대에게 말했다.

"저기, 주케로— 혹시 나 알려나 몰라? 당신, 로마 지구 팀에 있었지? 그럼 실라E라는 이름 정도는 들어본 적 있지 않아? 거기서 도박판을 관리하던 미란차파를 박살내고 '파시오네'의 구역을 확장한 건 그 당시 아직 열 살이던 나였거든— 그 공적으로 난 보스 친위대에 발탁됐지."

반응은 없었다. 그러나 그녀는 개의치 않고 이야기를 계속했다.

"내 이름의 E는 '에리니스*'의 E— 그 이름은 적에게 자비를 베풀지 않기로 맹세한 증거. 어때, 주케로— 당신, 이 이름을 듣고도 여전히 내게 맞서겠다는 거야?"

오만이라고 해도 과언이 아닐 일방적 언사에도 주케로는 대답이 없었다.

골목 한 귀퉁이에서 일렁 하고 벽이 움직였다.

그것을 본 실라E의 움직임은 신속했다.

그곳으로 뛰어들며 '부두 차일드'의 주먹을 날린 것이다.

그러나 그것은 단순히 위에서 흘러내린 빗물에 불과했다. 잘

---

* 에리니스: Erinys. 그리스 신화에 등장하는 복수의 여신.

못 짚었던 것이다. 그래도 실라E는 그대로 상대가 접근해올 가능성을 고려한 건지, 사방팔방으로 마구잡이 공격을 날려댔다. 벽과 지면이 점점 파괴됐지만, 이거다 싶은 느낌은 전혀 없었다 — 그래도 상관하지 않고 그녀는 한도 끝도 없이 계속해서 공격을 날려댔다.

"…에리에리에리에리에리에리에리에리에리에리에리에리에리에리에리…!"

—그 파괴의 충격은 틈새에 숨어 있던 주케로에게도 전해졌다. 그러나 직격이 아닌 한 아무런 의미도 없었다.

지금 그의 마음속에는 불타는 듯 뜨거운 감각만이 있었다. 그 감각 때문에 주케로는 얇아진 채 넋이 나간 인형이 될 수밖에 없었다. 그는 자신에게 접근하는 자는 죄다 공격하는 '지뢰'가 되어 있었다. 가난한 환경에서 자란 그가 뒷세계에서 더욱 높이 올라서기 위해 단련하고 또 단련했던 능력 전투술이 지금은 단순한 반사 행동으로 전락하고 말았다. 프로그램에 따라 실행될 뿐인 로봇, 아니 그보다도 못한 자동개폐 센서와 다를 것 없는 장치 취급을 받으며 이용당하고 있었다.

공격음 사이로 실라E의 혼잣말도 들려왔다.

"이…! 주케로, 주케로, 주케로…!"

그의 이름을 불러대고 있었다. 안달하는 듯한 낌새도 느껴졌지만, 더이상 주케로에게 그런 인상 따위는 의미가 없었다.

단지 목소리가 들려오는 방향을 자동적으로 노리고 그뒤를 잡을 뿐이었다. 사각의 간격은 몸이 기억했다. 그는 아무것도 생각하지 않고 뛰쳐나가 '소프트 머신'의 날카로운 바늘로 그녀의 등을 찌—

—르지 못하고 허공을 갈랐다.

'……? ……? ……?'

주케로의 반사 행동에 혼란 어린 기색이 역력했다. 그의 신경이 다음에 취해야 할 행동을 놓치고 패닉에 빠졌다.

분명 있어야 할 그곳에 실라E가 없었던 것이다.

그의 두께를 잃은 몸이 석조 블록 사이에서 나와 자신의 눈으로 이해하기 어려운 사태를 확인하려… 하던 순간 그곳에 있었던 것은,

'입술…뿐—'

"주케로, 주케로— " 하고 불러대고 있는 것은 지면에 난 균열이 변형된 입술이었다.

'부두 차일드'의 능력이 방금 전까지 그곳에 있었던 실라E의 말을 반복하고 있을 뿐이었다. 실라E가 주절주절 떠든 것은 도

발도, 오만도 아니고 이 '덫'을 놓기 위한 포석이었던 것이다.

그리고— 다음 순간, 그 덫이 완성됐다.

주케로가 빠져나온 균열과 주변에 나 있던 균열이 모두 입술로 변했다. 그리고,

콰직—

하고 깨물어버렸다.

주케로의 두께를 잃은 몸을 마치 비닐봉지를 억지로 뜯으려 하는 것처럼 이로 꽉 깨물었다. 더이상 몸을 움직일 수 없었다— 계속해서 입술은 지면을 미끄러지듯 이동해 주케로를 잡아당겼다. 숲속 사냥꾼이 사냥감의 모피를 벗겨 오두막 벽에 장식하듯, 그의 몸도 '태피스트리' 같은 신세가 되어버렸다.

"이거 이거— 생각보다 잘 안 늘어나네?"

멀찍이 떨어져 있던 실라E가 그 앞으로 걸어나왔다.

모든 것이 계산대로— 주케로가 지면에 숨어 있는 동안에는 시각이 아니라 청각에 의존해 바깥 상황을 인식할 것이라고 추리한 시점에서, 그녀는 이미 완벽하게 작전을 완성했던 것이다. 처음부터 붙잡을 목적으로, 죽일 생각은 없었다. 그는 귀중한 단서가 될 테니까.

"난 또 고무처럼 쭉— 늘어날 거라고 생각했지, 그런데 그렇지도 않네? 그냥 납작해지기만 할 뿐인가?"

"그, 그그그, 그그그—!"

더이상 정상적인 발음이 불가능해진 주케로의 입술이 달싹달싹 움직였다.

"아—아, 더이상 말을 못하나? 하지만 괜찮아, 난 독순술도 할 수 있으니까 걱정 말고, 하고 싶은 말이 있으면 다 해봐."

"게, 게게게게, 그게, 그가가가—!"

"어디 어디… '여야— 해' …뭔 소리야? 입술 좀더 제대로 못 움직여?"

실라E는 계속해서 주케로의 얼굴을 손으로 움켜쥐고 잡아당기며 입술의 움직임을 더 강조하게 했다. 그래도 주케로는 행동에 아무런 변화 없이 계속해서 입술을 움직이고 있었다.

"기기기, 기기부, 부부부부바바…"

소리는 공기의 습도 변화에 따라 완전히 달라졌지만, 움직임 자체는 크게 달라진 것이 없었다. 실라E는 어떻게든 그것을 읽으려 했다.

"어디 보자… '여, 움직여, 움직여야, 해…' 라고?"

움직여야 한다, 어째서 움직여야 하는 것인지— 그것을 실라E가 고민할 필요는 없었다.

다음 순간, 벽에 태피스트리처럼 붙어 있던 주케로의 얇은 몸이 피시시시 하고 쭈글쭈글해지는가 싶더니 곧— 파열됐다.

고동치던 온몸의 혈관이란 혈관이 죄다 터져나가 사방팔방으로 엄청난 피가 튀었다. 생체 활동이 비정상적으로 활성화된 나머지 육체가 자신의 혈압을 견디지 못하고 만 것이다.

"—윽!"

실라E는 자신도 모르게 후방으로 훌쩍 물러났다. 쭈글쭈글해진 주케로의 육체는 본인이 사망함으로써 '소프트 머신'의 능력을 잃고 순식간에 원래대로 돌아갔다—내부에서 파열되어 원형도 남지 않고 철저히 파괴된 시체로. 뼈란 뼈는 다 분쇄된 것이, 어쩐지 둥글게 뭉쳐진 이불이 진흙에 얼룩진 것만 같은 형상이 되어 있었다.

"이, 이건…!"

실라E의 얼굴이 험악해졌다. 주케로는 꼭두각시 인형이 되어 이용당했을 뿐만 아니라, 이미 처리까지도 다 되어 있던 것이다. 적과의 전투 능력에 너무나 큰 차이가 났다— 그것은 다시 말해…

"—제길!"

실라E는 즉시 걸음을 돌려, 왔던 길을 거꾸로 달려갔다.

'주케로는— 그냥 시간을 끌기 위한 미끼였던 건가…?!'

보기 좋게 적의 유인에 넘어가 일행과 갈라지게 된 상황임이 너무나 역력했다.

스탠드 명 : 부두 차일드		
본체 : 실라 카페츠토 (15세)		
파괴력 = B	스피드 = A	사정거리 = E
지속력 = E	정밀동작성 = B	성장성 = B

능력 = 물체를 타격하면 그 물체에서 입술이 떠올라 이전에 그 근처에 있던 자가
했던 험담을 들을 수 있다. 그것은 '혹시 남이 나를 이런 식으로 여기는 것
이 아닐까' 하는 그자의 불안감이 그곳에 배어들어 남아 있기 때문이다.
경계심—— 부두 차일드는 누구에게나 있는 그것을 폭로한다. 근거리 파
워형. 인간을 타격해도 입술이 나타나 그 사람의 심층 심리에서 비롯된 비
난을 퍼붓는다. 대다수 인간은 견디지 못하고 쇼크사하기 쉽다.

Vladimir Kocaqi
블라디미르 코카키

IV. tu ca nun chiagne 너는 왜 울지 않고 ·······················

그녀 일행은 이미 적의 수중에 떨어져 있었던 것이다—

판나코타 푸고의 능력과 관련해 팀 메이트이던 레오네 아바키오는 이런 설명을 한 적이 있다.

"'흉포'! 그것은… 폭발하듯 닥쳐오고, 사라질 때는 폭풍처럼 사라진다."

그는 몇 번인가 푸고와 함께 싸운 적이 있었다. 아바키오가 사건을 조사하고 그 범인을 푸고가 처리하는, 피비린내 나는 일의 연속이었다. 거리의 갱인 그들은 '보호'한다는 명목으로 기업의 스캔들을 무마해주고자, 거액을 횡령해 달아나려는 자를 처리해주거나 '파시오네' 산하 조직 간의 충돌을 최소한의 희생으로 수습하기 위해 처형을 집행하는 등, 이를테면 경찰이 나설수는 없지만 거리의 필요악이라 할 만한 종류의 더러운 일을 둘이서 담당해왔다. 반은 부차라티의 지시였지만, 나머지 반은 폴포의 명령일 때도 있었고, 비밀리에 해치우고 부차라티에게는 알리지 않을 때도 있었다. '조직'에는 보고하지 않을 수 없었지만, 자신들의 리더는 처리 대상에 어린 소녀가 포함되어 있거나 할 경우 못 본 척 놔줄지도 모른다고 생각했기 때문이었다.

푸고가 판단하기에 아무래도 부차라티가 필요 이상으로 죄책감을 느낄 것 같다고 생각될 때는 비밀에 부쳤다. 그럴 때도 아바키오는 태연히 협조해줬고, 발설 따위 하지 않았다. 자연히 그들은 주변에 콤비 같은 인상을 주었지만, 푸고는 한번도 아바키오에게 과거를 물어본 적이 없었고, 아바키오 역시 마찬가지였다. 서로가 무슨 생각을 하는지 전혀 알지 못했고, 알려고 하지도 않았다. 그런 일이 실제로 일어난 적은 없었지만, 아마 둘 중 누구 한 명을 버리고 가야 할 상황이 온다면 아바키오는 아무렇지도 않게 자신을 버릴 것이라고 푸고는 생각했고, 자신도 그럴 것이라고 느꼈다.

신뢰가 없는 것은 아니었지만 뭐랄까, '결속'이 없었다. 처음부터 그랬다.

경찰이던 아바키오의 비리가 발각되어 그가 재판을 받고 있었을 때 푸고는 근신중이던 아바키오를 만나러 갔다. 그에게 뇌물을 줬던 불량배가 '조직' 산하였기 때문에, 그 정보를 얻고자 했던 것이다. 불량배 본인은 경찰 구치소 내에서 한여름에 동사라는 의문의 죽음을 맞은 바람에— 다시 말해 이미 '조직'의 다른 자에 의해 처리돼버려, 물어볼 수 있는 상대가 아바키오밖에 없었다.

"____"

술과 여자에 빠져 눈 아래에 시커먼 다크서클이 생기는 등 꼴이 엉망이던 아바키오는 자신을 찾아온 푸고를 보고도 차가운 눈빛만 보낼 뿐, 아무 대답도 하지 않았다.

"그러니까, 우리 좀 똑똑해져 보자고요. 말씀 좀 해보세요, 아바키오 씨. 아바키오 씨가 이대로 교도소에 갔다간 틀림없이 죽을 겁니다. 경찰 출신이 그 안에 들어가면 다른 수감자들에게 어떤 꼴을 당하는지, 아바키오 씨는 잘 알고 계시죠? 게다가 교도관은 아무도 아바키오 씨를 도와주지 않을걸요. 최악의 쓰레기라고밖에 생각 안 할 테니까 말이죠."

"……."

"아바키오 씨가 못 본 척 넘어가주던 지역은 어디서부터 어디까지였나요? 아바키오 씨는 그 포주에게 발포하는 걸 망설인 것 같던데요… 그건 모종의 거래가 있었기 때문인가요?"

"……."

"마약은요? 그 포주는 마약 거래를 하고 있었죠? 아바키오 씨는 그걸 못 본 척 넘어가줬고요— 아닌가요?"

"……."

"묵비권 행사인가요, 거참—"

푸고는 미간에 주름을 지었다. 그는 거리에 마약을 퍼뜨리고 있는 것이 사실은 '파시오네' 그 자체가 아닐까, 하는 의문을 가지고 있었기 때문에 그것을 확인하고 싶었던 것이다.

'이미 적대 조직이 상당수 소탕됐는데도 마약 유통량이 조금도 줄지 않는 건 수수께끼의 보스가 분명 금기였던 마약을 취급하기 시작했기 때문이 아닐까, 싶은데…'

만약 그런 거라면 부차라티는 더없이 거북한 처지에 놓이게 된다. 거리에서 부차라티가 신뢰와 인망을 얻는 데에 성공한 이유는 마약을 일소하겠다는 그의 태도가 시민의 공감을 얻었기 때문이다. 그것이 뒤집힌다면 상황이 몹시 좋지 않게 돌아갈 것이 분명했다.

'어떡해야 하나—'

잠시 생각에 잠겨 있는데 눈앞의 아바키오가 갑자기,

"—왜지?"

라고 물었다.

"예?"

"왜 네녀석은 그렇게 진지한 표정을 짓고 있는 거지—? 세상 모르는 애송이 주제에."

몹시 험악한 얼굴로 짜증스러운 듯이 말했다. 시비를 거는 것인가 싶었지만, 그런 것치고는 어쩐지 상태가 이상했다.

"저기— 뭐라고요?"

"네녀석도 나와 크게 다르지 않을 텐데… 피차 똑같이 쓰레기 같은 인생일 텐데… 그런데 네녀석은 왜 그런 식으로 자신만만한 거지?"

"저기요, 아바키오 씨? 전—"

"다 알아, 네녀석도 똑같아. 좌절한 녀석이라고. 그 썩은 눈을 보면 다 알아— 그런데 뭐냐고, 네 그 자신감은?"

"대체 무슨 트집인가요, 그게."

"네녀석이 '그걸' 가르쳐주면 나도 알고 있는 걸 낱낱이 가르쳐주지."

"그거, 가 뭐죠?"

"네 '이유' 말이야. 네녀석이 그런 식으로 앞을 보고 살 수 있는 이유를 내게도 가르쳐줘."

"전 그냥 '조직'에 충성을 맹세한 것뿐인데요."

"그럼 내게도 그 방법을 가르쳐줘."

아바키오의 말에 푸고는 눈이 휘둥그레져 말했다.

"아바키오 씨, '조직'에 들어오고 싶다는 건가요?"

"네 이유가 그거라면 그렇게 하지."

"아바키오 씨는 경찰 출신이라 절대 '조직'에서 출세는 못할걸요. 구역도 맡지 못하고, 평생 남의 뒤치다꺼리나 해야 할 겁니다. 그래도 괜찮아요? 게다가 언제, 누가, 뒤에서 칼침을 놓을지도 모르고요. '조직' 쪽에서도 아바키오 씨를 제대로 지켜주지 않을 겁니다. 그냥 좋게 좋게 거래하고 받을 돈 챙겨서 어디 외

국에 나가 유유자적하게 지내시는 편이 나을 거라고 생각하는
데요."

"……"

아바키오는 그 충고에는 귀를 기울이지 않고 푸고를 뚫어져라
노려봤다. 무서울 정도로 검고 어두운 눈이었다.

…그와 아바키오를 하나로 엮었던 '마약'— 그 원흉인 마시모
볼페 일당의 팀과 푸고가 이제 곧 조우한다— 그리고 사생결단
이 시작된다.

*

타오르미나 동쪽 끝에는 기원전 3세기 전부터 존재하는 야외
극장이 있다. 무대를 에워싸는 듯한 반원형 그리스 극장— 테
아트로 그레코가 그것이다. 처음 건축됐던 헬레니즘 시대도, 이
후 개축됐던 로마 시대도 지나 아득한 세월이 흐른 오늘날에 이
르도록 이곳은 꽤 양호한 상태로 보존되어 있다. 관광 명소 중
하나이긴 하지만, 그다지 혼잡하지 않아서 느긋이 산책도 할 수
있는 곳이다.

그 테아트로 그레코에 푸고와 무롤로가 막 발을 들여놓은 참

이었다.

안개비가 쏟아지는 야외는 휑— 하니 한산했다.

"이거 이거 이거— 좀 잘못 짚었군."

무롤로가 투덜댔다.

"관광객 사이에 섞여 마을에 잠입할 생각이었는데— 이래선 오히려 더 눈에 띄게 생겼어. 비가 와서 그런가…"

"하지만 여기까지 온 이상 어쩔 수 없죠. 다소 위험해도 정면으로 돌파하는 수밖에요."

"네녀석은 신중한 건지 자포자기인 건지 잘 모르겠다니까. 포기가 빠르다고 할까— 한번 결정을 내리면 더이상 생각을 않는달까. 하지만 그다음 일로 고민하는 편이 상황 타개에 더 도움이 될 때도 있다고."

"우물쭈물 고민하는 건 시간 낭비예요. 정보만 다 갖추면 절로 나오는 답은 오직 하나뿐이니까요."

"그러니까, 그런 사고방식이 꽉 막혔다는 거야. 실라E도 그렇고 네녀석도 그렇고. 유연함이 모자라다니까. 유연함이 말이야—"

높은 곳에 올라 앉아 내려다보는 듯한 태도로 설교를 해왔다. 그러나 그 근거가 어째 영 희박했다. 그냥 잘난 척을 하고 싶어 하는 것이라는 생각밖에 들지 않았다. 그 태도는 푸고의 인생이 나락으로 굴러떨어지는 계기를 만들어준 교수를 연상시켰다.

"조심하시죠."

푸고의 차가운 목소리에 무롤로는 "앙?" 하고 눈썹을 찡그렸다.

"뭐라고?"

"쓸데없이 제 신경을 건드리지 않으시는 편이 나을 겁니다—버럭 화가 나면 저도 제가 무슨 짓을 할지 모르니까요."

그것은 협박이 아니었다. 실제로 그는 딱히 아무 의미도 없는 상황에서, 단순히 자신이 공부를 가르치던 나란차가 간단한 계산 문제를 틀렸다는 이유만으로 느닷없이 그의 뺨을 포크로 찔러버린 적이 있었다. 공부를 가르쳐주는 것이 처음도 아니었고, 나란차가 틀리는 것쯤 늘 있는 일이었는데도 그때만은 왠지 버럭 화가 났던 것이다. 그 계기는 푸고로서도 도무지 알 길이 없었다.

웃 하고 무롤로가 입술을 일그러뜨렸다.

"이봐 이봐 이봐, 대체 어떻게 돼먹은 거야, 네녀석은? '취급 주의'라는 건가? '건드리면 터져'? 좌선이라도 해서 정신 수양 좀 해둬야 하는 거 아냐? 애당초—"

넌더리가 난 듯한 무롤로의 말이 갑자기 끊겼다.

과묵해진 그를 돌아보자 그는 더이상 푸고를 보고 있지 않았다. 대신에 다른 방향— 테아트로 그레코의 경사진 관객석 쪽을 보고 있었다. 그리고 그 안색이 바뀌어 있었다. 믿기지 않아, 라는 얼굴이었다. 푸고도 같은 방향을 보았다.

홀로— 관객석에 한 사내가 앉아 있었다. 비를 피하려고 박쥐우산을 쓴 채, 풍경 사진의 일부처럼 그 모습과 인상이 주변에 녹아들어 있었다.

사내는 상당한 고령인 듯 얼굴에 수도 없이 깊은 주름이 져 있었지만, 몸은 야윈 편인데도 몸속에 심이라도 들어 있는 것만 같이 등은 꼿꼿했다.

얼핏 온화해 보이는, 그러나 어딘가 결정적으로 너무나 예리한 눈빛을 띤 그 노인의 얼굴을 푸고는 바로 얼마 전 자료 사진을 통해 보았다.

"서, 설마— 저건…?"

푸고의 놀란 목소리에 무롤로가 신음소리로 응답했다.

"틀림없어… 놈이야. 마약 팀의 리더, 블라디미르 코카키다…!"

노인은 두 사람을 똑바로 응시하고 있었다.

물론— 매복이었다. 우연 따위일 리 없었다. 그러나 혼자라 함은…

"……???"

무롤로는 초조한 기색으로 주변을 둘러봤다. 그러나 코카키 외에 다른 적의 모습은 어디에도 보이지 않았다. 기척조차 없었다.

"제, 제길— 하지만 지금 이 상황에서는…"

무롤로가 도주를 고려한 바로 그 순간, 그는 이미 자신의 동행자가 코카키를 향해 걸어나가기 시작했음을 알아차렸다.

푸고가 적을 향해 걸어나가기 시작한 것이다.

"이, 이봐…?!"

"해보는 수밖에 없어요— 이제 와서 달아날 수는 아마도 없을 겁니다."

푸고의 목소리에는 망설임이 없었다. 그러나…

"이봐, 섣부른 짓 마. 상대는 평범한 노인이 아냐! 디아볼로조차도 '힘으로 굴복시키기보다 교섭해서 아군으로 삼는' 선택을 했던 역전의 실력자라고! 네녀석과는 경험이 차이가 나도 너무 차이가 나!"

무롤로의 비명과도 같은 목소리를 뒤로하고, 푸고는 똑바로 코카키를 향해 나아갔다.

코카키 쪽은 살짝 미소를 지으며 자신의 손자뻘 같은 적의 접근을 그대로 기다리고 있었다. 푸고는 상대를 노려보면서 필사적으로 머리를 굴렸다.

'자신만만하게 우리 앞에 혼자서 모습을 드러냈다는 건 어느 정도는 우리 쪽 능력을 이미 알고 있다는 뜻이야… 게다가 이길 수 있다는 확신이 있어. 하지만— 나의 '퍼플 헤이즈'는 사정거리 5미터 안에 들어온 자는 살아남을 가능성이 전혀 없는 능력 — 단순한 파워로는 그 능력을 뛰어넘긴 어려워. 다시 말해 어느 정도는 사정거리가 긴 능력일 거야. 요는 내가 그 간격을 돌파해 상대를 내 사정거리 안쪽으로 끌어들이면 돼…!'

그렇게 생각하며 걸음을 옮겼다.

'뭔가, 뭔가 수작을 부려올 거야— 그럼 즉시 '퍼플 헤이즈'로 후려갈긴 뒤 그걸로 생기는 빈틈을 찔러 간격 안으로 몸을 날리는 거야—'

그것이 자신의 사고 회로 내에서 계산해낸 최선의 방법이었다.

그런 푸고를 코카키는 온화하다고 해도 과언이 아닌 눈으로 응시하고 있었다. 그리고 입을 열었다.

"자네는— 볼로냐 대학에서 우리 쪽 마시모의 동기였다면서?"

"_____"

"솔직히 자네의 평판은 그다지 좋지 않아, 판나코타 푸고 군. 아무래도 자네는 인생에 대해 착각하고 있는 것이 아닐까, 그런 생각이 드네만."

"…무슨 소리 하는 거지?"

"자네는 분명 이런 식으로 생각하고 있을 테지— '틀리고 싶지 않다, 항상 정답을 고르고 싶다'고 말이야— 하지만 그 생각 자체가 이미 자네의 착각이라는 거야."

코카키의 어조는 마치 이해력이 모자란 학생에게 참을성 있게 설명하는 교사 같았다.

"인생이란 무엇인가, 그것은 시칠리아인이라면 누구나 알고 있지. 자네 같은 네아폴리스 출신 도련님은 이해하기 힘들지도 모르네만, 인생은 다시 말해— '불합리'야."

"———"

"뜻대로 잘 풀리지 않는 것이 곧 인생인 법. 우선은 그것을 인정할 일이야. 거기서부터 모든 것이 시작되거든. 이를테면 타인이 자신의 기대에 응하지 않아도, 예상과 다른 행동을 취해도, 그것을 인정할 필요가 있어. 자네처럼 금세 버럭 화를 내며 주변에 화풀이를 하는 것은 그야말로 최악이지. 그래서는 아무것도 이룰 수 없어. 오로지 황폐함만 있을 뿐이지."

"———"

"우리 시칠리아인은 '침묵'에 가치를 두지. '침묵'하고 '인내'한다— 거기서 희망을 보는 거야. 오직 자기 의지 하나로 인생을 개척한다, 그런 것은 팔자 좋은 발상이지. 운명은 그렇게까지 사람에게 친절하지 않거든— '정답' 같은 것은 없어, 푸고 군. 자네가 '틀리지 않다'고 단정지을 수 있는 것 따위 이 세상 어디에도 존재하지 않아. 자네가 아무리 이상에 빠지지 않고 현실에 가까운 판단을 해봤자, 그것은 결국 상대적 문제지. 꿈과 현실 간에는 그렇게까지 차이가 없어— 자네가 생각하는 현실 따위, 일개 보잘 것 없는 착각에 불과함이야."

코카키의 나직한 말이 계속되는 와중에 푸고는 그에게서 5미터 거리까지— '퍼플 헤이즈'의 사정거리까지 아슬아슬하게 접근할 수 있었다. 앞으로 한 발짝만, 앞으로 한 발짝만 더 내딛어도 노인에게 필살의 일격을 날릴 수 있는 거리까지 와 있었다.

그러나 여기까지 왔는데도 코카키는 아무것도 하려 하지 않았다.

능력을 쓰면 그것이 보일 것이다. 반사 신경도 노인인 이상 푸고만 못할 터, 공격하려면 선수를 칠 수밖에 없을 것이다. 그러나 아무것도 해오지 않았다.

'어떻게 된 거지—?'

푸고는 어느샌가 멈춰 서 있었다. 언제든지 공격할 수 있는 태세를 취해놓고, 거기서 망설이고 있었다.

머릿속으로 여러 생각이 오갔다. 죽이지 않는 편이 낫지 않을까, 저항하지 않는다면 붙잡아 심문해야 하는 것이 아닐까, 이 노인은 단지 동료가 달아날 시간을 벌고 있는 것이 아닐까, 등 등— 딱히 근거 없는 온갖 생각이 떠올랐다가 사라져갔다.

알고 있었다.

그런 것들이 전부 자기기만이라는 것쯤은.

여기 이 코카키는 그를 죽일 생각이며 여전히 싸움을 포기하지 않았다는 것쯤은 그 살기로 가득한 시선을 받는 것만으로도 뼈저리도록 느껴졌다. 그러나— 그 심중이 전혀 가늠조차 되지 않다보니 어쩌면 좋을지 결정을 내릴 수 없었던 것뿐이다.

'왜 이러지? 뭘 망설이고 있는 거야, 내가 지금…?'

움직이지 않는 푸고를 향해 코카키는 천천히 고개를 끄덕이며,

"자네는 아무것도 몰라, 푸고 군. 자네가 안다고 생각하는 것들은 모두 표면적인, 얄팍한 잔꾀에 불과해— 자네는 용기를 몰라. 인간이 자기 자신을 버리고 살 때의 강함을, 하나도 모른다 이거야. 용기를 모른다는 점에서 자네는 현명한 인간의 피를 빨기 위해 달려들다가 피떡이 되는 벼룩과 다를 바가 없음이야—"

라고 하더니 입가에 씨익 하고 미소를 띠었다. 모욕당하고 있었다— 그러나 푸고는 어째서인지 별다른 느낌이 없었다. 어째서 화가 나지 않았던 것일까. 만약 나란차라면 이럴 경우 금세

성질을 내며 달려들었을 것이다. 나란차라면 분명 그랬다—

'나란차—…!'

푸고는 분노도 초조함도 아닌 기묘한 조바심에 등을 떠밀리다시피 지면을 박차고, 코카키가 있는 야외극장 관객석의 경사면을 달려 올라갔다.

몸이 비틀거렸다. 발아래 지면이 살짝 무너진 것이다. 그러나 대수롭지 않게 금세 태세를 재정비—하려는데,

"웃…?"

바닥을 디디려 했던 발이 쓰윽 하고 이상하게 미끄러졌다. 아무것도 없는 곳을 밟으려 하고 있었던 것이다. 그러나 발 디딜 곳은 이미 파악하고 있던 만큼 확실한 곳을 밟았—어야 하는데, 라고 생각한 순간 또다시 발이 휘청, 하고 엉뚱한 곳에 힘을 주는 바람에 밸런스가 무너졌다.

"뭐, 뭐지… 이건?!"

푸고도 지금 자신이 무엇을 하고 있는 것인지 알 수가 없었다. 마치 멋대로 댄스를 추는 것처럼 다리가 엉뚱한 곳에 힘을 주면서 비틀거렸다.

"이, 이건… 이 감각은…!"

온몸에 기묘한 부유감이 들었다. 발을 헛디딘 그 찰나의 감각이 아직 남아 있었다… 아니, 남아 있는 정도가 아니었다. 몸에

직접 새겨져 있는 것만 같은…

"이, 이건, 이 자식, 설마 이게—"

푸고는 마치 뒤로 달리는 것만 같은 자세로 점점 코카키에게서 멀어져갔다— 멀어지고 또 멀어져갔다.

'…능력! 그렇게밖에 생각할 수 없어. 능력의 공격을 받고 있는 거야— 하지만 언제 공격을 한 거지? 아무것도 보이지 않았는데 다 아무것도 느껴지지 않았는데. 아까부터 느껴졌던 거라고는— 그건.'

푸고는 비로소 알아차렸다.

안개비가 아까부터 쭉 그의 몸을 적시고 있었던 것을.

'이건— 이게…?!'

보이지 않았던 것이 아니었다. 느껴지지 않았던 것도 아니었다. 진작부터 보였고, 만져졌고— 계속해서 공격받고 있었던 것이다.

"그래— 이것이 나의 '레이니데이 드림어웨이'다."

코카키가 선언했다.

"자네가 계속 넘어지려고 하는 것은 그 영향에 의한 것— 자네를 밀고 있는 것은 내 능력이 아니야. 자네 자신이지. 자네 자신의 감각이 넘어지지 않으려고 자동적으로 반사 행동을 계속 취하고 있는 거야. 자네가 방금 단 한순간 넘어질 뻔했던 그때 그 감각을 내가 '고정'했거든—"

그 말을 듣고 있는 동안에도 푸고의 몸은 기묘한 댄스를 계속 추고 있었다. 아무리 애써도 자꾸만 발이 엉뚱한 곳을 디뎠다.

"감각의 '고정'— 그것이 나의 능력이지. 사람은 반드시 뭔가를 느끼기 마련이야. 느끼고 싶지 않아도, 싫어도 항상 뭔가를 느끼는 법— 나는 그 한순간의 감각을 영원히 지속되게 만들 수 있다 이거야. 자네는 앞으로 쭉 '넘어질 것만 같으니 발을 디뎌야 한다'는 감각에 속박되겠지— 자네는 이미 '갇힌' 거야. 사람은 자신의 감각으로부터 결코 벗어날 수 없는 법—"

"우, 우오, 우오오오…!"

푸고의 몸은 크게 기울거나 빙글빙글 돌기도 했지만 결코 쓰러지지는 않았다. 차라리 넘어지면 그 자리에 멈출 수 있을지도 모르지만, 그것도 뜻대로 되지 않았다.

"넘어질 것만 같은 감각— 그건 다시 말해 뭐라고 생각하나?"

"우오, 우오오, 우오오오오…!"

"그래… 그건 '낙하'지. 자네는 지금 떨어질 것만 같은 감각에 속박돼 있어. 그리고 그 낙하 감각의 종착지는—"

푸고는 코카키의 말을 끝까지 들을 수가 없었다. 발로 엉뚱한 곳을 디디는 강도가 점점 강해지더니, 그 방향이 점점 한 방향으로만 향했다— 그리고 그는 자신의 힘에 의해 수평으로 추락했다. 그것은 분명 지면을 박차는 동작이었음에도 추락이라고밖에 달리 형용할 도리가 없었다. 달리는 것보다 빨리, 한도 끝도 없이 가속해— 날아가버렸다. 자신의 착각 속에서 물리법칙의 한계에 도전하는 것만 같았다.

"—우오오오오오오오오오오오오…!"

절규와 함께 푸고는 단숨에 테아트로 그레코의 바깥으로 뛰쳐나가 계속 달려갔다. 그러나 어디까지 갈 것인가?

바다로 나갈 것인가, 벽에 격돌할 것인가— 어느 쪽이든 그 끝에 있는 것은 '죽음'— 오직 그것뿐이었다.

"자, 그럼— 우선 한 녀석 잡았고."

코카키는 박쥐우산을 쓴 채 천천히 일어섰다.

*

푸고의 절규는 실라E의 귀에도 들렸다.

"제길…!"

그녀는 이를 악문 채 그 날랜 발로 소리가 나는 쪽을 향해 달려갔다.

그러나 외침은 그녀보다 아득히 빨랐고, 점점 멀어져갔다.

그리고 그 와중에 그녀는 테아트로 그레코에 진입했다.

"─웃!"

걸음을 멈췄다. 오래된 극장의 관객석, 붕괴되어 경사져 있는 곳에서 아래로 내려오고 있던 노인이 그녀를 응시했다. 그녀가 올 것을 알고 있었다는 눈이었다.

"코─ 코카키?!"

그녀가 소리를 지르던 순간, 무룰로가 달려와 그녀의 등뒤로 숨었다.

"머, 멍청아! 왜 이리 늦어!"

"어, 어떻게─ 푸고는?"

실라E의 질문에 대답한 것은 코카키였다.

"녀석이라면 내가 처리했다."

나직한 선고에 실라E의 얼굴이 굳었다. 압도적인 중압감이었다. 그러나 그런 것에 겁을 먹을 수준이었다면 애당초 그녀는 이곳에 없었을 것이다.

"─'부두 차일드'!"

그녀는 지면을 박차고 돌격하는 동시에 노인을 향해 능력을 썼다.

코카키는 그 자리에서 움직이지 않았다. 실라E는 푸고와 달리 이것저것 망설여가면서 노인에게 접근하지 않았다. 다른 생각은 일절 하지 않고 그녀가 날릴 수 있는 가장 날카로운 일격을 노인에게 날리는 것만을 노렸다.

거의 순간적으로 간격을 뛰어넘어 노인의 얼굴에 그 주먹을 날렸다— 그러나 상대는 그 기세를 유연한 움직임으로 흘려버렸다.

휘어지는 버드나무가 강풍에 부러지지 않듯, 태극권을 닮은 코카키의 움직임에 실라E의 몸은 스르륵— 하고 뒤로 밀려났다.

'—큭, …하지만!'

실라E는 곧바로 시선을 돌려 노인을 다시 보았다.

코카키는 타격 자체로는 거의 대미지를 받지 않았지만, 그녀의 손끝에 뺨을 긁히고 말았다.

면도칼로 가볍게 긁힌 듯 희미한 상처가 그곳에 나 있었다— 그리고 그곳에 입술이 떠올라 있었다. 작은, 소녀의 입술이었다.

입술이 부르르 떨더니 "아…" 하고 희미한 한숨을 쉬었다.

"이건—"

"나의 '부두 차일드'의 주먹으로 난 상처는 입술로 변형해 감춰진 사실을 폭로하지—"

실라E는 손가락을 들어 척 하고 코카키를 가리켰다.

"자기 깊은 내면에서 들려오는 비난을 듣고도 제정신을 유지

할 수 있는 인간은 존재하지 않아 ─ 내 승리야!"

코카키의 뺨에 난 입술이 달싹달싹 움직이더니 무슨 말을 하기 시작했다… 그러나 그것은 블라디미르 코카키 자신의 목소리가 아니었다. 앳된 소녀의 목소리였다.

"─오빠, 행복한 인생이었어. 정말 믿기지 않을 정도로, 행복한…"

그것은 더없이 후련한 목소리였다. 만족스러운 체험에서 비롯된, 확고한 감정이 반영된 목소리였다. 어떻게 들어도 누군가에 대한 험담이나 비난으로 들리지는 않았다.

"뭐…?"

이해하지 못하는 실라E를 향해 코카키는 천천히 고개를 들어 그녀를 보았다. 그리고 일절 동요 없는 목소리로,

"그런가 ─ 자네의 능력은 이런 '후회'를 들춰내 상대에게 정신적인 대미지를 주는 능력인가 ─ 하지만 안됐군."

이라고 하더니, 그 뺨의 입술을 손가락으로 어루만졌다. 그러자 실라E가 해제도 하지 않았는데 코카키의 몸에 흡수되어 흔적도 없이 사라져버렸다.

"어, 어떻게─?"

"마음에 죄책감이 있는 한, 자네의 능력은 절대 빗나가지 않

아— 안 그런가? 바로 그래서지… 내게는 죄책감이 없어. 항상 그 사실을 마음속에 짊어지고 살고 있기 때문에 군이 자네가 폭로하지 않아도 언제나 그 목소리를 듣고 있거든."

코카키의 입가에 애처로운 미소가 떠올라 있었다.

"방금 그건 내 여동생 아멜리아의 목소리야. 녀석의 마지막 목소리였지. 내 품속에서 죽어간 녀석의, 인생이 끝나던 순간의 목소리."

"……"

"1943년 8월 6일— 그날 내 여동생은 죽었지. 그날이 무슨 날인지, 자네는 알고 있나?"

"……"

"그때 이곳 시칠리아는 전쟁터였지. 파시스트군과 나치 독일군이 점령중이던 이 땅에 미영 연합군이 상륙해 싸움을 벌였어. 하지만 나치 놈들은 처음부터 이 땅을 방위할 생각이 없었지. 대충 싸우다 철수할 생각이었던 거야. 그것은 주민에게는 대단히 고마운 일이었다만… 놈들은 철수할 때 스파이 의혹이 있다며 죄 없는 민간인들을 학살하고 떠났어. 우리집도 그 혐의를 뒤집어쓰는 바람에 부모님이 사살되셨지. 나는 여동생을 들쳐업고 필사적으로 달아났어."

코카키는 담담하게 이야기를 계속했다. 그 목소리에 옛일을 그리워하는 듯한 울림은 없었다. 마치 바로 어제 일을 이야기하는 듯한 냉정함만이 있었다.

"그 와중에 나는 내가 오줌을 싼 줄 알았어. 공포로 오줌을 지렸겠거니 하고 말이야. 그래도 상관 않고 달렸다만— 그것은 오줌이 아니었지. 아멜리아의 상처에서 흘러나오는 피였어. 녀석은 유탄에 맞았던 거야. 아니—"

코카키는 미간에 주름을 지으며 고개를 좌우로 저었다.

"유탄이 아니었을지도 몰라. 나는 달아났고, 병사 놈들은 등 뒤에서 나를 향해 총을 쏴댔으니까, 아멜리아가 방패가 되어 총탄을 몸으로 막아준 것이라고 생각하는 편이 타당하겠지. 나 대신 맞았던 거야."

"……."

"나는 여동생을 치료하려 했다만 손을 쓸 도리가 없었지. 출혈은 심했고, 여동생은 너무나도 어렸던데다 부상을 견딜 만한 체력 따위 기대할 수도 없었어. 쇠약해진 여동생은 이상한 소리를 늘어놓기 시작했어. 행복하다, 난데없이 그런 말을 했지."

"……."

"녀석은 자기 자신이 무사히 달아났다는 환상을 보고 있었던 거야. 내게 잠꼬대처럼 다행이다, 다행이다, 그런 말을 하더군. 그 눈을 보니 이미 시력을 잃은 기색이 역력했다만, 나는 녀석을 향해 몇 번이고 고개를 끄덕여줬어."

"……"

"그때였지— 나의 '능력'이 발현된 것은. 나는 여동생의 환각을 '고정'시켜 그 착각을 영원한 것으로 만들었어. 녀석이 겪었을 법했던 미래를, 무사히 달아나 평온무사하게 살다가 수많은 손자 손녀에게 둘러싸여 기나긴 삶을 마칠 때까지— 그런 환각을 언제까지고 지속시켰던 거야."

"……"

"녀석이 죽고 한 시간 뒤, 연합군 패튼 장군이 이끄는 전차 부대가 그곳을 지나갔지. 그들이 조금만 더 빨리 왔더라면 여동생은 죽지 않았을지도 몰라. 하지만 그 운명에 나는 아무런 저항도 하지 않았어. 왜냐면 아멜리아는 죽을 때까지 웃고 있었으니까. 실제 그것은 불과 몇 분 동안 일어난 일이었다만… 녀석에게 그것은 80년짜리 세계였던 거야. 그 몽환과 이 현실 간에 과연 얼마나 차이가 있을까?"

"…우우."

실라E는 코카키의 온화한 눈빛에 완전히 압도당해 있었다. 그것은 죽은 그녀의 언니와 놀라울 정도로 닮은 눈빛이었다.

그러나— 아무리 그래도 이 노인이 적이라는 사실에는 변함이 없었다. 그녀는 이를 악물고 코카키를 공격하려 했다.

이번 공격에 노인은 아무런 반응도 하지 않았다. 움직이려고도 하지 않았다. 그 무방비한 모습에 주먹을 연타로— 날리는 족족 빗나갔다.

"이럴수가—"

아무리 날려도 단 한 발도 맞지 않았다— 실라E는 그제야 비로소 깨달았다.

이미 자신이 상대의 공격에 당했다는 사실을… 코카키가 그녀의 안색을 보고 고개를 끄덕였다.

"자네는 방금… 단 한순간 나를 '당해내지 못할지도 모른다'는 생각을 해버렸어. 이미 그 감각은 영원히 고정이 되었지— 자네는 내게 공격도, 저항도, 아무것도 할 수 없게 된 거야. 그것이 '레이니데이 드림어웨이'지."

"우, 우우우우…"

"자네가 벗어날 수 있을까? 내 정신을 능가할 수 있을까? 천만에, 이것은 나만의 능력이 아니야. 아멜리아의 행복한 80년짜리 인생의 무게가 더해진 것이지. 그것을 깨면서까지 초지일관할 수 있을 정도의 확고한 신념을 자네가 가지고 있을까?"

"…우우우우우우우우…!"

"하지만 안심하라고, 실라E. 우린 자네를 죽이지 않을 테니. 그럴 이유도 없고. 그냥 우리와 죠르노 죠바나 간의 싸움이 결판날 때까지 어디에든 숨어 있으면 그만이야. 하지만 —"

코카키는 그 순간, 시선을 다른 방향으로 돌렸다.

"네놈은 이야기가 다르다. 카놀로 무롤로."

자신을 부르는 목소리에 무롤로는 움찔, 하고 몸을 움츠렸다.

*

…어찌 된 영문인지 그때 그일이 떠올랐다.

그것은 미스타도 동료가 되어 팀의 틀이 잡히고 조직 내에서 그들의 존재가 나름대로 인정받기 시작했을 무렵의 일이었다. 푸고는 어느 날 호출을 받고 홀로 부차라티의 거처를 찾았다.

"실례합니다 —"

문을 열고 실내에 들어선 푸고는 그 자리에서 살짝 얼어붙었다. 분위기가 기이했다. 쥐 죽은 듯 조용한 실내는 두꺼운 커튼이 창문을 가리고 있어 어두웠고, 조명도 들어와 있지 않았다.

부차라티는 거실 소파에 앉아 있었다. 푸고는 그에게 머뭇머뭇 다가갔다.

"저 — 부차라티?"

말을 걸자 부차라티는 손짓해 그 앞에 앉기를 권했다. 푸고는 조심조심 앉았다. 무릎 위에 손가락을 모으고, 뒤이어 부차라티가 무슨 말을 할지 기다렸다.

그러나 그는 아무 말도 하지 않았다.

침묵이 끝없이 계속됐고, 째깍째깍 낡은 시계가 내는 희미한 소리만이 몹시 크게 들려왔다.

'…뭐지?'

푸고는 점점 조바심이 나기 시작했다. 언제나 속전속결인 부차라티가 이런 식으로 뜸을 들이는 경우는 흔치 않았다.

마침내 부차라티가 입을 열었다.

"푸고… 넌 알고 있었던 거냐?"

그 질문에 한순간 무슨 이야기일까, 하고 생각했지만 금세 짐작할 수 있었다.

"…'마약' 말씀인가요?"

"――"

"저도 좀 이상하다는 생각이 들어 아바키오와 함께 조사를 하고 있었는데요―"

푸고는 말을 하면서 부차라티의 반응을 살폈다. 그러나 그 표정에는 미동 하나 없는지라, 그대로 이야기를 계속했다.

"―아무래도 최근 들어 보스가 직접 마약 거래를 시작했다고밖에 볼 수 없는 증거가 여럿 나왔습니다. 우리가 박살낸 게 분

명한 조직 놈이 또 거리에서 눈에 띄어 추궁해봤더니 새로운 도
매상이 있거든, 하고 웃으며 대답하더군요—"

"_____"

"폴포에게 그런 일이 있었다고 보고하자 그자의 커다란 얼굴
이 새파랗게 질리더니 부들부들 떨면서— '그 일에 더이상 깊이
관여하지 말도록' 그리 명령하더군요. 아무래도 보스는 폴포에
게 아무것도 알려주지 않은 모양입니다. 아마 그자가 상당한 세
력을 갖추고 있는 것을 견제하는 차원에서 그자에게는 마약을
취급하지 못하게 할 생각이었겠죠. 그리고 폴포도 그것을 깨닫
고 필요 이상으로 보스의 경계를 사고 싶지 않아 하며 겁을 냈
다는 게 제 생각입니다."

"……"

"폴포가 부차라티에게 아무것도 알리지 않았던 이유는 그래
서였겠죠. 그자는 우리가 그 일에 얽히는 것을 원치 않는 겁니
다— 그래서 전."

푸고가 계속해서 자신의 생각을 이야기하려는데 부차라티가
손을 들더니,

"그만— 됐어. 잘 알았으니까."

라고 차가운 목소리로 말했다. 그것은 얼음처럼 꽁꽁 얼어붙
은 목소리였다. 푸고는 자신도 모르게 움찔하고 몸이 굳어버렸

다.

'—죽이려나?'

순간, 진심으로 그렇게 생각했다. 생사의 경계를 가로지르는 것만 같은, 그런 긴장감 넘치는 낌새가 그 목소리에는 있었다.

그러나— 부차라티는 더이상 아무것도 하지 않고 단지 소파에 가만히 앉아만 있을 뿐이었다.

그 표정은 조각처럼 전혀 움직이지 않았다. 굳은 얼굴이라기보다, 뭐랄까— 인형의 얼굴 같았다.

푸고는 힐끗, 하고 거실 벽으로 시선을 돌렸다.

그곳에는 장식처럼 그물이 걸려 있었다. 그것은 지금은 세상을 떠난 부차라티의 아버지가 생전에 사용했던 어부용 그물이었다. 여기저기 찢기고 낡은 흔적이 남아 있는 그것을 부차라티는 아버지에 대한 맹세의 의미로 언제나 그 자리에 장식해둔다, 그런 말을 들은 적이 있었다.

'분명 부차라티의 아버지는 마약 거래 현장을 목격했다가 총에 맞으셨다고 했지. 그리고 그때 그 상처 때문에 돌아가셨고— 그래서 부차라티는 마약에 대해선 언제나 분노로 가득해—'

푸고가 멍하니 있자 이윽고 부차라티가,

"푸고— 레코드 좀 걸어주겠어?"

라고 말했다. 푸고는 황급히 일어섰다. 그것은 평소와 같은 신호였다. 부차라티는 혼자 있고 싶어지면 부하에게 레코드를 걸어달라고 말했다. 그것은 "그만 나가줘"라는 지시였다.

"예, 예― 마일스의 〈비치스 브루〉로 할까요?"

평소와 같은 애청곡이면 될지 확인차 묻자 부차라티가 이날은 웬일로 고개를 가로젓더니,

"아니― 〈사형대의 엘리베이터〉로 부탁해."

라고 말했다. 푸고로서는 약간 뜻밖이었다. 그 곡은 부차라티가 즐겨 듣는 아티스트의 작품이기는 했지만, 별로 좋아하지는 않는다고 했던 곡이기 때문이다.

지시대로 레코드 장에서 LP판을 꺼내 턴테이블 위에 얹어놓고 바늘을 내렸다. 스피커에서 트럼펫 소리가 음울하게 울려퍼졌다.

훌륭한 연주― 어금니를 얼마나 악물어야 이런 소리가 나올까 싶은 뿌득거리는 소리와, 끝없이 흘러나오는 한숨 같은 소리가 뒤섞인, 고혹적이면서도 비극적인 색채마저 겸비한 곡이었다.

그것을 말없이 듣고 있는 부차라티의 옆모습을 힐끗 본 푸고는

'―웃.'

하고 숨을 삼켰다. 부차라티의 그런 눈을 그는 지금껏 본 적이 없었다. 울고 있나 싶기도 했지만, 눈물 같은 것은 한 방울도

흘리지 않고 있었다. 오히려 메말라 있었다. 입술도 바싹 말라 거칠거칠한 것이, 아무런 색도 띠지 않았다. 안색도 창백한 것이 핏기가 없었다. 그리고 눈은, 물기가 완전히 사라진 그 눈은 마치 무저갱처럼 빛이 없었다.

…어째서 그때 그일이 떠오른 것일까.

그때 부차라티를 본 푸고는 그가 고뇌하고 있다고 느꼈지만, 동시에 그 고뇌를 극복하고 더욱 강해질 거라고 생각했다. 그것은 틀리지 않았다. 그뒤 부차라티는 점점 조직 내에서 확고한 지위를 쌓아올렸고, 주변의 모순과 타협하는 데에도 능해졌다. 분명 아무런 걱정도 할 필요가 없었다.

그런데— 어째서 이제 와 또다시 그때 그 부차라티의 눈이 떠오른 것일까.

알고 있었을 텐데.

부차라티는 아무렇지도 않은 것이 아니었음을.

정신이 천천히 죽어갈 뿐임을 깨달은 것만 같았던 그때 그눈— 부차라티로 하여금 그런 표정을 짓게 한 원인은 '마약'이었다.

'부차라티가 그런 표정을—'

한도 끝도 없이 낙하하는 감각 가운데, 푸고의 마음속에서 어떤 충동이 끓어올랐다. 돌처럼 단단한 그것은 마음속을 가득 채워갔다. 다른 무언가가 끼어들 여지 따위 있을 수 없을 정도로 그것만이 똘똘 뭉쳐갔다.

　그것은 할머니를 비웃었던 교수 앞에서 무게 4킬로그램짜리 백과사전을 움켜쥐었을 때와 똑같은 충동이었다.

＊

　"네놈은 이야기가 다르다. 카놀로 무롤로— 너 같은 놈은 살려둘 수 없다."

　코카키는 차갑게 내뱉듯이 말하며 박쥐우산을 쓴 채 무롤로를 향해 걸음을 옮겼다.

　"으, 으으으—"

　무롤로는 한 발짝 한 발짝 뒷걸음질쳤다. 등을 보이고 달아나지 않은 채 망설이고 있었다. 등뒤에서 날아드는 일격에 당했다간 그걸로 끝날 것이 두려워, 전력으로 달아날 수 없었던 것이다.

　"네놈은— 알고 있었지? 암살 팀의 리조토가 배반자였다는 사실을. 다 알고서 디아볼로와 맞붙게 해 어느 쪽이 이겨도 상관없도록 잔머리를 굴린 거야."

코카키는 무롤로에게 정면으로 다가갔다.

"애당초 리조토 일당이 디아볼로에게 도전하려 했던 동기는 같은 팀 동료가 보스의 정체를 캐려다 숙청당한 것에 대한 복수였지— 바로 그 멤버, 소르베와 젤라토에게 맨 처음 정보를 흘린 장본인이 무롤로, 네놈이라는 것을 나는 알고 있다."

"으으으…"

"위험한 일은 남에게 떠넘겨놓고 자기만 혼자 안전한 곳에서 강 건너 불구경이나 하며 우쭐거린다— 그리고 기회만 있으면 떨어지는 콩고물을 챙기려고 상황을 쓸데없이 휘젓고 다닌다— 자신은 책임질 생각도 않고서."

"으으으으으…"

"너 같은 놈이 있어서 세계가 일그러지는 거다. 그 비뚤어진 인생을 지금— 나 블라디미르 코카키가 끝내주마."

노인은 무롤로의 모자를 가리켰다.

"왜 그러지? 그 안에 그 잘난 무기가 있을 텐데? 그 안에 뭔가 감춰졌다는 것쯤은 네 몸짓을 보면 알 수 있다. 권총이냐, 나이프냐, 아니면 산성 물질이 든 병이라도 감춰둔 거냐? 뭐든지 좋으니 써봐라—"

"크으으으으…"

무롤로의 얼굴은 고민으로 일그러져 있었다. 그 역시 알고 있었다. 무기를 쓰려 할 때, 사람은 반드시 '조심한다'— 총이라면 자신을 쏘지 않게, 나이프라면 자신의 손을 베지 않게— 그러나 그런 생각을 하는 순간 코카키에게 지게 된다.

공격하려 하면 돌아오는 것은 자멸밖에 없다— 그런 상대와 어떻게 싸운단 말인가?

실라E는 전투원으로서 재기불능, 무롤로도 절체절명— 이렇게 된 이상 임무는 실패로 돌아갈 수밖에 없단 말인가… 그런 생각이 들던 찰나였다.

멀리서 천둥소리가 울렸다. 꽤 멀리서부터 들려와 쿠룽 쿠룽 쿠룽… 하고 크게 울렸다. 그러나 지금 하늘에 떠 있는 구름은 옅은 안개비 구름인데, 애당초 이 비는 코카키의 '능력'으로 발현된 것이니 분명 다른 기상 현상을 동반할 리가 없는데— 무롤로가 그렇게 생각하던 순간, 코카키도 그 소리를 알아차렸다.

쿠룽 쿠룽 쿠룽 쿠룽 쿠르르르— 소리가 점점 가까워지고 있었다.

코카키가 앗 하고 흠칫했다. 뭔가 깨달은 듯 그 얼굴에 떠오른 것은— 놀라움이었다.

"서, 설마—"

노인은 황급히 하늘을 올려다봤다. 비가 내리는 우중충한 하늘을― 그곳에서 소리가 들려왔다.

쿠르르르르르르르르르르르르― 분명 천둥소리일 텐데, 그 소
리는 멈추지 않고 한도 끝도 없이 점점 커져만 갔다.

"설마…?!"

콰오오오오오오오오오오오― 그 소리는 커지고 있는 것이
아니었다.

접근하고 있는 것이었다.

급격히 가속하며 이곳으로 몰려오고 있는 까닭에 그것이 내
는 소리도 확대, 크게 울려퍼졌던 것이다. 그 가속도는 초당 약
9.8미터― 그것은 중력가속도라고도 불리는 수치.

물체가 위에서 아래로 떨어져내릴 때의 가속도.

오오오오우우우우우우우우― 불쑥 하고 하늘에 그 점이 보
였을 때는 이미 늦은 뒤였다.

'설마― 능력의 파워로 제 몸을 수백 미터 상공에 던져올렸다
이건가…?'

코카키는 그 순간 내가 무엇을 놓쳤던 걸까, 하고 자문했다.
어떤 실수가 있었던 걸까, 하고도 자문했다― 그러나 그 답은
나오지 않았다. 그럴 여유도 없었다.

한순간, 놈과 눈이 마주쳤다― 까마득한 저 멀리 높디높은
하늘에서 자신을 향해 추락중인 판나코타 푸고와.

그랬다… 한도 끝도 없이 계속해서 낙하하는 감각이 무의미해지는 것은 실제로 하늘 높은 곳에서 지표로 하강할 때뿐이었다. 벗어날 수 없는 착각을 무효화하는 유일한 방법— 그리고 그것은 상대가 빗방울과 같은 속도로 코카키를 덮쳐오고 있다는 것을 의미하기도 했다.

"아—"

코카키는 신음소리를 끝까지 낼 수 없었다. 푸고의 앞에는 당연한 것처럼 그것이 출현해 있었고, 그것이 푸고보다도 먼저 그의 눈앞에 닥쳐와 있었기 때문이다. 굉음을 내고 있는 것은 놈이었다. 고함을 지르고 있는— 아니 절규하고 있는 바로 그 푸고의 분신이.

"우바샤아아아아아아아아아아아아아아아아아아—!"

주먹을 날림과 동시에 뿜어나오는 바이러스. 노인의 연약한 목쯤은 놈의 흉악한 파워 앞에서 마른 가지처럼 꺾여나갈 테지만, 바이러스는 그런 사실조차 무시하고 상대의 온몸을 순식간에 감염시키고, 침식하고, 증식하고, 그리고… 먹어치울 것이다.

흉포.

그것은… 폭발하듯 닥쳐오고, 사라질 때는 폭풍처럼 사라진다.

'퍼플 헤이즈'— 놈과의 접촉은 곧 죽음을 의미한다.

이것이 판나코타 푸고의 능력이었다.

"…헉!"

실라E는 즉시 정신을 차리고 달려나가 추락하는 푸고를 '부두 차일드'로 받아냈다. 그것은 착지나 낙법을 전혀 고려하지 않은, 그야말로 투신자살과도 같은 낙하였기에 엄청난 충격이 그녀를 덮쳤다. 찌릿찌릿 하고 온몸이 저려왔다.

"크, 크으으… 윽!"

그녀는 비틀거렸지만 어찌어찌 버텨냈다. 한숨 돌리고 안심하려던 순간, 엄청난 힘이 그녀의 목을 덮쳤다.

푸고가 그녀의 목을 움켜쥐고 있었다.

목을 졸라 죽일 것만 같은 힘으로 뿌득뿌득 졸라왔다… 당혹스러워하는 실라E의 뒤쪽에서 목소리가 들려왔다.

"그만둬— 끝났어."

그것은 무롤로의 목소리였다. 실라E는 도움을 청하듯 그를 돌아봤지만, 무롤로는 고개를 가로저으며,

"그게 아냐— 그만둬야 할 건 네녀석이야, 실라E. 능력을 해제해. 푸고를 놔."

라고 차가운 목소리로 말했다. 아차, 하고 실라E는 비로소 '부두 차일드'가 푸고의 몸을 부둥켜안고 그 등뼈를 꺾어버릴 듯한 태세였음을 알아차렸다.

"큭—"

실라E가 어찌어찌 능력을 해제하고 푸고의 몸을 팽개치듯 풀어주자 그 역시 손을 놓았다.

"……"

푸고는 말없이 천천히 일어섰다. 그 옆모습에는 아직 뭔가— 정체를 알 수 없는 그늘이 여전히 남아 있었다. 망설임 없는 눈. 부차라티가 과거 "너는 이쪽에서밖에 살 수 없는 인간이다"라고 했던 그때 그눈 그대로였다.

실라E는 그런 푸고를 치켜뜬 눈으로 노려보다가, 이윽고 고개를 돌려 방금— 막 살해된 적의 모습을 찾아 시선을 돌렸다.

그러나 그것이 어디로 갔는지 더이상 알 수는 없었다. 녹아내려 흔적도 남기지 않고 증발한 뒤였다.

'…주먹의 일격으로 이미 상대는 즉사했을 텐데… 그런데도 그 시체에 남아 있던 희미한 생명 반응에 감염하여 세포 하나하나를 부식시키고 증발시켰단 건가…'

오싹… 하고 등골이 싸늘해지는 것을 억누를 수 없었다. 목숨을 건졌는데도 전혀 기쁨이 샘솟지 않았다.

상처 없이 무사한 무롤로가 푸고에게 다가가 뭐라고 말을 했
다. 그러나 실라E는 그 대화에 낄 기력이 없었다.

비가 그쳐 활짝 갠 시칠리아의 아름다운 하늘이 드러나기 시
작했지만, 그녀의 마음은 점점 어두워지는 것만 같았다.

스탠드 명 : 레이니데이 드림어웨이		
본체 : 블라디미르 코카키 (70세)		
파괴력 = E	스피드 = B _{안개비가 확산하는 속도}	사정거리 = A
지속력 = A	정밀동작성 = E	성장성 = E

능력 = 착각을 고정시킨다. 안개비 같은 광범위 스탠드로, 그 범위 안에 들어간 상대가 무언가 착각을 하면 그 상태가 쭉 유지된 채 풀리지 않는다. 가벼운 병이라도 '이러다 죽어버리는 거 아닐까'라고 한순간이라도 생각한다면 그대로 죽게 된다. 상대의 정신 에너지를 이용하기 때문에 한번 걸리면 아무리 멀리 떨어진다 해도 해제되지 않는다.

Angelica Attanasio
안젤리카 아타나시오

V. me votu e mi rivotu 잠들지 못하는 뒤척임

잔루카 페리콜로, 그 사내의 이름이었다.

어렸을 적 의사도 포기한 큰 병을 앓다가 '파시오네' 덕분에 살아난 경험이 있었다. 그는 그 은혜를 갚기 위해 아버지 눈치오 페리콜로와 함께 '조직'에 입단했다.

그런 그가 아버지의 죽음을 알게 된 것은 반년 전이었다. 그것도 아버지 스스로 머리를 권총으로 쏴 죽은 것이었다.

일반적으로는 자살이겠거니 할 테지만 그는 금세,

'파파는 나 대신 보스에게 목숨을 바치신 거야.'

라고 이해했다. 아들인 자신에게까지 비밀로 한 것으로 미루어 볼 때 어지간히도 중요한 임무였겠지, 라고 생각한 그는 조만간 '조직'에 격변을 초래할 만한 거대한 사건이 일어날 것이 틀림없다며 부하들에게 대비하라고 주의를 주었다. 그리고 그뒤 일주일도 채 지나지 않아 이전까지는 비밀이었던 보스의 정체가 느닷없이 공표되었다. 다들 동요했지만, 페리콜로는 홀로 평정을 지켰다. 그리고 의심을 품는 다른 간부들을 혈혈단신 찾아가,

"죠르노 님께 지금까지보다 더 큰 충성을 맹세함이 마땅하다."

라고 설득하며 돌아다닌 것 또한 그였다. 아버지가 지킨 '조직'의 안정을 위해 이번에는 자신의 목숨을 바칠 차례라고 생각했다. 그것이 보스의 환심을 사, 그는 이전까지 아버지가 맡고 있

었던 기반을 고스란히 물려받는 것을 허락받은데다, 보스의 측근으로 전격 발탁되었다. 서열상으로 본다면 보스의 심복인 귀도 미스타 바로 다음 가는 위치였다.

그러나 그에게 자만심 따위는 없었다. 원래대로였다면 이것은 아버지가 맡았어야 할 일로, 자신은 어디까지나 대리인에 불과하다 생각하면서 항상 겸허하게, 한 발짝 물러서는 태도를 잃지 않았다.

그날 페리콜로는 부하의 연락을 받고 즉시 그 사실을 보스에게 보고하러 가던 중이었다.

"실례합니다―"

그곳은 네아폴리스 중·고등학교와 대학의 공동 부지 내에 있는 도서관이었다. 보스는 이곳의 학생이라는 사회적 신분을 유지하고 있었다. 좀처럼 수업에 나가지 않기는 했지만, 홀로 생각에 잠기고 싶을 때 학생들이 없는 심야에서 오전 사이, 이 도서관에 와 있을 때가 많다고 했다.

아직 개관 전이라 조명은 켜져 있지 않았다. 어둑어둑한 관내로 페리콜로는 걸음을 옮겼다. 사서들 모두 조직의 입김이 닿아 있는 자들이었기에 그가 와 있을 때는 이곳에 얼씬도 하지 않았다.

넓은 관내는 쥐 죽은 듯 조용했다. 그 안에서 들려오는 것은 페리콜로의 발소리뿐이었다.

관내는 안으로 들어갈수록 오래된 책이 나오게 진열되어 있었고, 중세 라틴어 사본 같은 것들도 소장되어 있다고 했다.

소년은 미술 관련 역사서 코너에 있었다. 높은 책장에 오르기 위한 이동식 계단 위에서 책을 팔랑팔랑 넘기고 있었다. 『미켈란젤로와 정치, G·스피니 저著』라는 표지가 보였다.

"쉬고 계신데 죄송합니다."

그렇게 말하자 상관없다는 듯이 손짓했다. 페리콜로는 가볍게 인사한 뒤 말했다.

"정보 관리 담당자인 카놀로 무롤로의 보고입니다― 도주중인 마약 팀의 리더 블라디미르 코카키를 처치한 듯합니다. 이걸로 남은 적은 세 명―"

말을 이으려는데 소년은, 아까운 자를 잃었군― 하고 자신에게 반란을 일으킨 상대를 애도하는 발언을 했다.

언제 들어도 소년의 목소리는 더없이 맑은 것이, 페리콜로로 하여금 교회에서 연주되는 파이프오르간의 장엄한 울림을 연상하게 했다.

소년은 뒤이어 그럼 아직이군―? 이라고 질문해왔다. 페리콜로는 꼿꼿이 자세를 바로 하고 대답했다.

"예― 그런 모양입니다. 가장 중요한 타깃인 마시모 볼페는 아직 쓰러뜨리지 못했습니다. 아무래도 코카키는 동료들이 달아나기 위한 시간을 벌 심산으로 습격해온 것 같습니다. 잔당의 행방은 알 수 없다는 보고입니다."

소년은 그럴 테지— 하고 고개를 끄덕이더니 다시 책으로 시선을 떨어뜨렸다. 그리고 우아한 손놀림으로 책장을 넘겼다.

"저— 어떻게, 손을 좀 쓸까요?"

그렇게 물어도 소년은 손끝을 가로저으며 필요 없다— 고 대꾸했다.

"저도 부하를 데리고 쫓아갈까요? 만만치 않은 적을 상대로 파견 인원이 다소 적은 것 같기도 하고—"

그렇게 제안을 던져봤지만 더이상 아무 말도 없었다. 같은 소리를 되풀이하는 것은 헛수고라는 것처럼.

"…저, 한 말씀만 여쭤도 괜찮을까요?"

마음 단단히 먹고 그렇게 묻자 소년은 그렇게 해— 라며 고개를 끄덕였다.

"푸고를 신뢰하시는 겁니까? 저로서는 도무지 그자를 믿을 마음이 들지 않습니다. 제 아버지 눈치오 역시 목숨을 바쳤던 중요한 임무 도중에 연약한 소녀와 같은 팀 동료를 버리고 저 혼자 달아난 자에게 또다른 중책을 맡기시다니— 다소 경솔하셨던 것이 아닌지?"

마음 단단히 먹고 그렇게 말했다. 당연히 질책을 각오한 의견이었다. 그러나 소년은 그 말에 어떤 분노도 보이지 않고, 무슨 말인지는 알겠다 — 라고 온화한 목소리로 말할 뿐이었다.

"그러시다면— 어째서?"

라고 질문했지만, 이번에는 대답해주지 않았다. 페리콜로는 더이상의 추궁은 포기하고, 그 대신 제안했다.

"…시칠리아 경찰에 압력을 넣어 볼페 일당을 찾도록 할까요?"

그러자 소년이 또다시 손끝을 가로저으며, 그럴 필요 없다 — 라고 말했다.

뒤이어 그가 한 말에 페리콜로는 눈이 휘둥그레져 자신도 모르게,

"—예? 놈들 스스로 저희에게 위치를 알려올 것—이라니요, 그게 무슨 말씀입니까?"

라고 되레 반문해버리고 말았다.

*

"…우오오오오오오오오오오오오오오오오오오오—옷! 우오—옷! 우오오오—옷! 우오오오오오—옷…!"

목구멍이 찢어질 것만같이 절규하며 마구 울부짖고 있는 것은 비토리오 카탈디였다.

"오, 오오오오오— 나 때문, 나 때문이야! 역시 내가 싸웠으면 코카키는 죽지 않았을 거야…!"

크으 하고 이를 악문 입술이 찢어져 피가 줄줄 흘러내렸다.

그 방에는 기괴한 상황이 펼쳐져 있었다.

벽지 여기저기 잇자국이 나 있었던 것이다.

지금도 벽에는 새로운 잇자국이 콰득콰득 저절로 생겨나고 있었다. 비토리오가 허리에 찬 칼집 없는 단검이 비추고 있는 벽으로 그의 몸이 받는 대미지 중 7할이 전이되고 있었던 것이다.

비토리오는 벽에 머리를 쾅쾅 박아대기 시작했다. 그러자 그가 부딪치는 곳이 아닌 다른 벽이 푹푹 패어갔다. 분명 두개골보다 단단한 벽이 변형된다는 것은 그 충격이 머리에 제대로 들어갔다가는 즉사할 만한 강도임을 뜻했다. 힘을 조절할 생각도 않고 전력으로 머리를 박아대고 있었던 것이다.

원래부터 그런 식으로 제어가 되지 않는 성격이었기 때문에 자기방어적 본능이 발휘되어 대미지를 전이시키는 능력이 각성한 것인지, 아니면 이런 능력을 터득하는 바람에 성격까지 그렇게 된 것인지, 그것은 아무도 알 수 없었다. 본인은 애당초 그런 것은 생각도 하지 않았다.

대미지 중 3할은 자신에게 돌아오기 때문에 비토리오의 머리는 피투성이였다. 그래도 상관하지 않고 계속 박아댔다.

방 한 귀퉁이에서 안젤리카가 훌쩍훌쩍 울고 있었다. 비토리오는 몇 번인가 그녀의 울음을 멈추게 하려고 노력했지만, 도저히 무리였기에 더욱더 자해 행위에 몰두한 것이다.

방문이 천천히 열리며 비틀비틀 마시모 볼페가 들어왔다. 그러나 동료들은 그에게 시선을 돌리지 않았다. 그럴 여유가 없었다. 무시당한 볼페 자신도 아무 말 없이 방 한가운데에 주저앉았다.

한동안 훌쩍거리는 울음소리와 머리를 박는 소리만이 울려퍼졌을 뿐, 무겁디무거운 침묵이 계속됐다. 이윽고 충돌음이 멎더니,

"…이제 다른 방법이 없어―"

라고 비토리오가 신음하듯이 말했다.

"전에 코카키가 말했던 그걸 하는 수밖에 없다고―"

"그거, 라… 하지만."

볼페는 고개를 가로저었다.

"그건 코카키도 최후의 수단이라 했어. 애당초 무슨 일이 일어날지, 확실한 것은 하나도 없다고―"

"하지만 그것 말고 달리 무슨 수가 있어? 코카키를 쓰러뜨릴

정도의 상대라고. 분하지만 아무리 나라도 기껏해야 길동무로 삼는 게 고작일 뿐, 이길 수 있을지 없을지는 장담 못 해—… 그것의 도움이 필요한 거 아냐?"

"넌 믿는 거냐?"

"뭐… 코카키 본인도 '반신반의'라고 했지만서도…"

"—이곳 시칠리아를 반격의 거점으로 삼으려 했던 까닭으로는 이곳이 내 고향인 만큼 내가 잘 안다는 점, 그리고 '파시오네'의 지배력이 완전하지는 않다는 점 등도 있었다만— 실은 그밖에 한 가지가 더 있지. 그것은 과거 이 땅을 점령했었던 나치 놈들과 관계된 거야.

로마에서의 활동이 주였던 것 같다만, 이곳 시칠리아에서도 '모종의 연구'가 진행되고 있었다지.

나치는 세계 각지에 손을 뻗쳐 '그 방법'을 탐구했던 것 같더군. 태곳적 황제들과 비슷한 망상을 그 어리석은 총통도 하고 있었던 거야.

그래— '불사'의 연구지.

무적의 힘을 지닌, 죽지 않는 병사를 양산한다는 목적을 이룰 겸 나치는 '그것'을 상당히 진지하게 탐구하고 있었던 것 같아… 하지만 그 책임자였던 루돌 폰 슈트로하임 SS 대령은 스탈린그

라드에서 전사했고, 이곳 시칠리아에도 연합군이 쳐들어와 '그 것'을 회수하지도 못하고 철수하는 바람에 이 땅에 감춰진 채 그대로 잊혔다는 거야.

'그것'이 구체적으로 어떤 것인지는 나로서도 알아낼 수 없었 어. 그러나 그 사용법을 암시하는 말은 알고 있지…"

"피는 생명이다."

…부르르, 하고 그 이야기를 떠올리며 볼페는 몸을 떨었다.

"불사신, 거기다 무적의 힘을 지닌 병사라…"

"놈들에게 이기려면 그것밖에 없어…!"

비토리오의 절박한 목소리에 볼페도 눈을 번뜩이며,

"코카키의 원수를 갚으려면 필요, 한가—"

라고 중얼거렸다. 그 순간, 갑자기 방 한 귀퉁이에 있던 안젤 리카가 크흑 하고 크게 오열을 토했다. 그리고,

"용서 못 해— 용서 못 해… 절대, 절대 용서 못 해… 용서 못 해… 용서 못 해… 용서 못 해…"

하고 귀기 어린 얼굴로 아무것도 없는 허공을 노려보며 신음 했다. 그러자 비토리오도 힘차게 고개를 끄덕였다.

"그래, 해보는 수밖에 없어! 이렇게 된 거 어디 한바탕해보자

이거야!"

　기합과 함께 일어나 방 밖으로 달려나갔다. 안젤리카도 비틀
거리며 그뒤를 따랐다.

　방에 홀로 남은 볼페도 천천히 몸을 일으켜 바깥쪽 복도로 나
갔다.

　그곳에는― 참극이 펼쳐져 있었다.

　방 여기저기에 흩어져 있는 것은 인간의 내장과 혈액이었다.
늑골이 튀어 벽에 박혀 있었고, 두개골에서 떨어진 턱 뼈가 천
장에 붙어 있었다.

　도합 스무 명의 시체가 원형을 알아볼 수도 없을 정도로 파괴
되어 흩어져 있었다.

　마시모 볼페의 능력이 미쳐 날뛴 후의 광경이었다. 그 사이를
천천히 걸으며 그는 나직이 중얼거렸다.

　"하지만, 대체 뭐지― 그 '돌가면'이라는 건…?"

*

　"…이거 꼴이 말이 아니군."

　무롤로가 투덜거리며 그 피투성이 복도에 발을 들여놓았다.

　"뭐야, 이거?"

실라E가 눈썹을 찡그리며 물었다.

"이곳 시칠리아 현지 갱— '파시오네'와 거리를 두고 지내던 갱들이었지. 코카키의 옛 친구들이었던 것 같지만— 그 노인네가 죽자 자기네가 숨겨주고 있던 볼페 일당을 어떻게 하려다 되레 반격당한 거야."

"그러니까— 방금 전까지만 해도 같은 편이었던 사람들을 이런 식으로 아무 망설임 없이 죽일 수 있다는 건가? 붙잡힌다 해도 달아날 마음만 먹으면 얼마든지 달아날 수 있었을 텐데, 몰살할 필요는…"

시체의 산을 보며 푸고는 공포보다 오히려 의문을 느꼈다.

'잔혹성이나 본보기, 그런 차원은 결단코 아냐… 좀더 결정적인 단절감이 있어…'

믿기지 않는다는 듯 입가를 일그러뜨린 실라E가 다소 언짢은 얼굴로 말했다.

"—같은 편이 아니었어, 처음부터."

"응?"

"아무것도 믿지 않고, 아무 가책도 없어— 놈들에겐 친형제도 조직도 없어. 마음속에 같은 팀 동료밖에 없는 거야, 분명."

그녀는 시체를 내려다보며 어쩐지 자포자기식으로 말했다.

"……"

푸고는 자신도 모르게 실라E에게 너도 그런 거야? 라고 물을 뻔하다가 입을 다물었다.

어쩐지 실라E의 태도가 달라진 듯한 기분이 들었다. 잔뜩 노려보기만 하던 그녀가 지금은 최대한 그와 눈을 마주치지 않으려고 하는 것만 같은 기분이 들었던 것이다. 코카키와 싸웠을 때 푸고에게 목이 졸릴 뻔해 경계하는 것일까.

'하지만 그때는 이 녀석이 코카키의 능력에서 벗어난 것인지 아닌지 확인할 수 없는 상황이다보니 어쩔 수 없었다고— 마음에 담아두고 있나…'

푸고는 또다시 마음이 무거워졌다. 영 곤란한 느낌이 가시지 않는걸. 상황을 바라보는 푸고의 심정은 그러했다. 그러나 그런 두 사람의 서먹한 분위기 따위 무시하듯 무롤로는,

"굳이 찾을 필요도 없게 됐군, 이거. 앞으로 볼페 일당은 어딜 가든 앞뒤 생각 않고 발밑에 시체의 산을 쌓아갈 테지… 놈들 쪽에서 스스로 위치를 알려주는 셈이야."

라며 흥 하고 콧방귀를 뀌었다.

그리고 안쪽 방으로 이동하는가 싶더니, 잠시 뒤 그쪽에서 박수 소리가 들려왔다. 능력을 발현시킨 것 같았다. 푸고와 실라E가 얼굴을 들이밀자 이미 트럼프 카드의 산은 무너져내리고 있었다. 스페이드 에이스가,

"…오르티자—"

라고 하더니 발라당 쓰러져버렸다. 무롤로가 또다시 박수를
치자 트럼프 카드들이 차례차례 일어나 작별 인사를 하고는 다
시 그의 모자 속으로 돌아갔다.

"방금 그건—"

"그래, 맞아— '오르티자'다. 놈들의 행선지는 이대로 시칠리
아 해안선을 쭉 따라가면 나오는 시라쿠사의 오르티자 섬이 틀
림없어."

무롤로가 고개를 끄덕이자 실라E가 의심스러운 듯 말했다.

"하지만 맨해튼처럼 다리로 연결된 그 작은 섬은— 거긴 유
적이나 역사적 건축물 말고는 아무것도 없는 구시가지야. 그런
데 가서 어쩔 생각인 거지?"

"그런 건 놈들을 잡은 다음 물어보면 돼. 그럴 만한 여유가 있
다면 말이지만서도."

그러더니 무롤로는 즉시 품안에서 핸드폰을 꺼내 어딘가로 연
락했다.

"—난데. 그래, 맞아. 당장 이리 좀 와줘야겠어. 행선지는 시
라쿠사. 그만큼 연료도 꽉 채워 오라고."

"연료? 당신, 뭘 부른 거야?"

실라E의 질문에 통화를 마친 무룰로는 핸드폰을 집어넣으며 자랑하듯,

"그야, 헬기지 뭐겠어. 헬리콥터 말이야 헬리콥터. 하늘로 뿅 하고 놈들을 앞질러 가서 매복하고 있자고."

라고 말했다. 그 단어를 듣고 푸고가 살짝 눈썹을 찡그렸다.

헬리콥터, 라는 탈것이 전에도 화제에 오른 적이 있었다. 그때 나란차는 이렇게 말했다.

"헬리콥터야, 그 열쇠는 헬기 열쇠가 분명해. 헬기라면 추적자에게 따라잡히지 않고 어디로든 갈 수 있어."

그건 결국 헬리콥터가 아니었지만, 만약 그때 헬기에 탔더라면 나란차는 요트 때처럼 신이 나서 어쩔 줄 몰라 했을까. 아니면 진지한 임무중이라며 얌전한 표정을 짓고 있었을까.

'나란차는 언제나 긴장이 오래가는 스타일이 아니었으니까 말이야… 집중력이 유지되지 않았다고 할까, 가장 중요할 때 긴장을 늦췄다고 할까…'

결국 그래서 죽은 것인가 하는 생각에 푸고는 어금니를 악물었다. 애당초… 그는 그 당시 상황을 알지 못했다. 알 도리가 없

었다.

'그곳'에― 따라갈 수 없었기 때문에 그는 지금 '이곳'에 있는 것이니까.

*

트리시 우나.

그 소녀의 호위가 결국 '파시오네'에서 부차라티 팀에게 부여한 마지막 임무가 되었다. 디아볼로의 딸로, 그녀 자신은 그 사실을 전혀 알지 못한 채 자랐다. 어머니가 세상을 떠난 후 아버지를 만나러 갔다가 되레 그의 손에 죽을 뻔했다는, 비극의 극치 같은 소녀였다.

'하지만―'

푸고는 아직도 그녀에게 동정심이 들지 않았다.

함께 행동한 건 이틀이 채 되지 않는 짧은 시간이었지만, 그녀는 그동안 쭉 퉁명스럽게 굴었을 뿐만 아니라 대체 무슨 생각을 하는 것인지 전혀 알 수가 없었다. 게다가 어쩌다 입을 여는가 싶으면 물건을 사러 나가는 것은 위험한데도 딱히 별 필요도 없어 보이는 사치스러운 기호품들을 사오라며 거만하게 명령하질 않나, 손수건이 없다며 대신 셔츠를 벗어달라지 않나, 도무지 보호할 마음이 들지 않는 호위 대상이었다.

애당초 푸고는 자신의 어머니를 싫어했기에 여성 자체에 그다지 고운 마음이 들지 않았다. 특히 신경질적인 여자가 싫었는데, 트리시는 그 범주에 딱 들어맞았다.

'왜냐고— 그깟 여자 때문에—'

그는 아직도 부차라티가 무슨 생각이었는지 이해할 수 없었다.

"트리시를 데리고 돌아온 것은 방금 전! 내가 보스를 '배반'했기 때문이다— 보스는 자기 손으로 직접 자기 딸을 처리하기 위해 우리에게 트리시의 '호위'를 맡긴 거다. 트리시는 같은 피가 흐르는 보스의 '정체'를 알 수 있기 때문이지. 그 사실을 알게 된 나는 용서가 되지 않았다. 그런 짓을 보고도 못 본 척 돌아갈 수는 없지. 그래서— '배반'한 거다!"

베네치아의 산 조르조 마조레 섬에서 부차라티는 푸고와 다른 사람들에게 그렇게 말했다.

때는 새벽녘, 세계는 쥐 죽은 듯 고요했고, 공기는 차갑게 식어 있었다.

대체 무슨 짓을, 푸고는 믿기지 않았다. 그러나 사실이었다. 실제로 눈앞에는 트리시가 피를 흘리며 기절해 있었다. 지시에

서 완전히 이탈한 상황이 벌어진 것이다.

"제정신이냐고… 부차라티."

미스타도 있을 수 없는 일이라는 듯 신음했다. 그러자 아바키오도,

"'배반자'가 어떻게 되는지… 모를 리 없을 텐데. 그 누구든 보스는 그냥 넘어간 역사가 없어. 아니…"

라고 말하며, 미간에 깊은 주름을 지었다. 그랬다, 그들 역시 다를 바 없이 조직의 적을 처리해왔기 때문에. 그들 역시, 그야 말로 다를 바 없이― 암살 팀의 인간들을 죽여왔기 때문에.

"이미 이곳 베네치아는 보스의 친위대에게 포위되어 있을지도 ―"

그 말을 듣고도 부차라티와 그뒤에 서 있는 죠르노에게 망설임은 보이지 않았다. 다시 한번 부차라티는 의연한 얼굴로,

"'도움'이 필요하다… 같이 갈 사람이 있으면… 이 계단을 내려와 보트에 올라다오."

라며 그들을 보고 운하 위에 떠 있는 보트를 가리켰다. 그곳에는 손목에서 피를 흘리는 트리시가 드러누워 있었다.

"단… 나는 너희에게 따라오라고 '명령'은 하지 않을 거다… 함께 와달라고 '부탁'도 하지 않아. 내가 멋대로 저지른 짓인 만큼… 때문에 내게 의리 따위 느낄 필요도 없다. 다만 딱 한마디

만 잘난 척 좀 하마. 나는 '옳다'는 생각에 그렇게 한 거다. 후회는 없어… 이런 바닥이라도, 나는 나 자신이 '믿을 수 있는 길'을 걷고 싶다! 약점만 찾으면… 지금은 달아날 수밖에 없지만 보스는 반드시 쓰러뜨릴 거다. '약점'을 반드시 찾겠다!"

굳은 신념이 담긴 부차라티의 힘찬 말을 듣고도 푸고의 가슴 속에서 끓어오르는 것은 오직 하나 — 혼란이었다.

부차라티가 말하는 '옳은 길'이라는 것이 대체 무엇인지 그로서는 도무지 알 수 없었다. 그것은 그가 지금까지 평생을 살아오며 한번도 느껴본 적 없는 감각이었다.

갑자기 모든 시야를 빼앗긴 것만 같았다. 아무런 지침도 없었고, 아무런 목표도, 아무런 기준도 없었다. 무엇을 의지해야 할지 전혀 알 수가 없었다.

그는 이제껏 부차라티를 신뢰해왔다. 그 판단은 대체로 옳았고, 그에게 이득이 되는 일을 하는 것이 곧 자신을 위한 것이라고 믿어왔다.

그러나 지금 그것이 근본부터 무너졌다.

애당초 부차라티가 푸고를 스카우트했을 때, 그는 이렇게 말하지 않았던가.

너는 이쪽에서밖에 살 수 없는 인간이다, 라고.

그런데 지금 부차라티는 갑자기 얄팍하고 근거도 없고 무의미하다고밖에 생각되지 않는 정의 따위를 내세우며 파멸로 직결되는 길을 '믿을 수 있는 길'이니 뭐니 하며 앞뒤 생각 없는 행동에 나서려 한다.

"......"

아바키오가 힘이 빠진 듯 주저앉았다.

미스타도 외면하듯 엉뚱한 방향으로 시선을 돌려버렸다.

나란차는 아까부터 계속 부들부들 떨고 있었다.

누가 무슨 말 좀 해보라고, 푸고는 생각했다. 어떻게든 해야 하는 것 아닌가. 이 이해 불가능한 사태를 어떻게든 바로잡아야 하는 것 아닌가.

"...큭."

푸고는 어금니를 악물고 어찌어찌 목소리를 짜냈다.

"...무슨 이야기인지는, 잘 알았고, 또 말이야 옳은 말입니다. 부차라티."

상대가 설득력 제로의 말을 하고 있다는 생각밖에 들지 않았기 때문에 푸고의 말은 마음에도 없는 말이 되고 말았다. 비위를 맞추려는 것만 같은 말이 되고 말았다. 이래서는 안 돼. 좀더 확실히 말해야 해.

"하지만… 분명히 말하죠. 유감이지만… 보트에 탈 사람은 없을 겁니다. '정'에 휩쓸려 이성을 잃다니… 당신의 은혜를 입기는 했지만, 따라간다는 건 또다른 문제입니다. 당신은 현실을 보고 있지 않아요… 이상만으로 이 바닥에서 살아남을 사람은 없습니다. 이 조직이 없으면 우리는 살아갈 수 없어요."

그리고 보란듯이 한 발짝 뒤로 물러났다.

어쩌면— 하는 생각이 이때까지의 푸고에게는 아직 있었다.

어쩌면 아직 사태를 타개할 방법이 있을지도 모른다. 실낱같은 가능성에 불과하지만 만에 하나 부차라티의 마음을 돌려 트리시를 보스에게 직접 가져다 바치게 하면 그를 살릴 수 있을지도 모른다.

아직 희망은 있다. 그렇게 믿고 싶다.

어떻게든 마음을 고쳐먹어줬으면, 그런 생각에서 한 말이었다.

그리고 그 말에 푸고의 뒤를 잇듯 아바키오가,

"그래, 푸고 말이 맞아. 부차라티. 네가 저지른 짓은 자살 행위나 마찬가지야. 전 세계 어디로 달아나봤자 네게 '안식'의 장소는 없을걸."

라고 옆에서 한마디 거들어줬다. 그래, 라고 생각했다. 좀더 부차라티의 마음을 돌릴 만한 말을 하자. 지금까지 깊은 신뢰로 맺어져온 동료들이잖아. 그걸 내팽개치고 멋대로 행동하는 건 용납하지 못한다고 하자— 라고 푸고는 생각했다.

아바키오는 계속해서,

"그리고 내가 충성을 맹세한 대상은 '조직'이라고. 네게 충성을 맹세한 게 아니라 이거야— 하지만."

그러더니 갑자기 일어섰다.

"나도 애당초 말이야— 갈 곳이나 안식처 따위 어디에도 없는 인생이 되어놔서. 이 나라 이 사회에서 떨려난 신세가 되어놔서 말이야— 내가 마음을 놓을 수 있는 건… 부차라티, 너와 함께 있을 때뿐이야."

그러면서 망설임 없는 동작으로 보트에 올라타 털썩 하고 걸터앉았다.

너무나 뜻밖의 사태에 푸고는 소리를 지르고 말았다.

"마— 말도 안 돼! 아바키오!"

당신 지금 뭐 하는 거야, 하고 진심으로 울컥했다. 기껏 내가 설득을 하는데 그걸 허사로 만들겠다는 거야? 하고 동요하던 찰나 이번에는 미스타가 난데없이,

"보스를 쓰러뜨리고 나면 말이야— 실력으로 치면 다음 간부는 내가 되는 건가?"

라는 둥, 생각이 없어도 한참 없는 말을 하더니 성큼성큼 보트에 타버렸다. 고민하는 낌새가 전혀 없었다.

이, 이 멍청한 자식들— 하고 푸고는 완전히 머리끝까지 화가

치솟고 말았다.

"다들 제— 제정신이 아냐! 완전히 고립될 거라고! 어디로 달아나려고?! 아— 아무도! 이곳 베네치아에서 살아나갈 수는 없어!"

비명을 지르듯 외쳐도 누구 하나 그를 보려 하지 않았다.

그 와중에 혼자만 기이할 정도로 냉정하던 죠르노가 나직한 목소리로,

"나란차— 나란차는 어떡할 겁니까?"

라고 물었다. 푸고는 흠칫, 하고 나란차 쪽을 보았다.

그는 곤혹스러워하고 있었다. 길 잃은 아이처럼 어쩔 줄 몰라 하고 있었다.

"어, 어떡…"

하고 입을 뻐끔거렸다. 푸고에게 도움을 요청하는 듯한 시선을 보내며,

"나… 난… 어, 어떡하지? 난? 저기… 부차라티, 난… 어떡해야 해? 같이 가야 할까?"

매달리듯이 물었다. 그러자 부차라티는,

"무섭나?"

라고 반문했다. 나란차는 고개를 끄덕이며,

"응… 어, 엄청 무서워. 그… 그치만."

195

부들부들 하고 턱을 경련하듯 움직이며, 그는 필사적으로 목소리를 짜냈다.

"며— 명령… 그래, '명령'해줘— '같이 가자!'라고 명령해주면, 그럼 용기가 날 거야. 부차라티의 명령이라면 하나도 안 무서워…"

라고 간청했지만, 부차라티는 엄숙하게 대답했다.

"안 돼. 이것만은 '명령'할 수 없어! 네가 정해야 해. 자신이 '걸을 길'은 자신이 정해야 해."

"모… 모르겠다고… 난, 몰라—"

"하지만 충고는 해주지. '오지 마라'. 나란차— 네게는 맞지 않아."

"우… 우우우우우…"

나란차가 머리를 감싸쥐고 있는 동안 부차라티 일행은 신속히 배를 띄울 준비를 마치고,

"간다! 보트가 떠나는 순간 너희는 '배반자'가 된다!"

라는 선언과 함께 힘차게 출항해버렸다.

푸고의 온몸에 분한 마음이 가득 차올랐다. 이가 갈릴 정도로 느껴지는 것은 오로지 분노뿐이었다. 왜 알아주지 않는 거야, 하고 짜증이 나서 견딜 수가 없었다.

"왜냐고… 정신이 나갔어! 대체 무슨 생각을 하는 거야?! 만

난 지 딱 이틀밖에 안 된, 얘기 한번 제대로 나눠본 적도 없는 그깟 여자 때문에! 우리와 아무 상관도 없는 여자란 말이야! 우린 트리시가 어떤 음악을 좋아하는지도 모르는 사이라고!"

마구 외쳐대는 그의 말은 자신의 패배를 인정하지 못하고 억지를 부리는 것처럼 들렸다. 무슨 말을 해도 소용없는 줄 알면서도 말을 하지 않고서는 배길 수가 없을 만큼 허무했다.

멀어져가는 보트를 노려보고 있는 그의 등뒤에서 나란차가 기어들어가는 목소리로,

"트리시는… 믿었던 사람에게서 버림받았어…"

라고 중얼거렸다. 잘 들리지 않기도 했지만, 푸고는 짜증이 난 나머지 그 말에 진지하게 대꾸하려 하지 않고,

"그래— 보스가 자기 딸을 어떻게 하든, 보스에게는 보스의 생각이 있었던 것을. 하지만 우리와는 상관없는 일인데. 그냥 눈 딱 감고 넘어가면 될 것을! 나로선 이해할 수 없어!"

라고 계속해서 외쳐댔다. 그러는 동안에도 나란차는 중얼중얼 뭐라고 이야기를 계속했다.

"나도 옛날… 버림받았어… 아빠한테도… 믿었던 친구한테도 버림받았어… 똑같아… 트리시랑 '나'는… 어쩐지… '닮았어'—"

뭣, 하고 푸고가 그를 돌아봤다. 그러나 그때 이미 나란차는 움직이고 있었다. 뒤를 돌아본 푸고와 반대로 눈앞의 운하로 뛰

어든 것이다.

운하로 뛰어든 나란차는 보트를 향해 헤엄쳐 가고 있었다.

'뭣—'

푸고는 망연자실해 아무런 반응도 보일 수 없었다. 그러는 동안에도 나란차는 서투른 자유형으로 헤엄쳐 가며 필사적으로 외치고 있었다.

"부차라티이이이이이이이이이! 갈래! 나도 갈 거야! 간다고오오오오오오오오오오오—!"

그 목소리가 멀어져가는 것을 푸고는 단지 멍하니 멈춰 서서 바라볼 수밖에 없었다. 나란차는 괴로운 듯이 헐떡이면서도 계속해서 비명을 지르듯,

"나한테 '오지 마라'라고 명령하지 말아줘어어어어어어어어—! 트리시는 바로 나야! 나라고! 트리시의 팔에 난 상처는 바로 내 상처야아아아아아아아—!"

라고 절규하며 헤엄쳐 가더니, 결국에는 보트에 올라 같이 가버렸다.

한번도— 푸고 따위 돌아보지도 않았다. 눈길조차 주지 않았다.

홀로 버림받았다. 그리고 정신을 차리고 보니— 외톨이였다.

"……"

그는 그토록 느껴지던 짜증이 완전히 사라져버린 것을 잠시 지난 뒤에야 깨달았다.

배신당한 불쾌감도, 살아남았다는 안도감도 없었다.

마음속이 텅 비어 더이상 아무것도 느껴지지 않았다.

버림받았다… 그렇다고 해도 대체 무엇에게 버림받은 것인가?

버린 것은 자신 쪽이 아닌가. 그런데 어째서, 이렇게 버림받은 것만 같은 기분이 가시지 않는 것인가?

"……"

푸고는 망연히 멈춰 서 있었다.

곧 동이 트려는지 하늘이 점점 새하얗게 밝아오기 시작했다.

자신에게 내리쬐는 아침해가 이글이글 피부를 태우는 것만 같았다. 아픔을 느꼈다. 어딘가 아팠다. 무언가 아팠다… 그러나 그것이 무엇인지 푸고로서는 이해할 수가 없었다.

어째서, 라는 생각이 들었다.

어째서 자신은 지금 화를 내지 않고 있는 것인가.

이 정도까지 납득이 되지 않고, 이 정도까지 불합리한 상황에

처했는데 어째서 공격 충동에 휩싸이지 않는지, 모든 것을 파괴해버리고 싶다는 기분이 마음속에서 끓어오르지 않는지— 도무지 이해가 되지 않았다.

*

　—시칠리아 동쪽에 펼쳐진 이오니아 해 상공, 메가라 히블라이아 해안을 따라 헬리콥터가 날고 있었다.

　그 아래를 굉장한 기세로 지나쳐가는 대지를 내려다보며 푸고는 멍하니 생각에 잠겨 있었다.

　'나란차— 대체 왜 그런 말을…?'

　트리시는 바로 나야, 라는 말은 대체 무슨 뜻이었을까. 그녀의 처지에 공감했던 걸까? 하지만 나란차와 트리시 사이에 서로 공감할 만한 교류 같은 것은 아무것도 없었던 게 분명했다. 분명 아무런 사이도 아니었다. 그밖에 달리 표현할 말이 없었다.

　그 공감에 목숨을 걸 수 있을 만큼 나란차는 트리시를 알지 못했다. 그것은 틀림없었다. 부차라티가 어째서 목숨을 버려가면서까지 그녀를 구하고 싶어했는지, 그 이유를 아는 것 같지도 않았다.

　아바키오 쪽은 알 것 같았다. 그는 어딘가 모르게 전직 비리

경찰이었다는 죄책감 때문에 속죄를 바라는 구석이 있었다. 즉 목숨을 버릴 곳을 찾아 조직에 들어온 것이라 볼 수 있었다. 트리시를 지키는 데에는 아무런 관심도 없었고, 단지 "옳다고 생각했기 때문에 한 것"이라는 부차라티의 말에 따른 것뿐이었다. 이유 같은 것은 뭐든 상관없었던 것이다.

미스타도 마찬가지였다. 그는 처음부터 부차라티를 따라가기로 결심했던 것이 분명했다. 은닉 재산을 손에 넣을 수 있을지도 모른다, 그답게 뭐 그런 단순한 판단을 했어도 이상할 것은 없었다. 단지 즉시 보트에 타면 자신이 '네번째'가 되는 것이 싫었던 것뿐이다. 그래서 아바키오 다음에 따라감으로써 '다섯번째'가 된 것이다. "4라는 숫자만 피하면 자신은 절대적으로 럭키하다"는 미스타의 믿음은 이미 맹신의 영역에 도달해 있었기 때문에 이해하려고 해봤자 헛수고였다.

'죠르노는—'

푸고는 새삼스럽게 등골이 오싹해지는 것을 느꼈다.

그때 푸고에게 판단 미스가 있었다면, 그건 다름 아니라 바로 그 자리의 의사 결정권자가 실은 부차라티가 아니라 죠르노라는 사실을 알아차리지 못한 데에 있었다. 그가 설득했어야 할 상대는 그 신입 소년이었지, 부차라티가 아니었던 것이다. 그는 보스를 쓰러뜨리고 그 권력을 대체하려는 강한 의지를 지닌 죠르노 죠바나를 따르고 있었던 것뿐이니까.

'그러고 보니 그때, 처음에는 죠르노가 '제가 트리시를 보스에게 데려가겠습니다' 하고 지원했었지— 아바키오의 반대로 부차라티가 데려가기로 했지만… 만약 그때 그대로 죠르노가 갔더라면, 그리고 보스에게 쓰러졌더라면 일이 이렇게 되지는 않았을 거야…'

아니면, 죠르노라면 트리시가 죽게 내버려뒀을지도 모른다. 그 대신 보스의 정체와 관련된 단서를 얻어 더욱 확실한, 그러면서도 희생자는 덜 나오는 전략을 택하지 않았을까.

그편이 나을 거라고 잘라 말할 수는 없지만 적어도 그가 부차라티 팀에서 이탈하는 사태는 벌어지지 않았을 것이다. 그때 아바키오가 괜한 짓만 하지 않았더라도… 아니, 이런 가정 따위 아무리 이리저리 머리를 굴려가며 해봐야 부질없는 짓이다.

그들은 결국, 죠르노 죠바나와 디아볼로 중에서 '어느 쪽이 진정한 지배자인가'라는 자연계의 생존 경쟁과도 같은 숙명적 싸움에 휘말린 것뿐이었다. 그 와중에 스러졌는가, 달아났는가의 차이는 있어도 주역이 아닌 '피해자'라는 사실에 변함은 없었다.

'나란차는… 무슨 생각을 했던 걸까…'

그 의문이 목에 걸린 생선가시처럼 끝없이 마음에 걸렸다.

그보다 능숙히 처신한 자신이 더 똑똑하다, 그렇게 생각하려

한 적도 있었지만 결국 그럴 수는 없었다.

'나란차는— 따라갔어. 나는… 따라갈 수 없었고…'

오로지 그것만은 도저히 어쩔 수 없는, 변치 않는 사실 그 자체였다.

'왜 '트리시는 나'였을까. 나란차… 대체 그때 뭘 느꼈길래?'

헬리콥터는 저녁놀 속에서 시라쿠사를 향해 날고 있었다.

조종석에는 '조직' 소속 파일럿이, 조수석에는 무롤로가 앉아 있었다. 그리고 실라E가 푸고 옆자리에서 팔짱을 낀 채 입을 다물고 있었다.

푸고는 힐끗, 하고 그녀를 보았다. 제대로 이야기 한번 나눈 적 없다는 점에서는 그녀도 트리시와 다를 바가 없었다.

"넌—"

하고 말을 걸어봐도 실라E는 더이상 그를 노려보지 않고,

"뭔데?"

하고 앞만 보며 반문했다.

"아니, 그— 갑자기 생판 알지도 못하는 남자들 사이에 뚝 떨어지게 된다면, 넌 어떤 태도를 취할 것 같아?"

"뭐야, 그게?"

"아니, 깊은 의미가 있는 건 아니고."

"잘 모르겠지만— 일단 만만히 보이고 싶지는 않을 것 같아."

"그 말은?"

"괜히 말 같은 거 섞고 그러지 않을 거라고."

매몰차게 밀쳐내는 듯한 말이었다. 푸고는 살짝 흠칫했다.

트리시의 그 싸늘한 태도 역시 그런 이유 때문이었을까. 만만히 보이고 싶지 않다— 그것은 그녀 나름의 필사적인 방어였던 것일까. 보스의 딸이란 이유로 위세를 부린 것이 아니라 그런 상황에 처한 자신을 지키기 위해 필사적으로 노력한 것이 그 뻣뻣한 태도로 나타난 것일까—

'하지만, 그래도—'

실제로 트리시의 인상을 떠올려봤지만, 역시 동정심은 들지 않았다. 자신이 상처받고 싶지 않다고 해서 타인의 마음에 태연히 상처를 줘도 된다는 법은 없다. 그녀에게는 양보할 마음이 들지 않았다… 그것은,

'내가 그녀에게 상처를 받았기 때문, 인가…?'

그런 생각을 하자 살짝 가슴이 답답해졌다. 부차라티 일행과 돌아서는 원인이 된 트리시를, 그는 아직도 미워하고 있었던 것일까. 마음의 상처를 되갚아주고 싶다고, 무의식중에 그런 생각을 하고 있었던 것일까— 그렇게 마음에 담아두고 있었던 것일까?

적반하장도 정도가 있다, 그것은 알고 있었다. 그럼에도 확실히, 푸고의 마음속에 그런 감정이 있는 게 틀림없었다.

"……."

그가 입을 다물자 헬리콥터 안에는 또다시 침묵이 돌아왔다. 그러나 로터의 작동음 소리가 울려퍼지고 있어 그다지 조용하지는 않았다.

그 와중에 실라E가 불쑥,

"저기… 푸고."

라며 입을 열었다.

"혹시— 당신이."

라고 하는 듯싶다가, 또다시 입을 다물어버렸다. 푸고는 힐끗하고 그녀 쪽을 보았지만 더이상 아무 말도 하지 않는지라, 그 역시 되묻지 않고 그대로 침묵을 지켰다.

두 사람이 입을 다물고 있는 동안에도 앞좌석의 무롤로는 이것저것 확인하고 있었다.

"이봐 파일럿, 고도가 너무 높은 거 아냐? 기체를 좀더 낮추라고. 이러다 들키게 생겼어."

"아니, 비행중인 물체는 고도가 높은 편이 눈에 더 띄지 않아. 그러는 편이 밑에서 보기에는 더 작게 보인단 말이야. 문외한이지, 당신?"

"작게 보이든 크게 보이든 그런 건 아무래도 상관없어. 방향이 들통나게 생겼다니까 지금!"

"하지만 고도를 너무 낮추면 스피드가 안 나온다고. 서두르라고 한 건 당신이잖아."

"일일이 이러쿵저러쿵하지 말라고. 아무리 못해도 전철이나 차보다는 빠를 것 아냐. 잔말 말고 시키는 대로—"

말을 하던 무롤로의 목소리가 갑자기 끊겼다.

그의 시선은 파일럿 너머 창밖에 가 있었다.

그 끝에는 한 마리의 작은 새가 날고 있었다.

헬리콥터와 나란히, 평행으로 날고 있었다— 그러나.

"이봐— 지금 시속 몇 킬로미터지?"

"뭐? 그러니까, 당신이 재촉해서 전속력을 내고 있어. 고속 헬기니까, 시속 250킬로미터는 너끈히—"

"그럼… 저 새는 대체?"

무롤로는 그 작은 새를 가리켰다.

그다지 날갯짓하고 있는 것처럼 보이지 않는 그 작은 새는 헬기 옆으로 바짝… 접근해도 너무 접근했다.

헬기 근처에 새는 접근할 수 없다. 로터가 일으키는 난기류가 항상 소용돌이치고 있기 때문이다. 그러나 그 작은 새는 마치 무풍지대라도 되는 양 경쾌한 움직임으로 점점 헬기 쪽으로 접근해왔다…

"어—"

"아냐— 저건 새가 아냐! 저건, 적의—"

무롤로가 막 외치던 순간 '그것'이 개시됐다.

헬리콥터가 갑자기 덜컥하면서 고도가 떨어지더니, 그대로 추락— 바다로 낙하하기 시작했다.

마약 중독 외에는 목숨을 부지할 방도가 없었던 한 소녀의, 어디까지고 추적해오는 밑바닥 없는 필사적 원념이 그들을 습격한 것이다.

스탠드 명 : 나이트버드 플라잉		
본체 : 안젤리카 아타나시오 (14세)		
파괴력 = E	스피드 = A 상대에 따라서	사정거리 = A
지속력 = A 증상이 계속되는 한	정밀동작성 = E	성장성 = E

능력 = 타인의 영혼을 민감히 탐지, 자동 추적해 마약 중독 말기 증상으로 끌어
들인다. 공격 대상은 본인이 기억하는 만큼 구별할 수 있으나, 그 기억력
은 마약 중독 때문에 모호하고 흐릿하다. 타인의 이해를 받지 못한 외로
움에서 비롯된 반semi 자율형 스탠드. 작은 새의 모습을 지녔고, 사람의 온
기를 찾아 항상 날아다닌다.

Cannolo Murolo
카놀로 무롤로

VI. fantasia siciliana 환상의 섬 ....

…난데없이 그 노래가 들려왔다.

라, 라라— 라라라라, 라라, 라…

그것은 귓속에서 한도 끝도 없이 들려오고 있었다. 그러나 너무나도 희미하고 귀울림보다 훨씬 작은 소리였던 관계로, 어느샌가 그것이 들려오고 있다는 사실조차 잊게 되었다.

"…어?"

푸고는 고개를 들었다.

그곳은 낡은 책이 빼곡히 차 있는 책장들로 둘러싸인 방이었다.

교수실.

볼로냐 대학의 어느 방 안이었다.

눈앞에서 잔뜩 화가 난 교수가 그에게 쉴 새 없이 꾸중을 늘어놓고 있었다.

"자네 대체 무슨 생각인가? 기초적인 학문을 소홀히 해도 된다고 생각하는 건가? 뭐지, 그 눈은? 날 똑바로 못 보겠나?"

어쩔 수 없이 그가 고개를 들자 교수는 좋아, 라고 말하듯 고개를 끄덕이며,

"난 자네를 높이 평가해, 푸고 군. 자네는 아무래도 '난 어차

피 부모님 체면 때문에 대학에 입학한 것뿐'이라고 생각하는 모양인데, 부모님은 상관없어. 자네는 자네일 뿐. 자네가 학문을 하는 것은 딱히 부모님의 체면을 높이기 위해서가 아니야. 자네 자신의 가능성을 위해서지."

라고 이야기를 계속했다. 그러던 중 조교가 황급히 뛰어들어와,

"큰일났어, 푸고 군. 자네 할머님이 쓰러지신 모양이야. 당장 고향집에 가봐."

라고 말했다. 놀란 그는 그길로 교수가 수배해준 급행 열차를 타고 그날 당장 귀향했다.

"아아… 우리 파니 왔구나. 네 얼굴을 보니까 왠지 힘이 난다."

한때 위독했던 할머니도 어찌어찌 회복했다. 푸고는 안심했다. 할머니를 걱정해 모여든 가족들의 얼굴을 보고, 모두 할머니의 무사 회복을 반기고 있음을 알게 된 푸고는 더없이 기뻤다. 뭐야, 역시 가족은 가족이잖아. 모두의 마음은 하나라고 생각했다.

계절도 마침 바캉스 철이 시작될 무렵이었고, 대학에서는 리포트만 제출하면 괜찮다고 하는지라 푸고는 그대로 고향집에 머무르기로 했다. 그러던 어느 날 그는 형들과 함께 바다에 낚시를 하러 가게 되었다.

항구에 가니 예약해둔 낚싯배가 고장났다는 이유로 출항할 수 없게 되었다. 그래서 곤란해하고 있는데 때마침 다른 배 선장이 그럼 저희 배를 타시죠, 라고 제안을 해왔다. 그러나 그 제안에 먼저 타 있던 손님이 투덜거렸다.

"아니, 딴사람은 태우지 말라고."

"뭐 어떻습니까. 자리도 비었는데요."

"싫대도, 손님이 하자는 대로 하지 좀?"

"정 그러시면 손님들이 내리시죠. 다른 배가 곤란할 때 서로 돕는 건 당연한 일입니다."

"뭐가 어째—"

투덜거리던 인상이 썩 좋지 않은 손님 일행은 그 소란으로 사람들이 모여드는 것을 보자 혀를 차며 별수없이 물러났다. 그 선장은 푸고 일행을 향해 자 타시죠, 라고 말했다.

"다들 젊으시니까 뱃일을 거들게 할 겸 제 아들도 태우죠. 애, 브루노."

"네, 아버지."

똑똑해 보이는 소년이 푸고 일행 앞에 나타났다.

라라, 레라, 레라라라, 라…

브루노 부차라티, 그것이 그 소년의 이름이었다. 푸고보다 세 살 정도 연상 같았다.

"오, 넌 대학에 다녀? 대단한걸."

"뭘요."

"나도 독학으로 책을 읽기는 하지만 역시 영 어려워서 말이야."

"어떤 걸 읽죠?"

"마카아벨리라든가, 뭐 그런 거."

"아, 『군주론』이군요?"

"하하, 대학생이라 역시 잘 아네. 역사에 관심이 있거든. 그런데 내 생각에 그 책이 다루고 있는 체사레 보르자는 그렇다고 쳐도, 마키아벨리 본인은 세간의 말처럼 권력지상주의자는 아닌 것 같거든. 책모에 빠지지 않는 적극적인 현실주의자라고 할까, 할 수 있는 범위 내에서 노력하라, 그런 논지 아닐까?"

"으―음, 수준 높은 이야기군요…"

"어부의 아들이 할 만한 이야기는 못 되나?"

"아니, 조금 뜻밖이긴 해도 잘 어울려요."

"그러는 너도, 이런 얘기는 좀 그렇지만 별로 귀족처럼 안 보이는걸. 위세를 부리는 느낌이 없어."

"그야 그럴 수밖에요―"

"어라. 뭔가 고민이 있나봐?"

"그게 좀 있죠— 들어줄래요?"

정신을 차리고 보니 푸고는 사람을 끌어당기는 그 소년의 분위기에 완전히 매료되어, 평소 마음속에 품고 있던 고민을 털어놓고 있었다. 부차라티는 진지하게 귀를 기울여줬다.

두 사람은 완전히 의기투합해 절친한 친구가 되었다. 학교가 방학을 맞을 때면 푸고는 어김없이 귀향해 부차라티를 찾아갔다.

그러던 어느 날 부차라티의 아버지가 푸고에게 의논하고 싶은 일이 있다고 말했다.

"요즘 경찰에서 날 의심하는 모양이야— 마약 거래에 연루돼 있다고 생각하나봐."

"어떻게 된 거죠?"

"동료를 헐뜯고 싶지는 않지만, 아무래도 어부 중에 거래를 돕는 사람이 있는 것 같아. 경찰에 협조를 해야 할까?"

"아뇨, 그건 좋은 생각이 아닌 것 같습니다. 밀고했다고 갱이 앙심을 품으면 골치 아프게 될 테니까요."

"우리 아들도 그러더라고. 푸고 군은 법률에도 해박하지? 녀석을 도와줄 수 없을까?"

"알겠습니다. 저라도 괜찮다면요."

레라라, 라라, 라라레레, 라라…

그리하여 푸고는 뒷세계에 한쪽 발을 담그게 되었다. 원래 인기가 많았던 부차라티 주변에는 많은 사람들이 모여들게 되었는데, 억울한 죄로 투옥될 뻔했다가 부차라티 덕분에 위기를 벗어난 나란차. 비리에 물들기 직전에 부차라티 덕분에 마음을 고쳐먹은 아바키오 역시 동료가 되었다.

그들은 거리에서도 독특한 존재감을 지닌 팀이 되었다. 기존의 갱 조직과는 거리를 둠으로써 거리 사람들의 두터운 인망을 얻은 덕에 다른 조직들도 굽히고 들어올 수밖에 없었던 것이다.

"그런데 말이야, 푸고… 넌 좀더 모험해봐도 괜찮지 않아?"

나란차가 그런 말을 했다. 그러자 옆에서 미스타가 웃으며 말했다.

"그건 네녀석도 마찬가지야. 뭘 음식을 그렇게 가리냔 말이야. 너 인마, 저번에도 생선 요리 먹으러 리스토란테에 가놓곤 과일만 잔뜩 먹었잖아."

"시, 시끄러— 뭐 어때. 난 과일 좋아한단 말이야."

"가리는 음식이 많다는 건 아직 철부지란 증거라고."

"처, 철부지는 누가 철부지야?"

그때 옆에서 제복 차림의 아바키오가,

"하지만 확실히 나란차는 좀더 몸을 키우는 게 좋겠어. 근육이 부족해—"

하고 끼어들었다.

"파스타든 피자든 다 좋으니까 좀더 먹으라고. 하지만 포르치니를 얹어 구운 마르게리타 피자만 먹지 말고, 쇠고기나 돼지고기 같은 것도 좀 먹으란 말이야. 안 그러면 키 안 큰다."

"나, 남이사. 내가 작은 게 아니라 아바키오가 큰 것뿐이라고. 덩치 커서 쓸데없이 무섭기만 하게."

"뭐니 뭐니 해도 난 경찰이니까 말이야."

"경찰이 뭐 이래. 만날 땡땡이만 치고. 완전 불량 경찰이잖아. 이런 데서 우리랑 어울리고 앉아 있다간 출세 못 한다."

"출세 같은 건 내 알 바 아냐. 그런 건 결국 요령 좋고 시험 점수만 잘 나오는 녀석들이나 하는 거니까. 그보다 부차라티를 돕는 게 더 좋아. 이것도 엄연한 순찰이라고."

"이봐 이봐, 그 얘기 꼭 푸고 들으라고 하는 것 같다?"

"맞다 맞다. 너 또 시험 1등 했다며?"

"제가 공부를 하는 이유는 남들이 부차라티를 만만히 보지 못하게 하기 위해서입니다. 부차라티가 학력이 낮다고 바보 취급하는 놈도 제가 볼로냐 1등이라는 걸 알면 찍소리도 못할 거 아니에요?"

"아—아, 너 진짜 얄밉다."

"나란차도 학교에서 1등이잖아요?"

"아, 그렇다더라. 뒤에서부터지만 말이야."

"뭐, 뭐야—?"

"아니 아니, 들었어요. 봉사 활동으로 상을 탔잖아요. 신문에도 실렸어요."

"그, 그건 딱히 그러려는 생각으로 그런 게 아니고 말이야—"

대수롭지 않은 대화, 이렇다 할 것 없는 식사.

그런 것이 어째서인지 더없이 귀하고 소중하게 느껴졌다.

분명 일상을 착실히 보내온 사람만이 이런 아늑함을 얻을 수 있는 것이다. 자신들이 모두 잘못된 길에 들지 않았다는 사실에 푸고는 하늘에 감사했다.

왁자지껄한 분위기 속에서 네 사람이 식사를 하고 있는데, 부차라티가 돌아왔다.

"좋아, 다들 모여 있군."

"무슨 일이야, 부차라티. 다들 불러놓고."

"아—"

부차라티는 고개를 끄덕이더니,

"실은 모두에게 소개하고 싶은 사람이 있어."

라고 말했다. 그리고 문을 열어 그 사람을 안으로 맞아들였다.

한 소녀였다. 얼굴은 살짝 깐깐해 보였지만, 표정은 온화한 미소를 짓고 있었다.

"이쪽은 요즘 내가 신세지고 있는 사람이야."

"안녕하세요. 트리시 우나라고 합니다."

그녀는 푸고와 다른 사람들을 돌아보고 우아한 동작으로 인사했다.

"트리시, 라면— 분명 파시오네 재단 대표의, 외동딸…?"

"알고 있다면 이야기가 빠르겠군. 실은 재단과 우리가 앞으로 협조를 해나가게 됐다."

"그렇담… 그거 혹시?"

나란차가 얼굴을 반짝반짝 빛내며 막 조잘거리려던 찰나 옆에 있던 아바키오가 그의 입을 틀어막았다.

"으갸갸."

"멍청아. 그런 건 남이 떠벌리는 게 아냐."

"여러분 얘기는 부차라티한테서 이것저것 들었어요. 정말 믿음직하고 멋진 분들이라고요."

트리시는 들고 있던 바구니를 가슴께로 들어올려,

"인사도 드릴 겸 제가 구운 케이크 좀 들어보세요."

라며 자신이 가져온 케이크를 권했다. 잔뜩 신이 난 나란차가 먼저 손을 뻗었고, 뒤이어 아바키오와 푸고가 하나씩 집어들었다.

"오, 이거 맛있겠는데."

그러면서 미스타도 케이크를 손끝으로 집어들고 우물우물 먹기 시작했다.

'…어?'

푸고는 흠칫하고 미스타 쪽을 보았다.

"미스타…?"

"응? 뭐야."

"방금, 미스타— 괜찮았어요? 신경 안 쓰이던가요?"

"뭔 소리야?"

"아니 방금— 케이크를 집은 순서가 네번째였잖아요— 미스타는 무슨 일이 있어도 '4'를 피하면서…"

푸고가 그렇게 말하자— 미스타의 얼굴에서 표정이 사라졌다. 그리고 인형처럼 변했다.

흠칫하고 둘러보자 나란차와 아바키오도 인형이 되어 있었다. 생명이 없는, 멍하니 서 있기만 하는 물체가 되어 있었다.

"이, 이건…?"

푸고가 신음하자, 눈앞의 부차라티가 나직이

"자네는 이미 '고정'된 거야."

라고 말했다. 그러나 그 목소리는 부차라티가 아니었다. 그것은 노인의 목소리였다.

"네놈은— 블라디미르 코카키…?"

"자네는 지금까지 쭉 꿈을 꾸고 있었지. 이제 두 번 다시 깨어날 수 없는 꿈을 말이야."

부차라티의 얼굴이 점점 노인으로 변해갔다.

푸고는 손을 뻗었지만 그 모습은 점점 멀어져갔다. 푸고의 손에서 케이크가 떨어졌다. 그리고 그것이 바닥에 닿는 순간, 그를 떠받치고 있던 발밑이 유리처럼 산산조각 나 그는 즉시 낙하하기 시작했다— 아무것도 없는 허공으로.

"더이상 자네는 탈출할 수 없어— 영원히 추락하라고—"

코카키의 목소리가 울려퍼졌다. 그 목소리 너머로 계속해서,

라라라, 레라라, 레레라라라라…

라는, 음정과 박자가 맞지 않는 〈해골의 노래〉가 들려왔다. 그것은 들어본 적 없는 목소리였다. 그 목소리를 뒤덮듯 코카키의 큰 웃음이 끝없이 울려퍼지며 그를 포위해왔다—

'이, 이건… 설마 난, 지금까지 쭉— 그때 그 테아트로 그레코에서부터 지금까지 계속 코카키의 능력에 당하고 있었던 건

가…?'

놈을 쓰러뜨렸다고 생각한 것은 착각이었나 —? 그렇다면 이미 다 틀렸다. 뭘 해도 헛수고… 아니!

'아니… 달라!'

푸고는 추락하고 있는 자신의 감각에 집중했다. 자신은 그냥 떨어지고 있는 것이 아니었다.

회전이었다… 나선으로 회전하며 떨어지고 있었다. 이 감각은 달랐다 — 고정되어 있는 것과 달리 계속해서 변화하고 있는 게 느껴졌다.

'이건 — 난, 지금…!'

허공 속을 낙하하고 있었다. 그리 멀지 않은 곳에 인형처럼 굳어 있는 미스타와 다른 사람들도 있었다. 그중에는 트리시도 있었는데 — 그녀는.

'그녀에게라면 — 분명!'

푸고는 낙하하고 있는 와중에도 그녀를 향해 필사적으로 손을 뻗었다. 함께 강하중인 스카이다이버들이 손을 맞잡는 동작을 취하듯 푸고는 트리시에게 접근했다 — 그리고 그녀의 하얀 뺨에 손끝이 닿았다고 생각한 다음 순간 — 꽈아아아아악 — 하고 힘껏 꼬집었다.

*

뺨을 꼬집힌 실라E는 그 격통에,

"—헉!"

하고 정신을 차렸다.

그녀와 다른 사람들이 타고 있던 헬리콥터가 제어를 잃고 나선으로 회전하며 급강하하고 있었다.

그리고 그녀의 옆자리에 앉아 있던 푸고가 손을 뻗어 그녀의 뺨을 꼬집고 있었다. 그는 외부에서 가해지는 자극이 모자라 눈을 뜨지 못하고 있었다. 비몽사몽간에 행동한 것이다.

"이, 이건—!"

실라E는 황급히 몸을 내밀었고—그 기세로 인해 볼에서 손가락이 떨어졌다—조종석 쪽을 엿봤다.

그러나— 너무 늦었다.

파일럿은 자신의 혀를 깨물고 죽어 있었다. 어떤 환각을 본 것인지— 너무나 극심한 공포로 인해 무의식중에 자살해버린 것이다.

그리고 그 옆에는 무롤로가 입에 거품을 물고 기절해 있었다. 눈이 까뒤집혀 흰자가 드러나 있었다.

'너무 늦어—!'

그녀의 눈앞으로 점점 해수면이 닥쳐왔다.

상체를 내밀어 조종간을 움켜쥐고 힘껏 잡아당겼지만, 핸들이 너무 무거웠다― 상승 태세로 전환하기에는 기체가 이미 한계에 도달해 있었던 것이다.

"제, 제길…!"

실라E는 옆자리에 앉아 있던 푸고를 '부두 차일드'로 헬기 문째 발로 걷어차버렸다.

문도, 푸고도 날아가버렸다… 아래가 해수면이라 해도 상당한 높이였다.

그가 눈을 뜬다면 살겠지만, 그러지 못하면 끝장일 것이다… 실라E가 뒤이어 뛰어내렸다.

간발의 차였다. 헬기는 그대로 해수면에 격돌했고, 그 충격으로 산산조각이 나 사방으로 흩날렸다. 그리고 잠시 뒤 엔진이 폭발했다.

물기둥이 하늘로 치솟았다―

물속으로 뛰어들었던 실라E가 푸핫 하고 해수면 위로 얼굴을 내밀었다.

"푸, 푸고는…?"

그녀는 주변을 둘러봤다.

푸고는 근처에 떠 있었다. 눈은 떴는지 안 떴는지… 그녀는 헤엎쳐 그에게 다가가려 했다.

그러나 빠른 해류 탓에 푸고의 몸이 점점 떠내려갔다.

"우, 우우웃—"

실라E는 필사적으로 물살을 헤쳤다. 괜찮아— 어렸을 적에
는 이보다 더 빠른 강의 급류에서도 아무렇지 않게 헤엄쳤는걸
— 할 수 있어, 이렇게 스스로에게 일러가며 죽어라 헤엄치고
헤엄친 끝에 간신히 푸고를 따라잡았다.

"흐으읍!"

멱살을 잡고 근처에 튀어나와 있는 암초 위로 끌어올렸다.

심장은 뛰고 있었지만 호흡이 멈춰 있었기에 인공호흡으로 소
생시키기로 했다. 코를 틀어쥐고 입술에서 입술로 미지근한 숨
을 대량으로 불어넣기 시작했다.

네 차례 만에 호흡이 돌아왔다. 쿨럭쿨럭하고 바닷물을 토해
내며 푸고가 눈을 떴다.

"우, 우욱— 사, 살았나…"

그는 주변을 둘러보더니 실라E에게 물었다.

"…무롤로와 조종사는, 어디 있지?"

그 질문에 그녀는 말없이 고개를 가로저었다. 푸고는 어금니
를 악물고 으음 하고 희미한 신음을 내뱉었다. 그리고 머리를 두
세 번 흔들어 어찌어찌 마음을 가라앉히려 노력했다.

실라E가 그런 그에게,

"—이제 어쩔 거야? 지원 요청하고 도착할 때까지 기다리는 편이 낫지 않아?"

라고 물었다. 그러나 그 말에 푸고는 고개를 가로저었다.

"그럴 여유는 없을 거야. 지금— 이 타이밍에서 놈들이 기습해왔다는 건…"

그 말에 그녀도 흠칫했다.

"그래— 무롤로가 예지한 대로 놈들은 오르티자에 명확한 목적이 있었고, 어떻게든 우리가 그곳에 접근하는 걸 막고 싶었다, 그런 거지—?"

푸고가 고개를 끄덕였다.

"그래. 우리가 앞질러 가 있으려 해도 행선지만 변경하면 그만이었다는 거지."

"코카키는 이곳 시칠리아가 고향이었어— 그자가 뭘 감춰뒀든, 아니면 감춰진 뭔가에 대한 정보를 가지고 있었든… 어느 쪽이든 적의 생존자들은 무슨 일이 있어도 그걸 손에 넣으려 하겠지…"

두 사람의 머리 위에서 하늘이 점점 어두워졌다— 밤이 내리깔리고 있었다.

*

"―좋았어, 헬기가 추락했다!"

비토리오가 주먹을 쳐들고 환성을 질렀다.

"하지만 모두 처리하진 못한 모양이야― 파편이 날리는 게 부자연스러웠어. 바다에 떨어지기 전에 문이 날아갔던 것 같아. 몇 명쯤은 아직 살아 있어."

볼페가 그렇게 말하자 곁에서 안젤리카도 고개를 끄덕였다.

"내 '나이트버드 플라잉'은 사정거리가 긴 만큼 제멋대로 움직이는 능력이라 확실히는 모르지만… 생명의 소멸은 하나둘 정도밖에 안 느껴졌어― 최소한 한 명은 확실히 살아 있을 거야."

"두 명은 살아 있다, 그렇게 봐야 할걸― 푸고와 실라E야."

"발은 묶어둔 셈이니 그걸로 충분해. 뒤처리는 내가 할게."

짝 하고 비토리오가 손뼉을 쳤다. 그러자,

"잠깐― 비토리오, 넌 지금 즉시 목적지로 가야 해."

라고 볼페가 날카로운 어조로 말했다.

"응? 왜?"

"놈들의 발을 묶어둘 수 있었던 건 좋아― 하지만 이걸로 조직 측에 우리가 뭔가를 찾고 있다는 사실이 들통났다고 봐야 할 거야. 놈들에게 발각당하기 전에 우리 중 누군가가 즉시 '그

것'을 가지러 가야 해. 그리고 그건 우리 중 단독 행동이 가장 용이하고 또 방어력이 뛰어난 너밖에 없어. 우린 여기서 놈들을 저지하겠어."

"그, 그럼 내가 막을 테니까, 너희가ㅡ"

"안 돼, 비토리오ㅡ 난 그렇게 빨리 못 움직여."

안젤리카의 말에 비토리오는 윽 하고 신음했다.

안젤리카의 연약한 육체는 전력을 다해 달릴 수조차 없었다. 거친 일에는 맞지 않았다ㅡ 그것은 너무나도 잘 알고 있는 일이었다.

그리고 볼페는 그녀의 몸 상태가 악화될 경우 바로 치료하기 위해 그렇게 멀리 떨어질 수 없었다. 확실히 갈 수 있는 것은 비토리오 혼자였던 것이다.

"괜찮아, 비토리오ㅡ 문제없어."

고뇌로 얼굴이 일그러진 그의 뺨을 소녀는 다정하게 양손으로 감싸쥐고 슥슥 문질렀다. 그리고 자기 얼굴을 갖다대더니 여기저기에 쪽쪽 키스를 했다.

"비토리오가 우리의 희망이 되는 거야… 비토리오한테 달렸어. 괜찮아. 비토리오는 강하니까. 분명 해낼 수 있을 거야."

그것은 우는 아이를 달래는 어머니 같은 얼굴이었다. 비토리오는 응 하고 고개를 끄덕이더니,

"그래… 내가 엄청 빨리 갔다오면 너희가 위험에 빠지는 일은 없겠지. 하지만 마시모, 너희도 언제든지 물러날 준비를 해야 해?"

"그래. 네가 '그것'을 가지고 오면 즉시 합류할 수 있게, 그렇지? 물론 알고 있어."

"좋았어! 한번 해보자!"

세 사람은 곧바로 행동에 나섰다.

*

해안 근처 주차장에서 차를 훔친 푸고와 실라E는 그대로 오르티자 섬으로 향했다.

운전하고 있는 것은 실라E였다. 푸고는 옆구리에서 느껴지는 날카로운 고통을 견디고 있었다. 늑골에 금이 간 모양이었다.

"…대체 뭘까, 놈들이 손에 넣으려고 하는 건— 모종의 정보일까? 아니면 구체적인 '물건'일까?"

푸고는 여러모로 생각해봤지만, 물론 답이 나올 리는 없었다.

만약 그것이 과거 디아볼로가 부차라티에게 넘겼던 '거북'처럼 '추적자를 피해 완벽하게 숨어버리는 수단'이라면 극히 곤란해진다. 그럴 경우 푸고로서는 더이상 추적이 불가능해진다. 정보

분석 팀의 무론로도 없는 지금, 단서는 제로가 될 것이다.

'그건 곤란해— 정말 곤란해. 만약 지금 이 상황에 내가 더 이상 쓸모없게 되면— 두 번 다시 기회를 주진 않을 거야. 난 미스타 손에 죽게 되겠지.'

조직 내에 푸고를 대신할 만한 다른 암살자쯤은 쓸어담을 만큼 많을 것이다. 이것이 마지막 기회다. 철수는 용납되지 않는다. 그래서 아까 푸고는 지원을 요청하자는 실라E의 말에 반대한 것이다. 이유는 그럴듯하게 둘러댔지만, 그 속내는 단지 자신의 안위를 걱정해서였다.

'지원하러 오는 자는 십중팔구 나를 죽이라는 명령도 함께 받고 올 거야— 무능한 자는 불필요하다는 게 이 바닥의 법칙. 예외는 없어…'

실라E는 괜찮을 것이다. 그녀는 과오가 없다. 이전에 동료를 버리고 달아난 적도 없다. 미스타가 신뢰하는데다 또한 여기까지 볼페 일당을 몰아붙인 성과는 모두 그녀의 공적이 될 터, 그에 따라 그녀는 목숨을 건질 수 있을 것, 아니 그 정도가 아니라 신상필벌의 조직 룰에 따른다면 오히려 출세를 할 수도 있을 것이다. 실패의 책임은 푸고에게, 성공의 보상은 실라E에게 돌아갈 것이다.

'제길… 무슨 일이 있어도 놈들을 멈춰야 해… 하지만 만에 하

나 그게 불가능하면?'

쓸데없는 생각을 해버렸다. 과연 조직에게서 달아날 수 있을 것인가? 과거, 디아볼로를 "당해낼 수 없다"는 이유로 싸움에서 달아났던 그가, 과연 그 이상의 존재인 죠르노 죠바나를 피해 달아난다는 것이 가능하기나 할까?

'…난 코카키를 죽였어. 이제 와서 볼페 일당에게 붙는 건 불가능해… 아냐 아냐 아냐 아냐 아냐 아냐 아냐 아냐 아냐 아냐 아냐 아냐 아냐! 아냐! 내가 대체 무슨 생각을 하고 있는 거야! 쓸데없는 생각 따위 하는 게 아냐. 예전에도 그랬잖아. 너무 이리저리 머리를 굴렸다가 그 보트에 타지 못했던 거잖아—'

그 생각에 푸고는 화들짝 놀랐다.

타지 못했다—

방금 분명 자신은 그렇게 생각했다.

그렇다면 푸고 자신은 사실 그 보트에 타고 싶었던 것일까? 모두를 따라 함께 가고 싶었던 것일까? 마음속 깊은 곳에서는 그렇게 생각하고 있었던 것일까?

'아냐— 그런—'

애당초 그런 것은 그답지 않았다. 좀더 냉정히, 항상 손실이 적은 쪽을 택할 거라 했기에 부차라티는 그를 스카우트했던 것이다…

'아, 아냐 잠깐— 잠깐만 있어봐…'

푸고의 머릿속에서 논리가 헛돌고 있었다. 왜 보트에 타지 않았냐 하면, 그것은 바로 그가 보트에 탈 거라 기대하지 않았기 때문이었고, 그럼 그 기대는 누구의 기대였냐 하면, 그것은 바로 부차라티의 기대였다—

'…아냐, 그게 아냐… 부차라티는— 말하지 않았어…'

"단… 나는 너희에게 따라오라고 '명령'은 하지 않을 거다… 함께 와달라고 '부탁'도 하지 않아."

그는 그렇게 말했다. 그래서 나란차는 그에게 "명령해줘"라고 간청했던 것이다— 다시 말해 푸고는,

'난… 그 말에 따랐던 건가? 그 '명령하지 않을 거다'라는 명령에…'

명령이 없을 때 가장 무난한 선택은 좌우지간 '대기'하는 것이다. 다음 상황이 분명해질 때까지는 부주의하게 움직이지 않는다… 그래서 그는 그때 한 발짝 내디딜 수 없었던 것일까?

스스로 판단한 것처럼 보이지만 사실 푸고는 어렸을 적부터 주변 환경에 의해 교육받아온 '상식'을 그저 로봇처럼 따른 것에 불과한 것이었을까?

'난—'

푸고는 자신이 두 어깨를 감싸쥐고 부들부들 떨고 있다는 사실을 알아차리지 못했다. 안색은 창백해졌고, 어금니가 딱딱 울리고 있었다. 그런 그를 실라E가 힐끗 곁눈질하며,

"…무서워?"

라고 물었다. 푸고는 화들짝 놀라 고개를 들었다.

"—응?"

"볼페 일당이 무서운 거야?"

"아니, 난— 그게."

"솔직히 말해서 난 더이상 놈들이 그렇게 무섭지 않아."

실라E의, 오히려 쌀쌀맞기까지 한 말에 푸고는 의표를 찔렸다. 그것은 대담하다기보다는 묘한 체념같이 들리는 구석이 있었다. 그녀는 계속해서,

"그보다— 앞으로가 더 무서워."

라고 말했다. 푸고가 눈썹을 찡그리며,

"—앞으로, 라니?"

라고 물었지만, 그녀는 그 물음에 대답하지 않고 거꾸로 푸고에게 물었다.

"있잖아, 푸고— 당신이었지?"

"응?"

"당신이 죽인 거지? 우리 언니의 원수 일루조를, 그 '퍼플 헤이즈'로."

"……"

"코카키가 죽는 모습을 보고 깨달았어… 확실히 죠르노 님의 말씀대로였어. 이 세상에서 가장 무참한, 고통으로 가득한 죽음— 육체가 썩어 문드러져 죽어가는 최후. 코카키는 목뼈가 부러져 즉사했지만, 만약 그게 단 몇 초라도 늦어졌다면 분명 '태어난 것을 후회'할 정도의 고통에 휩싸여 죽어갔겠지."

"……"

"아, 그렇지— 물론 당신이 딱히 일루조가 우리 언니의 원수란 사실을 알고서 놈에게 벌을 내릴 생각에 그런 건 아닐 거야. 하지만 사실은 사실이야. 난 죠르노 님과 당신에게 목숨을 바쳐도 다 갚지 못할 빚이 있어— 그건 알고 있어. 하지만…"

실라E의 얼굴이 고뇌로 일그러졌다.

"난 무서워졌어— 당신과 코카키의 싸움을 보고, 그걸 방관할 수밖에 없었던 난, 내 한계를 깨달아버린 거야… 그때."

그녀는 휴, 하고 크게 한숨을 쉬었다.

"그때 난 코카키의 말이 '옳다'고 생각해버렸어. 그러고 나니까 난 내가 코카키를 당해낼 수 없다는 생각에 빠져버렸어—"

"그건… 적의 술수에 빠져서 그런 거잖아?"

"그게 아냐— 그 반대야. 당해낼 수 없다는 생각에 적의 술수에 빠져버린 거야. 그래— 난 나보다 '옳다'고 생각되는 상대와는 싸울 수 없어. 그게 내 한계야. 하지만 이 세상에는 옳은 것인지 틀린 것인지 단정지을 수 없는 일이 너무나도 많아— 배반할 것인지 하지 않을 것인지, 그런 기로에 서게 됐을 때 난 분명— 더이상 따라갈 수 없을 거야."

그녀의 말에 푸고가 눈을 활짝 떴다.

"…뭐? 방금, 뭐라고 했어?"

푸고의 질문을 무시하고 그녀는 또다시 이야기를 계속했다.

"그래, 언젠가 분명 그럴 때가 올 거야. 내가 죠르노 님을 위해 살기로 맹세한 그 정신보다도 더 '옳은' 상대에게 맞서야 할 때가. 하지만 나는 그럴 수 없을 것 같아— 그 경계선을 넘을 수 있을 것 같지가 않다고— 분명 뒷걸음질쳐버릴 거야…"

그녀는 당장이라도 울 것만 같은 표정을 지었다.

"실라E, 넌…"

푸고가 그녀에게 말을 하려던 바로 그 순간이었다.

앞에서 달리던 차가 갑자기 방향을 홱 꺾었다.

브레이크를 밟는 낌새도 없이 그대로— 연안 도로를 이탈해 바다로 뛰어들었다.

사고—라고 보기에는 너무나 이상했다. 게다가 한 대뿐만이 아니라 다른 차들도 차례차례 바다로 돌진하고 벽에 충돌했다.

그리고 실라E가 운전하던 차도 쿵 하는 충격에 휩싸였다. 뒤에서 추돌한 차는 튕겨나가 벽에 부딪쳐 폭발했다.

그 차뿐만 아니라 여기저기서 충돌이 일어났다. 콰앙콰앙 하고 몇 번이고 연달아 뒤에서 달리던 차가 추돌해왔고, 앞에서 달리던 차가 유턴해 돌진해오더니 끼기기기기 하고 긁고 갔다. 금세 만신창이가 된 차로 그 연쇄 교통사고의 폭풍을 필사적으로 헤쳐나갔다.

그 주변 운전자들은 일제히 정신이 나간 것만 같았다— 아니, 말 그대로 정신이 나가버렸다.

"이, 이건—!"

그 적의 공격— 안젤리카 아타나시오의 '나이트버드 플라잉'이었다. 발각된 것일까? 아니, 그런 것치고는 이상했다. 지나치게 범위가 넓었다… 특정한 표적을 노리는 것 같은 낌새는 일절 없었다.

'이, 이건 해보겠다는 거야— 온 거리 사람들을 휘말리게 할 생각이야! 우릴 저지하겠다는 이유만으로, 몇백 명이 죽든 아랑곳하지 않아…!'

푸고는 적의 끝을 알 수 없는 암흑 같은 정신에 새삼스레 공포를 느꼈다.

"…이미 우리도 적의 능력에 오염됐겠지— 아까 그 추락으로 부상당한 탓에 뇌내 마약이 분비되어 오염을 상쇄한 건지 아직 그렇게 증상이 심각하지는 않지만— 시간문제일 거야."

실라E의 말에 푸고는 아팠던 옆구리를 자신도 모르게 문질렀다. 격통이 느껴졌지만, 지금은 그것이 오히려 위안이 되었다.

"고통이 더이상 안 느껴진다면 그게 위험신호라— 하지만 어쩐다? 이대로 오르티자까지 계속 가도 우리 말고는 정상인 사람이 거의 없을 텐데. 금방 발각될 거야… 아니, 지금은 각오하고 정면으로 돌파하는 수밖에 없나."

푸고가 그렇게 중얼거리고 있는데 실라E가 갑자기 브레이크를 꽉 밟았다.

덜컥하는 급정거에 푸고는 몸의 밸런스가 무너져 자신도 모르게 흔들렸다. 동시에 그의 옆문이 갑자기 열렸다.

그것은— 실라E의 '부두 차일드'가 출현해 문을 연 것이다. 그리고 다음 순간, 녀석은 푸고의 멱살을 잡더니 그의 몸을 도로 위에 내팽개쳤다.

"—뭣!"

푸고가 몸을 일으키자 그 눈앞에서 문이 타앙 하고 닫혔다.

"이, 이봐— 실라E…?"

"난 더이상 따라갈 수 없어… 뒷일은 당신에게 맡길게. 나 대신, 설령 '옳지' 않아도 죠르노 님을 위해, 그 힘을—"

그녀의 목소리는 급발진 하는 차 소리에 묻혀 들리지 않았고, 금세 멀어져갔다.

오르티자 섬에 홀로 가버린 것이다.

"바, 바보 같은, 실라E— 놈들을 길동무 삼을 각오로 돌파하려고—?!"

＊

시라쿠사—

과거 그리스인들이 세운 그 도시가 로마의 지배를 받고 있었을 무렵, 행정관 키케로는 다음과 같이 저술한 바 있다.

"시라쿠사가 모든 그리스 도시 중에서 가장 크고 아름다운 곳이라는 평판은 역시 허명이 아니다. 이곳은 천혜의 요충지에 자리잡고 있다. 전망이 좋아 육지든 바다든 모든 방향에서의 접근이 훤히 보이는데다, 바다에는 두 개의 항구가 딸려 있다. 섬이라 불리는 시가지는 시칠리아 섬 본토와는 따로 떨어져 있지만, 다리로 오갈 수 있게 되어 있다."

최전성기에는 그 인구가 백만 명에 달했다는 시라쿠사는 비록 오늘날에는 십여 만 명의 주민이 조용히 살고 있는 근대적

지방 도시로 변모했지만, 오르티자 섬은 예전과 변함없이 아름답다. 둘레가 불과 4킬로미터 남짓한 이 섬에는 다양한 역사가 누적된 로마풍 바로크 건물이 남아 있는 구시가지와 현대적 호텔 건물 등이 들어선 지역이 공존하고 있다.

그리고 밤이 되면 그 불그레한 가로등 불빛이 비치는 골목의 공기에 독특한 요염함이 감돈다.

그 사이를 지금— 비토리오 카탈디가 달리고 있었다.

'마에스트란자 거리에서 남쪽으로 가면 목적지인 두오모다— 좋아.'

이동은 순조로웠다. 아무런 장해물도 없이 스무스하게, 무엇과도 맞닥뜨리지 않고 여기까지 올 수 있었다. 온 거리 사람들을 침식중인 이변 때문이었다.

비틀비틀 거리를 헤매는 사람들의 눈에는 초점이 없었고, 입에서는 침이 끊임없이 흘러내리고 있었다. 부자고 빈자고 경찰이고 범죄자고, 남녀노소 할 것 없이 모두가 평등하게 정신이 붕괴된 자들은 비토리오와 부딪쳐 나가떨어져도 불평 한마디하지도, 고개를 돌리지도 않았다. 아무것도 보이지 않았고, 아무것도 느끼지 못했던 것이다. 뇌에서 제멋대로 생성된 환상 속에 갇혀 외부에 대한 일체의 판단력을 잃은 상태였다.

좀비가 배회하고 있는 것과 다름없는 밤거리를 비토리오는 가로지르고 있었다.

'역시 안젤리카야— 멋진 솜씨라니까. 나도 전력을 다하자!'

그가 해안 도로에서 섬 안쪽으로 사라지자, 방금 그가 지나친 모퉁이 바로 옆 물가에 뭔가가 떠밀려왔다.

해류를 타고 이곳까지 떠밀려온 그것은 흠뻑 젖고도 형태가 망가지지 않는 좋은 재질의 고급 보르살리노 모자였다. 1930년대 갱 영화에서 제임스 캐그니나 험프리 보가트 같은 배우들이 쓰던 것 같은, 그야말로 멋쟁이를 위한 모자였다.

흔들흔들 흔들리던 모자가 다시 바다 쪽으로 돌아…가나 싶던 순간, 뻗쳐오는 손이 있었다.

익숙한 손놀림으로 모자를 집어들더니, 다 젖은 것도 상관없다는 듯 태연히 슥 하고 그것을 머리 위에 썼다.

"……"

그 검은 그림자는 몸을 돌려 비토리오가 사라져간 골목 쪽을 보았다.

"……"

그리고 가죽구두 소리가 골목에 조용히 울려퍼졌다.

＊

"…슬슬 행차하신 모양이군."

어둠 속에 몸을 숨기고 있던 마시모 볼페가 적의 접근을 탐지하고 일어섰다.

"……"

그뒤에서는 안젤리카가 초점이 맞지 않는 눈으로 멍하니 밤하늘을 보고 있었다. 분명 능력을 쓰고는 있는데, 도무지 그렇게 집중하는 것처럼 보이지는 않았다. 볼페가 그런 그녀의 맥을 살짝 짚어보더니 말했다.

"한동안은 문제없을 거야. 난 갔다올게. 그동안 넌 여기서 움직이지 마, 안젤리카."

"……"

대답이 없었다. 그러나 볼페는 더이상 아무 말도 하지 않고 홀로 그곳을 나왔다.

주변에서 때때로 콰앙 하는 폭발음이나 차의 충돌음이 들려왔지만, 그녀의 표정에는 변화가 없었다.

그러던 그녀에게 짹짹짹, 하고 작은 새가 돌아왔다. 그녀는 새를 손끝으로 멈춰 세우더니 그 작디작은 부리 쪽에 귀를 기울였다. 짹짹짹짹짹 하고 작은 새는 방울 같은 울음소리로 무언가를 보고했다.

그러자 그녀의 새하얗던 안색이 살짝 붉어졌다. 그 눈에 시커먼 불꽃이 일었다.

"…용서 못 해, 용서 못 해, 푸고… 절대 용서 못 해…!"

중얼중얼 혼잣말하며 일어서려 하던 그녀는 휘청휘청 비틀거렸다. 그럼에도 불구하고 기듯이 어둠 속에서 걸어나오더니 어딘가로 가버렸다.

*

실라E는 액셀을 계속 밟았다.

차도 위를 무사히 달리고 있는 차는 그녀의 차뿐이었다. 목적지 오르티자에 서둘러 가려면, 루트는 단 하나밖에 없었다. 움베르토 1세 거리를 지나 돌다리를 건너가는 길뿐이었다.

그곳으로 가고 있는 그녀 앞에,

"……"

하나의 그림자가 홀연히 나타나 길을 봉쇄하듯 막아섰다.

마시모 볼페였다.

"——!"

실라E가 날카로운 눈초리로 적을 정면으로 노려봤다. 눈과 눈이 마주쳤다. 상대에게 망설임은 일절 없었고, 그녀도 마찬가지였다. 쌍방 모두 목숨을 건 승부였다.

"—우오오오오오오오오오오오오!"

고함을 외치며 그녀는 액셀을 전력으로 밟아 돌진했다. 판단은 이미 내린 뒤였다.

'볼페의 능력은 마약을 생성하는 것— 그 자체에 강력한 파워는 없어. 이렇게 된 이상 차로 정면에서— 치어 죽이겠어!'

망설임 없는 순수한 살의와 함께 실라E는 돌격했다.

그 살의를 정면으로 받아내던 볼페의 입가가 씩 하고 일그러졌다.

그 앞에 그의 능력이, 그의 분신이 모습을 드러냈다.

'매닉 디프레션'— 놈은 말라빠지고 키가 제대로 자라지 못한 결식아동의 미라처럼 붕대를 칭칭 감고 깡마른 모습이었다. 해골 같은 얼굴에 뻥 뚫린 두 개의 구멍은 원래 눈이 있어야 할 자리였을까. 그곳에서는 아무런 힘도 느껴지지 않았다.

그러나 그 다 죽어가는 것만같이 생긴 분신을 앞세운 그의 표정에서는 압도적인 자부심이 넘쳐흘렀다.

'돌진해오는 거냐— 멍청한… 똑똑히 알아라—'

마시모 볼페. 그의 능력을 코카키는 "모든 인간 위에 군림할 수 있는" 능력이라 표현한 바 있었다.

'그 이유를 가르쳐주마— 나의 능력은, 그야말로— '인간을 초월하는' 능력이라는 것을!'

"우케케케케케케케케케에에에에에—!"

'매닉 디프레션'이 날카로운 괴성을 지르더니 폴짝하고 볼페의 몸에 안겨왔다.

그러자 그 온몸에서 일제히 돋아났다— 무수한, 날카로운 가시가.

주사바늘이.

그 예리한 끝이 볼페의 육체 여기저기를 관통했다.

뿌득하는 소리가 어디선가 들려왔다. 그것은 깨지는 소리였다.

인간 육체의 한계가 깨지는 소리.

"—오오오… 후—"

입을 연 볼페에게서 기이한 호흡소리가 흘러나왔다. 그리고 한 발짝 앞으로 걸음을 옮겼다— 그런 그에게 차가 돌진해왔다.

그러나 그 범퍼가 그의 복부에 부딪히는 일은 없었다.

그에 앞서— 눈에 보이지 않을 정도의 속도로 내리친 그의 팔이 차의 프론트 부위를 강타해 그대로 지면에 처박고— 그 지면의 반발 작용으로 차가 상공에 솟구치도록 만들었기 때문이었다.

맨몸으로.

맨손으로.

무게 1톤은 되는 차가 마치 공기를 꽉 채운 테니스공처럼 하늘로 뛰어올랐던 것이다.

빙글빙글하고 육중한 차체가 하늘에서 춤을 췄다. 그리고 대지에 닿는 순간, 비로소 자신의 본래 무게가 생각난 것처럼 와장창하는 땅울림과 함께 격돌했다.

너무나도 강렬한 일격에 파괴된 나머지, 폭발조차 일어나지 않았다. 단지 움푹 들어가고, 변형되고, 그리고 차가 아닌 고철덩이로 변해버렸을 뿐이다.

"———"

그곳을 향해 볼페가 자신의 몸에 찰싹 붙어 있는 '매닉 디프레션'과 함께 걸음을 옮겼다.

그리고 마치 침대 시트를 벗기듯 손쉽게 차 지붕을 전부 뜯어버렸다.

그 아래에는 피범벅이 된 무참한 모습의 실라E가 있었다.

"으, 으으으으…?"

그녀는 믿기지 않는 듯한 얼굴로 눈앞에 우뚝 서 있는 사내를, 그 괴물을 보았다.

"이 능력의 유일한 결점은—"

볼페는 그런 그녀에게 다소 차갑게 말했다.

"장시간은 사용하지 못한다는 거다. 하지만 그걸 극복할 수단을 비토리오가 가지러 갔지— 그건 인간에게 '영원'을 선사하는 기적이라더군. 그게 무슨 의미인지 아나?"

"……"

"너희의 모든 희망은 지금 막 사라져버렸다— 바로 그런 의미다."

*

시라쿠사의 주교좌성당— 두오모는 이곳 오르티자 섬에서도 가장 위풍당당한 외관을 지닌 곳이다. 시라쿠사를 무력 지배한 참주, 겔론이 고대부터 내려온 아테나 신전을 기원전 5세기에 도리아 양식으로 재건한 건축물 대부분이 그 외관 그대로 오늘날에 이르도록 남아 있다. 여러 차례의 개축을 거친 까닭에 외부와 내부는 꽤 이미지가 다르다. 중후한 외부에 비해 르네상스 이후에 설계된 내부는 몹시 심플한 것이, 현대적이라 해도 무방할 만큼 정갈한 인테리어를 지녔다.

무더운 바깥 공기도 그 안에 들어오면 금세 차가운 공기로 바뀔 것만 같은 이미지가 그곳에는 있었다.

"—허억, 허억, 허억—"

그 안을 비토리오가 가로지르고 있었다.

그의 목적지는 두오모에서도 가장 깊숙한 곳, 수호성녀 루치아의 성유물이 모셔진 성소 한구석이었다.

그러나 그의 목표는 성유물이 아니라 바로 그 옆 벽돌 벽 쪽이었다.

"—7, 3, 4—"

사전에 입수한 정보의 순서대로 벽돌을 세어나갔다. 그리고 다른 벽돌과 분간이 되지 않는 해당 부분의 벽돌을 드디어 찾아냈다.

'돌리 대거'의 단검으로 그 벽을 파괴하고 그 안에 감춰져 있던 '물건'을 파냈다— 당연하다는 듯이 사람의 얼굴과 비슷한 크기였다.

묵직한 것이, 무게가 꽤 나갔다— 고대 그리스는 물론, 로마 제국과도 연고가 없어 보이는, 남미 아스텍 문명의 양식으로 만들어진 기분 나쁜 형상의 물건이었다.

돌가면.

그것은 편의상 그렇게 불린다. 정식 명칭은 아무도 모르기 때문이다. 과거 이 가면의 정체를 조사했던 나치 친위대도 결국 정확한 이름을 알아내지 못했다고 한다.

"이게—"

비토리오는 그 묵직한 감촉에 꿀꺽하고 침을 삼켰다.

돌가면의 구멍 뚫린 눈이 그를 응시하는 것만 같은 기분이 들었다.

"그런데, 어떻게 사용한다지…?"

그것을 뒤집어봤더니 뒤쪽에 뭐라고 적혀 있었지만, 아스텍 문자를 그로서는 읽을 방법이 없었다.

무사히 목표물을 손에 넣기도 했겠다. 지금은 일단 볼페, 안젤리카와 합류할까, 라고 비토리오가 생각한… 바로 그 순간이었다.

난데없이 박수 소리가 들려왔다.

짝짝짝, 하는 건조하고도 가벼운 박수.

'…뭐지?'

지금 이 주변에 있는 인간은 분명 모두 정신이 나가 있었다— 그러나 그 박수는 그것들과는 다소 이질적으로 들렸다.

그리고 다음 순간— 화들짝 놀랐다.

어느샌가 그의 수중에서 돌가면이 사라져 있었다.

바닥에 떨어져 있었다— 떨어지는 소리도 나지 않았건만.

황급히 주우려 하자 돌가면은 마치 살아 있는 것처럼 바닥 위를 미끄러지듯이 이동하며— 달아났다.

바퀴벌레 같은 움직임이었다. 바스락바스락하는 소리를 내며 기이할 정도로 빨랐다. 비토리오는 황급히 그뒤를 쫓았다.

두오모 안에서도 넓은 예배당 쪽으로 이동했다.

그곳에 한 사내가 있었다. 짝짝짝, 하고 가볍게 박수치고 있는 것은 그 사내였다. 돌가면은 그 발밑까지 이동해 가더니, 그곳에서 정지했다.

보르살리노 모자를 쓴 멋쟁이 — 카놀로 무롤로였다.

살아 있었던 건가 하고 비토리오가 놀랄 틈도 없이 카놀로 무롤로는 왼손으로 돌가면을 집어들더니, 오른손 검지를 입으로 가져가 그 살을 물어뜯었다.

돌가면 위로 그 손가락을 드리우자 — 피가 뚝뚝 하고 돌가면 위로 흘러 떨어졌다. 그리고 그 균열로 피가 빨려들었다.

극적인 변화가 일어났다.

돌가면의 테두리에서 활 모양으로 구부러진 수없는 가시가, 골침이 — 철컹하고 튀어나왔다. 인간이 그것을 쓰면 뇌에 수많는 침이 박히는 구조였다.

뇌를 "짚어 각성시킨다" — 그런 비술이 감춰진 물건이었다. 그것을 확인한 뒤 무롤로는 고개를 끄덕이며,

"과연, 진품이군 —"

이라고 중얼거림과 동시에 눈에 보이지 않는 속도로 품에서

권총을 뽑더니 돌가면의 미간에 총구를 갖다대고 방아쇠를 당겼다.

전혀 망설임 없는 동작이었다. 돌가면은 산산조각으로 부서져버렸다.

총성의 잔향이 우우웅— 하고 두오모 안에 울려퍼졌다…

"이… 이 자식! 무슨 짓이야—?!"

비토리오가 절규했다. 그런 그에게 무룰로는 싸늘한 시선을 보내며,

"'영원'이라— 죠르노 님은 내게 말씀하셨지. '영원도 절대도 이 세상에는 존재하지 않는다. 설령 그렇게 보이더라도 그것은 거짓된 환상에 불과하다'고 말이야—"

그렇게 속삭였다. 그리고 이야기를 계속했다.

"돌가면 파괴. 그것이 나의 진정한 임무였다— 일부러 코카키와 너희가 활개치게 내버려뒀던 것도 그 때문이었지. 너희가 날이 은닉처로 안내해주길 기다렸다는 거다."

"뭐, 뭐라고…?"

"죠르노 님은 몸소 돌가면에 접근하실 수 없지… 워낙 깊은 과거의 악연 때문에 스피드왜건 재단이나 쿠죠 죠타로의 불필요한 경계를 살 수 있어서 말이야. 그래서 내가 그분의 수족으로서 여기까지 온 거다."

무롤로의 망설임 없는 눈빛이 비토리오를 정면에서 응시하고 있었다.

"수고들 많았다— 너희의 역할은 이걸로 끝이다."

"우—웃기지 마아아아아—!"

비토리오가 포효하며 단검을 치켜들었다.

그 칼날에 무롤로의 얼굴이 확실히 비쳤다.

"내 '돌리 대거'로— 죽어버려라!"

그리고 자신의 인후를 째버렸다. 핏줄기가 솟구쳤지만 대신 대미지 중 7할이 칼날에 비친 상대에게 전이된다. 자신에게는 작은 생채기만 생길 뿐이다. 자신도 3할의 상처를 입는 대가로 적에게 확실한 상처를 입힐 '자격'을 손에 넣는다— 그것이 '돌리 대거'에 감춰진 무적의 능력이었다.

예외는 없다. 단단한 것으로 튕겨내지도 못한다. 비토리오가 받은 그 충격은 일정 비율로 대상물에 전이된다. 그 대상물이 다이아몬드처럼 초경질이라도, 고무처럼 말랑해도 두 동강을 내버린다. 그리고 그 필살의 능력이 이제 곧 무롤로를 공격할 것이다.

"——"

공격했다— 분명 그랬어야 했다.

그러나 1초가 지나고, 2초가 지나도— 무롤로는 목에 상처가 날 낌새가 전혀 없이 태연하게 서 있었다.

"어—?"

하고 비토리오가 이변을 알아차린 순간, 위에서 팔랑팔랑 무언가가 떨어져내렸다.

얇은 종잇조각— 그것은 트럼프 카드였다.

클로버 잭이 바닥에 떨어졌다. 그 카드에는 갈기갈기 찢어지기 직전의 자상이 나 있었다.

카드에 그려진 왕자의 목이 째져 있었다.

"뭐지—?"

천장을 올려다보고… 비토리오는 말문이 막혔다.

두오모의 높은 천장에 그것들이 빼곡히 붙어 있었다.

한 장 한 장마다 제각각 작은 손발이 돋아나 있는 트럼프 카드들이 무리 지어 벽이나 스테인드글라스를 붙잡고 있었다.

"뭣— 이, 이건…?"

"극단 '감시탑'—은 가명이다. 그 실체는 '암살단'이지. 53장이 무리 지어 하나를 이루는 '능력'— 그것이 나의 '올 얼롱 워치타워'다."

"으, 으으—"

돌가면을 몰래 빼돌린 것도 이 트럼프 카드들이었다. 워낙 얇고 작아 어디든지 숨어들어 몰래 조작하고, 뭐든지 조사할 수 있는 능력— 마치 스파이를 위해 존재하는 것만 같은 능력이었다.

"스피드왜건 재단의 연구자들에게서 들은 거지만… 이런 '군체' 능력의 소유자는 마음속에 큰 구멍이 있다고 하더군. 리조토의 '메탈리카'도 이 타입이었던 것 같고, 일본 모리오초란 곳의 '배드 컴퍼니'라든가 '하베스트' 같은 능력의 소유자들도 역시 결정적인 심리 결함이 있었다지— 목적을 위해 수단을 가리지 않는다거나, 눈앞의 하찮은 금전욕에 휩싸여 태연히 친구를 배신해버린다거나 그랬던 모양이더군. 그래— 나도 마찬가지다."

무롤로는 나직이 말했다.

"나도 나 자신을 믿지 않아. 그래서 능력도 뿔뿔이 분열돼 있는 거다. 나는 인생과 세계에 하나의 확고한 무언가가 있다고는 생각하지 않아—"

그 발밑에서 한 장의 카드가 흐느적흐느적 기묘하게 춤을 추고 있었다. 그것은 조커로,

"라라, 라라라, 레라라, 레라레라—"

하고 〈해골의 노래〉를 부르고 있었다. 그것은 명백히 '나이트버드 플라잉'의 증상이었다. 그 카드만이 오염되어 있었다…

"서, 설마—"

비토리오는 트럼프 카드의 무리를 보았고, 그런 다음 다시 무롤로를 보았다. 상대는 고개를 끄덕였다.

"그래— 네 능력도, 안젤리카 아타나시오의 능력도, 내게 아주 통하지 않는 건 아니야. 다만— 그 효과가 53분의 1로 분산될 뿐이지. 능력의 공격을 받은 대미지를 카드 한 장 한 장이 제각각 받아들이기 때문에, 내게 도달하는 대미지는 극소량에 그친다는 거다. 이것이 무슨 뜻인지, 너라면 알고 있을 테지."

"으, 으으으…"

"너는 공격시 대미지 중 3할을 떠안아야 하지만 내게 도달하는 것은 불과 53분의 1뿐이다— 비교할 것도 없어. 30퍼센트와 1.3퍼센트— 한 번에 받는 대미지 양이 달라도 너무 달라. 이를테면 나는 네게 천적 같은 존재. 아무리 용을 써도 이길 수 없는 상대라 이거다."

"크으으으으…"

"자, 그럼— 비토리오 카탈디. 왜 내가 이렇게까지 친절히 설명해주는지, 알고 있나?"

"크으으…"

"나는 네 기분을 잘 알아… 그래, 너도 나와 마찬가지다. 마음속에 구멍이 있어. 사회 밑바닥의 쓰레기 더미 같은 곳에서 나고 자라 아무 희망도 없는 인생을 살아왔지… 도둑질도 살인도 아무렇지 않아. 죄책감 같은 것은 태어난 이래로 한번도 느껴본 적이 없어. 겁이 없다고 하면 그럴듯하게 들릴지 몰라도 사실은 단지 잃으면 곤란한, 무언가 소중한 것을 갖고 있지 않기 때문이지. 당장 눈앞의 울화나 짜증을 푸는 것만이 전부인 인생이었어. 그래… 나도 쭉 그런 기분을 느끼며 살아왔다 이거야. 그분을 만나기 전까진."

"크윽…"

"나는 나 자신이 무적이라고 생각했었다. 상대가 누구든 마음만 먹으면 죽일 수 있다고 믿어 의심치 않았어. 리조토와 디아볼로를 저울질할 때도 스릴 따위 추호도 느끼지 않았고, 편리한 쪽에 붙을 뿐이라며 냉정함을 유지했지. 놈들을 위해 공연히 내 감정을 소모하는 것은 어리석은 짓이라고 생각했어— 누구를 위해서든 간에 내가 스트레스를 받는 것은 용납할 수 없는 일이다, 쭉 그렇게 생각하며 살아왔지. 그랬던 내가—"

무롤로는 아련한 표정을 지었다. 그것은 저 머나먼 지평선 너머를 바라보는 듯한 눈빛이었다.

"—처음으로 '이 사람만은 실망시키고 싶지 않다'고 진심으로 생각했다. 처음 뵈었을 때 그분은 내게 이렇게 말씀하셨지—"

"너는 모두를 배신해왔던 것이 아니다. 아무도 너를 상대해주지 않았던 것뿐이지. 누구도 믿지 않는 너는 누구의 믿음도 얻을 수 없었다. 너는 네 능력이 무적인 줄 알았겠지만 사실은 무적이 아니라 '무다', 일본어로 헛된 낭비에 불과했지. 아무리 강해도 네게는 도전할 목표도, 쌓아올릴 미래도 없으니까. '무다무다'…"

"─부끄럽더군. 나 자신의 얄팍한 근성이 모조리 간파됐다는 사실에 맹렬한 수치심을 느꼈어. 처음 느끼는 기분이었지… '수치심'이라는 감각. 그것은 내 인생에서 처음으로 느껴본 '뜨거움'이었어. 그 기분과 마주할 날을 나는 공허한 삶 속에서 내내 기다려왔던 거다."

"……"

"착한 놈도 나쁜 놈도 믿지 못한다. 배반에 대한 죄의식도 없다. 선과 악도 구분이 가지 않는다. 신과 악마의 차이도 모른다 ─ 그러나, 이 '수치심'이라는 것이 있는 한, 나는 결코 그분만은 실망시켜드리지 않을 거다. 설령 세상 모두가 내게 침을 뱉는다 해도 말이야 ─ 너는 어떠냐?"

"……"

"볼페는 글렀다. 녀석은 너무 위험해. 아무리 생각해도 타협점이 없어. 안젤리카도 이미 늦었고. 그 소녀는 어차피 얼마 남지도 않았어. …하지만."

무롤로는 비토리오를 응시하며 고개를 끄덕였다.

"너만은 다르다. 비토리오 카탈디. 너만은 우리가 '구해도 될'
이유가 있어―"

"……"

"친구가 되지 않을 테냐, 비토리오…? 너는 강해. 충분히 그분
께 보탬이 될 거다. 나는 너를 믿지 않는데다 앞으로도 신뢰 관
계 같은 걸 맺긴 힘들 거라 생각하지만, 아무렴 어때― 중요한
것은 지금 이 알력이 아니야. 그 힘으로 목표에 도전하고, 미래
를 쌓아올리는 것이 중요하지. 그분의 꿈을 실현시키기 위해 그
재능을 써볼 생각은 없나?"

담담히 말하는 그의 어조는 아마도 본래의 어조는 아닐 것이
다. 자신이 과거에 들은 것을 똑같이 되풀이하는 것에 불과할
것이다. 이렇게 사람에게서 사람에게로, 그 나직한 어조는 전
세계로 퍼져나갈 것이다.

"……"

그것을 듣고 있던 비토리오의 얼굴이 움찔움찔 경련했다. 자
기 마음속 기분을 어떻게 표출해야 좋을지 알 수 없다는 얼굴
이었다.

"…우, 우우우―"

이윽고 결연한 눈으로 고개를 들더니 외쳤다.

"─우오오오오오오오오오오오오오오오오오오오오오
오오오오오오오오오오오오오오오오오오오오오오오
오오─오!"

절규하며 단검을 쳐들었다. 그 칼끝으로 자신을 겨냥하고, 찔렀다─ 목이고 가슴이고 배고 얼굴이고 팔이고 다리고 눈이고 코고 입술이고 귀고 배꼽이고 할 것 없이─ 온몸을 여기저기 마구 난자했다.

난자당한 카드가 천장에서 팔랑팔랑 떨어져내렸다. 필살의 일격이 가해질 때마다 카드가 죽어나갔다. 대미지가 53분의 1씩밖에 먹혀들지 않는다면 그것이 효력을 발휘할 때까지 죽어라 공격을 거듭할 뿐─ 비토리오는 잠시도 망설이지 않았다.

"────"

무롤로는 그런 그를 무표정하게 보고 있을 뿐이었지만 이윽고 ─ 그의 입술에서 한 줄기 피가 주륵 하고 흘러내렸다.

먹혀들었다─ 그렇게 확신한 비토리오의 얼굴이 환희에 젖어들었다. 해냈다, 해냈어, 안젤리카, 마시모, 코카키─ 해냈어 모두들, 우리의 승리야, 이겼어─ 그렇게 확신한 그는 손을 멈췄다.

축, 팔이 아래로 늘어졌다. 흐느적, 목이 기울었다. 털썩, 무릎이 무너져내렸다. 모두 동시에 일어난 일이었다.

어디에, 라는 질문이 무의미할 정도로 온몸에 상처를 입은 깡마른 육체는 모든 곳에서 피를 뿜으며 힘없이 낙하했다.

손에서 떨어진 단검은 빙의되어 있던 능력을 잃고 본래의 녹슬고 낡아빠진 겉모습으로 원상복구, 바닥에 닿는 동시에 먼지가 되어 흩어져버렸다. 그 위로 비토리오의 몸이 쓰러졌고, 그뒤 두 번 다시 움직이지 않았다.

이미 죽어 있었다.

그 상처투성이 얼굴은 이미 표정을 짓는 근육까지 모두 절단되어 생김새를 알아볼 수조차 없었다.

"……"

무롤로는 속주머니에서 손수건을 꺼내들고 입술에서 흘러내린 한 줄기의 피를 닦아냈다. 바닷물에 젖어버린 손수건으로는 잘 닦이지 않았지만, 피는 금세 지워질 정도의 양밖에 되지 않았다.

모자를 벗어 가슴에 갖다대며 시체에게 작별 인사를 했다.

그러고 난 뒤 출구 쪽으로 시선을 돌리며 중얼거렸다.

"자, 그럼— 푸고와 실라E 쪽은 어떻게 됐을까…?"

스탠드 명 : 올 얼롱 워치타워		
본체 : 카놀로 무롤로 (32세)		
파괴력 = C	스피드 = B	사정거리 = A
지속력 = A	정밀동작성 = A	성장성 = E

능력 = 트럼프 카드에 빙의한 스탠드로, 트럼프 타워를 쌓아올리면 카드에서 손
발이 돋아나 인간형으로 변해, 알고 싶은 것을 무대극으로 보여준다. 점을
치는 능력이라고 알려져 있지만 사실 그것은 위장으로, 진짜 정체는 53장
의 카드가 제각각 자율적으로 움직여 적을 암살하는 원격 조작형 스탠드
이다. 무대극은 정보 수집 결과를 보고하는 형식에 불과하다. 이 사실은
동료에게도 비밀로, 배반자가 나올 경우 은밀하게 처리하라는 보스의 명
령을 받은 바 있다.

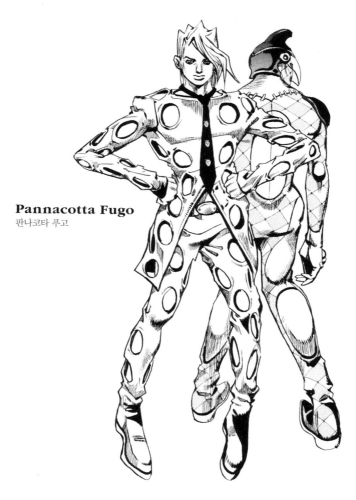

Pannacotta Fugo
판나코타 푸고

VII. luna nova 신월^{新月}

그날, 지중해의 밤하늘은 어두웠다. 머리 위에는 별들이 반짝이고 있을 뿐, 그 중심이 되는 달빛은 결여되어 있었다.

신월新月 아래 밤의 어둠 속에서는 밀회중인 연인들도 서로의 얼굴이 보이지 않을 만큼, 모든 것이 감춰져 겉으로 드러나지 않는다. 진실도 허위도 모두 똑같이 어둠 속에 수수께끼로 방치된다.

사투는 이제 곧 결판이 난다.

그러나 이 싸움이 과거의 청산인 것처럼 인과는 다음 인과로 돌고 돌아, 바뀐 세대에서 언젠가는 또다시 새로운 싸움을 요하게 될 것이다. 이번의 승자는 다음의 패자가 되고, 당장의 우열도 후세에서는 가릴 수 없고, 모든 것이 역사의 혼돈 속으로 사라질 것이다.

당대의 사람들이 무엇을 생각했고, 무엇을 결단했으며, 무엇을 버렸는지— 그런 것들은 아무도 알지 못하는 영원한 수수께끼로써 세계에 퇴적된다.

멸망한 문명의 잊힌 유적에 묻혀 있는 가면처럼, 누군가 그 의미를 질문할 날을 기다리고 있다. 조용히, 때를 기다리며…

*

마시모 볼페가 태어났을 무렵, 그의 집안은 이미 몰락한 상태였다.

일가친척 중 태반이 귀족의 지위를 부르주아 상인들에게 돈을 받고 팔아버린 탓에 혈연도 없는 숙부니 백모니 하는 자들이 수두룩했다. 그는 그런 벼락부자 놈들에게 빌빌대는 주제에 뒤에서는 온갖 험담을 늘어놓는 아버지를 보며 자랐다. 그리고 원래대로라면 가문을 이어야 했던 형이, 그런 집에 정이 떨어져 "요리사가 되겠다"고 선언하는 바람에 차남인 그가 볼페가家의 차기 후계자로 결정되고 말았다. 형 안토니오는 분명 요리에 재능이 있었지만, 케케묵은 귀족의 사고방식에서 벗어나지 못했던 아버지는 애당초 고귀한 자가 요리 따위의 천한 일을 하는 것 자체를 용납하지 못하고 거의 내쫓다시피 의절해버렸다. 헤어지면서 형은 슬픈 얼굴로 말했다.

"미안하다, 마시모. 네게 떠넘긴 꼴이 돼버렸어. 하지만 아버지를 너무 미워하지 마라. 아버지는 시대가 변했다는 걸 도저히 인정할 수 없어서 그러시는 거야. 너도 고생 많겠지만 어떻게든 타협하며 살아가렴."

"형님은 앞으로 어쩌실 겁니까?"

"글쎄. 당분간은 수행을 하겠지. 하지만 이탈리아 요리계는 나 같은 몰락 귀족의 떨거지는 받아주지 않을 테니 전 세계를 돌아다녀볼까 싶어. 언젠가 어디 다른 나라에서 작아도 좋으니 스스로 만족할 수 있는 요리를 내놓는 가게를 차리고 싶어. 물론 볼페가의 이름을 더럽히지 않도록 앞으로는 돌아가신 어머니를 따라 트루사르디가의 성을 쓸 생각이야."

"아무렴 어때요, 그까짓 거."

"그렇지 않아. 아버지가 용서 안 하실 거야."

"아버지가 싫어서 나가는 건데 왜 그렇게 뒷일을 신경쓰는 거예요?"

그가 그렇게 말하자, 형은 살짝 불안한 얼굴로 말했다.

"어쩐지 남의 일처럼 말하는구나. 앞으로 네가 볼페가를 짊어져야 한다니까?"

"될 대로 되라죠."

그는 희미한 미소와 함께 대답했다.

"어차피 무슨 수를 써도 안 된다는 건 형님도 아시잖아요?"

"마시모— 넌."

형은 어째 영 기분 나쁜 것을 보기라도 한 듯한 눈빛으로 동생을 보았다.

"넌 꿈이 없는 거냐?"

"꿈?"

그는 되레 조소에 가까운 시선을 형에게 보냈다.

"꿈이라면— 행복해지는 것, 뭐 그런 거요? 그럼 요리로 모두를 행복하게 해주는 게 꿈인가요, 토니오 형?"

그때까지 한번도 부른 적 없는, 격의 없는 사이처럼 들리는 애칭으로 형을 불렀다. 형은 곤란한 표정을 짓기는 했지만, 고개를 좌우로 저으며 말했다.

"내가 할말은 못 된다만— 넌 좀더 네 자신을 소중히 여기는 편이 좋겠다. 형으로서 할 수 있는 말은 그게 다다."

"알아요."

"천만에, 넌 몰라— 넌 분명 아버지보다 더 몰라. 아버지는 세상 돌아가는 걸 비관하고 있지만, 넌 무시하고 있는 거야…"

그것이 형과의 작별이었고, 그뒤 두 번 다시 만나지 못했다. 그리고 몇 년 뒤, 집안의 막대한 빚을 더이상 감당할 수 없게 되자 그는 자신의 모든 것을 '파시오네'에 팔아넘겼다. 아버지는 폭삭 늙어 지금은 완전히 마약 중독자가 되어 있었다. 물론 그가 생성한 마약을 애용했다.

어쩌면, 하는 생각이 들었다. 내가 '파시오네'에 의해 능력에 각성했을 때, 지구 반대편에 있는 형도 자신의 능력에 각성했을지 몰라, 하는 생각이 들었다. 혈연이 있는 자들 사이에서는 종종 그런 일이 일어난다고 했다.

'그런 형이었으니 나와 비슷한 능력이라도 분명 좀더 '꿈'이 있는 재능이었을 테지. 같은 생체 반응 활성화 능력이라고 해도 형이라면 '건강에 좋은 요리를 만든다' 같은 식으로 발현했을지도 몰라. 그렇게 생각하니 웃음이 절로 나오는걸. 한쪽은 마약 중독자를 늘리고, 한쪽은 건강한 사람을 늘리는 꼴이니— 뭐, 아무래도 상관없는 일이지만서도.'

퇴폐적이고 무기력한 성격의 소유자인 그도 딱 한번, 그 자포자기식 사고방식이 영 못마땅했던 적이 있다.

그것은 과거 대학에 다녔을 때 자신보다 열 살은 더 나이가 적었던 동기, 판나코타 푸고를 봤을 때였다.

못마땅한 구석이 있었다.

허구한 날 땡땡이치던 그와 달리 푸고는 표면적으로 쭉 우등생에다 불성실한 구석은 조금도 찾아볼 수 없었지만 그래도 볼페는 알 수 있었다.

녀석은 나와 마찬가지로 주변 따위 아무래도 상관없다 생각한다, 고.

결국 푸고가 자멸하듯이 대학을 떠났을 때도, 그는 조금도 의외라고 생각하지 않았다. 언젠가 그렇게 될 것 같았던 일이 일어난 것뿐이었다.

그러나 못마땅한 감각만은 쭉 남아 있었다. 그 못마땅해 견딜 수가 없는 애송이가 어느 날 또다시 자신 앞에 나타나 불쾌한

기분을 한번 더 맛보게 되는 것은 아닐까— 그런 불길한 예감
이 가시지 않았던 것이다.

그리고 지금— 바야흐로 그 순간이 다가오고 있었다.

"놈이 없군— 푸고는 어딨지?"

지붕이 뜯긴 차 안에서 움찔움찔 경련하고 있는 실라E를 향
해, 볼페는 다소 차가운 어조로 물었다.

"크, 크으윽—"

실라E가 대답을 하지 않는 것인지, 할 수 없는 것인지, 볼페로
서는 판단이 서지 않았다. 충격이 그녀의 온몸에 극심한 고통을
가하고 있었기 때문이다.

"좀 심했나? 하지만 돌진해온 건 네 쪽이었으니까 말이야. 뭐,
됐어— 인질 정도의 쓸모는 있겠지."

그녀의 몸을 난폭하게 움켜쥐고 파괴된 차에서 끌어냈다.

실라E는 목덜미가 잡힌 새끼 고양이처럼 추욱 하고 늘어졌다.

"크, 크윽— '부두 차일드'!"

그녀는 힘을 짜내 능력을 썼다. 그러나 '부두 차일드'의 주먹
은 볼페의 맨손바닥에서 모조리 튕겨나고 말았다. '매닉 디프레
션'으로 강화된 육체는 능력 공격이기도 했기에 그녀의 파워와
스피드가 통하지 않았다— 거꾸로 박살날 뿐이었다.

'부두 차일드'의 팔이 꺾이자 실라E의 팔도 골절되어 구부러져버렸다. 발차기를 날릴 여유도 없이 양쪽 다리도 파괴됐다.

"덤이다!"

볼페가 박치기로 실라E의 이마를 깨버렸다.

"—크아아악!"

넘쳐흐르는 피가 시야를 가렸다. 편타성 손상을 입은 목이 이상한 형태로 구부러져 원래대로 돌아오지 않았다.

완전히 행동불능에 빠져버렸다— 상대는 실력의 2할도 내지 않았건만. 너무나도 압도적인 전력 차였다.

"좋았어—"

볼페는 축 늘어진 실라E를 움켜쥔 채 뒤를 돌아봤다.

"우선 정리됐군— 안젤리카, 나와도 돼. 혹시 근처에 접근해오는 놈은 없는지 조사 좀 해줘."

하고 불렀지만, 대답도 없는데다 모습도 보이지 않았다.

"안젤리카?"

볼페는 불길한 예감이 들었다. 초조한 마음에 꼼짝도 하지 않는 실라E를 난폭하게 팽개쳐버리고, 안젤리카에게 숨어 있으라고 일러뒀던 곳을 슬쩍 살펴봤다.

그곳은 텅 비어 있었다.

"설마— 안젤리카? 혼자서 푸고를— 코카키의 원수를 갚으러?"

*

"─헉?!"

순간, 푸고의 발이 멈칫했다.

그는 실라E를 쫓아 오르티자 섬을 향해 달려가던 중이었다.

앞쪽에서 사람들이 몰려왔다.

군중─ 그렇게 불러도 부족함 없는 인파가 쇄도해오고 있었다.

모두 푸고를 향해 돌진해오고 있었다.

그들의 눈은 색깔이 변해 있었다. 아니, 정확히 말하면 색이 사라진 상태였다. 무표정하고 텅 비어 공허한 시선은 엉뚱한 방향을 향해 있었고, 몸만이 그와는 상관없이 돌진해왔다. 눈으로 확인도 하지 않고 달려서 금세 발이 뒤엉키기도 하고 걸려 넘어지기도 했지만, 그렇게 쓰러진 사람 위를 다음 사람이 밟고 넘어왔다. 멈추지 않았다. 지옥도가 질주해오고 있었지만, 그곳에 비명은 없었다.

모든 감각이 사라져 있었다.

남아 있는 것이라고는 그저 모두에게 침투된 일그러진 살의뿐이었다.

'이것이—'

푸고는 새삼스레 전율했다.

이것이 '매닉 디프레션'의 마약이 초래할 미래였다. '나이트버드 플라잉'은 단지 그 전파를 거들고 있을 뿐이었다. 모든 정신이, 인격이, 사고가 무효화되어 뭔가 뚝 하고 떨어지기만 해도 그 자극에 우왕좌왕 휩쓸리기만 하는 군중이 만연하는 세계—

'죠르노 죠바나는 이것을 가리켜 '최고로 위험'하다고 했다지— 그 판단은 틀리지 않았어. 놈이 가는 곳에는 밑바닥이 없는, 빙하 표면에 쩍 벌어진 크레바스 같은 어둠밖에 느껴지지 않아!'

군중이 일제히 푸고를 붙잡으려 했다.

"—제, 제길…!"

푸고는 필사적으로 군중을 밀쳤다. 섣부른 공격은 할 수 없었다. 필살의 바이러스 공격을 하면 이 정도 사람쯤은 간단히 쓸어버릴 수 있겠지만… 쓸어'버리는' 것이 문제가 되었다.

'공격용 캡슐은 여섯 개밖에 없어— 여기서 써버리면, 볼페와 맞닥뜨려봐야 아무 소용도 없어.'

푸고는 발버둥치며 필사적으로 전진했다. 후퇴는 불가능했다. 등을 돌렸다가는 금세 좀비 같은 군중이 그를 붙잡으려고 덤벼들 것이기에 끝장이었다. 철저히 정면 돌파하는 수밖에 없었다.

사람들이 손톱을 세우고 그에게 덤벼들었다. 찌익찌익 하고 대머리 중년 사내가 푸고의 뺨을 긁었다.

"─쳇!"

푸고는 발로 차 놈을 떼어냈다─ 그의 허벅지에 무언가가 뚝뚝 흘러내렸다.

그것은 피였다. 상대에게서 튄 피가 아니었다. 자신의 몸에서 흘러나온 피였다. 뺨의 상처가 생각보다 깊었던 것이다─ 아차, 싶었다.

'고통이… 줄어들었어!'

그것은 '나이트버드 플라잉'의 침식이 진행됐다는 징조였다. 능력의 파워가 강해져 있었다─ 그것은 다시 말해…

'적 본체가─ 가까이 와 있다는…'

그렇게 생각한 순간이었다. 옆에서 누가 쿵 하고 부딪혀왔다.

푸고를 붙잡지 않고 그대로 떨어져나갔다─ 푸고가 그쪽으로 시선을 돌리려 하는데, 그의 몸이 옆으로 기울었다.

균형을 잃고 쓰러지고 있었다─ 몸에 힘이 들어가지 않았다.

옆구리에 위화감이 느껴졌다─ 그곳에 꽂혀 있었다.

깊숙이, 나이프가 박혀 있었다.

힘을 주려 하자 그곳의 절단된 힘줄과 근육이 작동을 하지 않아 일어설 수가 없었다— 그러는 동안에도 그를 찌른 작은 그림자는 점점 멀어져갔다.

"우, 우웃— '퍼플 헤이즈'!"

절규하면서 푸고는 필사적으로 능력을 짜냈다.

여기서 놓칠 수는 없다. 적의 본체를 지금 이 자리에서 확실하게 쓰러뜨리지 않으면 피해가 무제한으로 확대되어 오르티자 섬뿐만 아니라 시칠리아의 모든 사람들이 조만간 죽게 될 것이다!

움직이지 못하는 그를 향해 정신이 나간 군중이 점점 밀려들더니, 잇달아 그를 붙들고 손톱으로 할퀴고 이로 물어뜯어댔다.

그러나— 일부러였다.

일부러 무리하게 움직이지 않았다… 조종되는 자들은 모두 그에게 몰려들었다. 그러나 적의 본체는, 나이프로 찌른 뒤 승리를 확신하고 있는 상대는 반대로 멀어져갔다— 분간이 되었다.

"푸샤아아아아아아아아아아—!"

'퍼플 헤이즈'의 포효가 어두운 밤하늘에 울려퍼졌다. 과연 일격이 상대에게 먹혔을 것인가… 푸고는 그것을 자신의 눈으로 확인할 수 없었다. 계속해서 군중의 공격을 버텨가며 그저 기다릴 수밖에 없었다. 이윽고― 엄청난 격통이 옆구리에서 솟구쳐 올랐다. 참지 못하고 끝내 "끄아아아아아!" 하고 울부짖으며 꼴사나운 비명을 지르고 말았다. 그러나 그 고통은, 이 내장을 도려내고 뱃속에 펄펄 끓는 납을 들이붓는 것만 같은 대미지 감각은―

'사라졌…어… 마취가…!'

적의 능력과 그 영향이 소멸해 그의 주변을 에워쌌던 군중이 픽픽 길바닥에 쓰러지기 시작했다. 지금까지 날뛰었던 반동으로 의식을 잃은 것이 분명했다. 그들이 제정신으로 돌아올 수 있을지 없을지, 지금으로선 알 수 없었다.

"크, 크으으윽…!"

옆구리에 나이프가 박힌 채, 푸고는 비틀비틀 일어섰다. 뽑을 수는 없었다. 뽑는 순간 피가 콸콸 쏟아져 금세 출혈 과다로 죽게 될 것이 분명했다. 이대로 갈 수밖에 없었다… 마시모 볼페가 기다리는 결전의 장소로.

*

"―안젤리카?!"

볼페가 자신도 모르게 외쳤다.

주변을 배회하고 있던 사람들이 잇달아 쓰러지기 시작했다. 이변이 일어난 것이 분명했다.

그는 초조한 마음에 다리를 건너 시칠리아 본토 쪽으로 가려 했다 — 그때, 아까 그 전투로 여기저기 꺾여 불이 켜졌다 꺼졌다 하고 있는 가로등 불빛 아래로 홀연히 그림자가 나타났다.

창백한 그림자. 어둠에 반쯤 먹혀버린 것만 같은 희미한 그림자.

새하얀 피부의 안젤리카 아타나시오였다.

"여기야 — 마시모…"

비틀비틀 다가오던 그녀가 휘청거리더니, 깜빡이는 가로등에 몸을 기대섰다.

몹시도 큼직해 보이는 그 눈동자가 볼페를 바라보았다.

"아, 안젤리카 — 무사했구나, 다행이다…"

볼페가 그녀에게 달려가려 하자 안젤리카가,

"—그래, 그거 그거."

하고 그를 가리켰다.

"거봐 — 그게, 나아… 그게 훨씬, 나아."

"응?"

"마시모, 는… 그렇게 웃으면, 엄청 귀여워 — 응, 진짜, 귀엽다, 니까…"

라고 말하며 그녀도 생긋 미소를 지었다.

그리고 다음 순간, 무너져내렸다.

가까스로 매여 있던 육체의 실이 끊어졌다. '퍼플 헤이즈'의 살인 바이러스에 감염된 육체가 붕괴했다. 물풍선이 바늘에 찔려 터지듯 그녀의 생명이 지면에 쏟아져내렸다.

…흠칫, 했다.

실라E는 자신이 듣고 있는 것이 무슨 폭발음인가 싶었다. 지하 파이프나 어딘가에 고여 있던 가스가 인화한 것일까 생각했다― 그러나 그게 아니었다. 그것은 사람의 목에서 나오는 소리였다.

절규하는 볼페의 포효였다.

그것은 주변의 공기를 모조리 태워버릴 것만 같은 화염이자, 동시에 모든 것을 얼려버릴 것만 같은 눈보라였다.

"―…아아아아아아아아아아아아아―!"

지상 최후의 날 하늘에서 울려퍼진다고 하는 심판의 나팔 소리처럼, 그 소리는 찌릿찌릿 사방으로 울려퍼졌다.

그리고― 뚝 하고 멈췄다.

정적이 내리깔렸다.

정지되어 있던 볼페의 몸이 몇 번인가 좌우로 불안정하게 흔들리더니 느릿하게 이쪽으로 돌아섰다.

덜컥 기울어진 목 위에 달려 있는 두 눈이 실라E 쪽을 보았다.

인형 눈에 박혀 있는 유리구슬도 그보다는 따뜻하겠다 싶을 만큼, 한없이 표정이 결여된 눈.

마음속이 텅 빈 시선— 무자비한 눈.

헉, 하는 생각이 들었을 때는 이미 볼페가 지면에 쓰러져 있는 실라E의 바로 곁까지 밀어닥친 뒤였다.

발끝이 복부를 파고든다— 발차기 같은 약해빠진 것이 아니었다.

그것은 '사출射出'이었다.

볼페의 제트 엔진 같은 다릿심에 그녀의 몸은 상공으로 솟구쳤다.

하늘로 날아올랐던 그녀의 몸은 당연하게도 추락했다— 그리고 그 아래쪽에는 볼페가 이미 와 있었다.

볼페는 지면에 충돌 직전이던 실라E의 몸을 한 팔로 움켜쥐었다. 그리고 부웅 하고 휘둘러 지면으로 내리쳤다.

그곳은 사방이 다소 트여 있는 장소였다.

짧은 가로수길 사이, 남국적인 소철 숲과 울타리에 둘러싸여 있는, 거의 아무것도 없는 공터 같은 곳이었다.

그곳은 오르티자 섬에서도 가장 오래된 장소였다. 석조 기둥식 신전 유적. 과거에는 처녀신 아르테미스를 모셨던 곳이라고 믿어왔지만, 현재에는 태양신을 모셨던 곳이 아닌가 하는 설이 대두되었다.

아폴론 신전 유적.

그것이 그 장소에 대한 일반적 해석이었다.

"으, 으으으…"

실라E는 꼼짝도 하지 않는 몸을 필사적으로 일으키려 했다. 그런 그녀를 볼페가 위에서 짓밟았다.

그리고, 차가운 목소리로 속삭였다.

"불러라."

"뭐…"

"불러라, 푸고를— 놈을 이리 불러라. 비명을 질러 도와달라고 불러라."

"으으으—"

"저항은 무의미하다— 네 의지 따위, '매닉 디프레션'으로 제어되는 육체 반응 앞에서는 무력할 뿐이다."

말이 끝나기가 무섭게 볼페의 손끝이 그녀의 목을 꿰뚫었다.

분명히 찔렸는데도 출혈이 없었다. 접촉 부위의 손상이 점점 아물었기 때문이다. 그리고 그 손가락이 느릿하게 돌아갔다. 그 순간, 자신도 깜짝 놀랄 만큼 큰 소리가 "아아아아아아아아아 —" 하고 뿜어져나왔다. 코러스처럼 낭랑한 목소리였다. 끼릭끼릭 하고 손가락이 움직일 때마다 목소리는 기계적으로 커졌다. 앰프 볼륨을 돌리는 것만 같았다.

'으, 으으으으윽…!'

성대가 파열돼 피가 분무기처럼 흩날렸지만, 그 상처도 즉시 나아버렸다. 더욱더 큰 목소리가 울려퍼졌다.

심장의 고동이 점점 빨라지고 있는 것을 알 수 있었다. 몸에 기이한 부담이 가해지고 있는 것이 분명했다. 목과 폐에만 혈액이 집중됐고, 골절된 손발에서도 감각이 사라져가고 있었다.

'트, 틀렸어… 더이상, 의식도—'

실라E의 시야에는 빈혈로 인해 반짝반짝 빛나는 무수한 광점이 뒤섞여 나타나기 시작했다. 그것은 반딧불처럼 어두운 밤하늘을 날아다니는 것처럼 보였다.

'—클라라 언니… 이걸로 안녕, 이에요— 언니는 분명 천국에서 날 지켜보고 있었을 테지만 난 아마 지옥행일 테니까, 언니랑은—'

그녀가 마음속으로 그렇게 중얼거리던 순간이었다. 갑자기 그녀의 목구멍에서 나오던 소리가 '스톱' 버튼이라도 누른 것처럼 끊겼다.

어느샌가 볼페가 손을 놓았던 것이다.

그는 더이상 실라E를 보고 있지 않았다. 그녀에 대한 관심을 잃은 뒤였다. 다른 방향을 보고 있었다.

심상치 않은 증오를 품고 그 방향을 보고 있었다.

아폴론 신전 유적 입구에 그 그림자가 서 있었다.

그의 다리가 후들후들 경련을 일으키는 것 같았다. 옆구리에 나이프가 박혀 제대로 서 있기도 힘든 몸으로 겨우겨우 여기까지 왔던 것이다.

"볼페, 넌— 내게 볼일이 있을 텐데?"

판나코타 푸고는 수년 만에 재회한 옛 동기를 향해 나직이 말했다.

*

실라E가 놀란 얼굴로 자신을 보고 있었다. 왜 여기 있는 거야, 라는 표정을 짓고 있었다. 그 바로 옆에서 볼페가 일어섰다. 복수심을 불태우며 이쪽을 향해 돌진해왔다.

그 광경을 멍한 눈으로 바라보면서— 푸고는 그때, 전혀 다른 생각을 하고 있었다.

'아— 그런 거였나.'

마음속에 기묘한 납득이 존재했다. 지금까지 마음에 걸렸던 의문이 말끔히 해소됐다.

'그런 거였나— 나란차—'

어째서 그때 그는 그런 말을 했던 것일까. 어째서 그렇게 행동했던 것일까. 그것을 쭉 알 수 없었다. 어째서 그는 딱히 좋아하지도 않는 여자를 위해 조직을 배반했던 것일까. 잘 알지도 못하는 그녀를 놓고 "트리시는 바로 나야, 내 상처는 바로 트리시의 상처야"라고까지 단언할 수 있었던 것일까— 그 이유를 쭉 알 수 없었다.

'하지만— 지금이라면 알겠어.'

푸고는 원래대로라면 서 있지도 못할 정도의 부상을 견뎌가며, 초점이 맞지 않는 눈으로 자신을 향해 밀어닥치는 적과 쓰러져 있는 실라E를 보고 있었다.

'저 소녀는— 더이상 '따라갈 수 없어'라고 했지. 그 말을, 나도— 전에 했던 적이 있어…'

그 감각을 알고 있었다. 그 참을 수 없는 초조함과 공허함이 동시에 온몸을 에워싸는 것만 같은 슬픔을 알고 있었다.

'그래— 이거야. 바로 이거야. 이 느낌— 저 소녀와 나는 '닮

았어'…'

희미하게 그 입술에 미소가 떠올랐다. 그것은 다소 자학적인 미소였다. 그렇게나 바보 취급했던 나란차도 알고 있었던 것을 수재입네 하던 푸고는 그보다 반년이나 지나서야 겨우 이해한 것이다.

'실라E는… 바로 나야. 실라E의 분노는, 바로 내 분노야…!'

적이 접근해온다— 점점 가까이 오고 있다. 유예는 없다. 적과 푸고 간의 거리가 사정거리인 5미터 안으로 접어드는 순간이 둘 중 어느 하나가 죽는 순간이다.

푸고는 움직이지 않았고, 볼페는 돌진해왔다.

7미터. 6미터. 그리고— 5미터 안으로 침입했다.

푸고에게서 분신이 튀어나왔다. 그 흉포한 살의를 드러내며 '퍼플 헤이즈'가 적의 습격에 맞서 역습에 나섰다.

'우웃—'

실라E는 믿을 수 없었다. 기껏 자신이 희생양이 되어 그를 살렸노라 생각하고 있었건만—

'왜 온 거야, 저 인간은…!'

승산은 있을까. 확실히 바이러스 공격은 일격필살— 그러나 지근거리에서 날리면 자멸할 수밖에 없는 능력이다.

적을 감염시키면서 자신은 무사할 수 있는 거리에서 써야 한다. 그런 아슬아슬한 간격에서 명중시키지 못하면 상대의 초고속 공격에 당할 수밖에 없다. 길동무 삼을 각오를 하고 쓴다고 해도 상대가 피하면 그걸로 끝이다. 자신이 병사하는 꼴을 적이 비웃으며 구경하는 가운데 개죽음으로 끝날 뿐이다.

'어쩌려고 그래…?'

푸고가 '퍼플 헤이즈'를 쓰는 것이 보였다. 간격에 들어섰다. 기회는 한순간, 그것을 놓치면 끝이다— 그러나 그 순간, 실라E의 시야에 말도 안 되는 광경이 날아들었다.

'뭣— 저, 저건…?!'

달빛 없는 시커먼 밤하늘이 지상의 빛을 받아 그것이 보였다.

'짹짹짹…'

소리를 내며 날고 있는 작은 새— '나이트버드 플라잉'의 모습이.

'말도 안 돼, 저 스탠드의 본체인 소녀는 죽었을 텐데— 바이러스에 감염되고도 살아 있을 리가…'

설마— 뼛속까지 녹아버려 시체나 다름없는 그 소녀를 볼페가 '매닉 디프레션'을 이용해 억지로 살려두고 있는 것인가?

'더이상 의식조차도 남아 있지 않을 텐데, 저 자동적 능력인 작은 새만이 남아 있어—'

어째서 그런 짓을… 그 이유는 단 하나뿐.

'사, 상황이 좋지 않아— 저 작은 새는 정상적인 감각을 잃게 만들어— 이 결정적인 순간에 조금이라도 그 영향을 받았다간…!'

소녀의 눈앞에서 푸고와 볼페가 격돌을 앞두고 있었다.

'퍼플 헤이즈'가 튀어나와 적에게 돌진— 분명 그래야 했다.

그러나 그 위치가 이상했다.

완전히 예상을 빗나간 방향으로 튀쳐나온 것이다. 녀석이 날린 주먹이 헛되이 하늘을 갈랐다.

그러는 동안 볼페는 5미터 간격을 순식간에 돌파해 푸고에게 접근, 품안으로 파고들어— 최종 한계선을 돌파했다.

다 틀렸다… 그렇게 생각한 순간이었다. 실라E는 기묘한 사실을 알아차렸다.

'…어라?'

이상한 점이 있었다. 그것은 이 상황에서 절대로 있을 수 없는 기이한 일이었다.

'어, 어떻게 된 거지— 주먹에… '퍼플 헤이즈'의 주먹에—'

살인 바이러스가 들어 있는 필살의 캡슐. 주먹에 달려 있어야 하는 캡슐이…

'캡슐이… 없어!'

"—끝이다아아아아아—! 푸고오오오오오—!"

승리를 확신하며 볼페는 돌진했다. 치켜든 손날이 푸고의 몸을 둘로 갈라버리기까지 앞으로 수 센티미터— 그 거리까지 육박한 순간, 볼페는 적의 눈을 보았다.

자신을 정면으로 응시하고 있는 푸고의 눈을.

아차, 싶었다.

그것은 그가 본 적 없는 눈이었다. 뭐든지 다 알고 있다는 듯 우등생 행세를 하던, 머리만 커 가지고 속은 완전 맛이 가 있던 동기의 눈이 아니었다. 조직의 명령이나 상식에 따르면 그만이라던 말단의 눈도 아니었다.

각오하고 있는 눈이었다.

이미 결단을 마치고 그것에 모든 것을 걸고 있는 눈이었다.

콰직 하고 뭔가가 깨지는 소리가 났다. 바로 가까운 곳에서, 눈앞의 푸고에게서, 바로 지금 공격을 앞두고 있는 그의 머리에서… 입안에서.

'아… 아차—'

강화한 육체 반응으로도 너무 늦었다. 다음 순간, 푸고의 입에서 뿜어져나온 피가 볼페의 몸에 흩뿌려졌다.

캡슐을 이로 깨뜨릴 때 난 피였다.

물러났지만, 이미 늦은 뒤였다.

모든 방어가 무의미. 흉포. 그것은… 폭발하듯이 증식, 덮쳐 왔다.

"─웃…"

볼페는 입을 벌렸지만, 그 입에서는 더이상 목소리가 나오지 않았다. 폐에 구멍이 뚫려 공기가 새어나오고 있었기 때문이다. 버티려 해도 다리에 힘이 들어가지 않았다. 근섬유가 너덜너덜한 걸레짝처럼 되어버렸기 때문이다. 하늘을 올려다봤지만, 아무것도 보이지 않았다. 안구가 액체가 되어 흐물흐물 흘러내렸기 때문이다. 후회하려 했지만, 그것도 불가능했다. 뇌세포마저 완전히 잠식돼버렸기 때문이다.

폭풍에 휩쓸린 시든 잎사귀처럼, 마시모 볼페의 생명은 거의 한순간에 날아가 이 세상에서 소멸했다.

*

"……"

실라E는 눈앞의 광경이 믿기지 않았다.

볼페의 몸이 순식간에 용해되어 증발해버렸다.

그러나 그 앞에 쓰러져 있는 푸고의 몸은, 분명 바이러스 캡술을 스스로 깨버린 그의 몸은, 그대로 남아 있었다.

"…커, 커허억…"

그의 입이 벌어졌고, 괴로운 듯 신음하는 소리와 토혈이 새어나왔다.

…죽지 않았다.

"어, 어떻게—"

실라E가 자신도 모르게 중얼거리자 바로 옆에서 갑자기,

"능력이란 본인의 성격을 반영하게 되어 있지. 정신이 변화하면 능력도 바뀌는 법이야."

라는 목소리가 들려왔다. 시선을 돌리자 그곳에는 무롤로가 서 있었다.

"……"

이자는 어떻게 살아 있나 하는 생각이 들었다. 그런 그녀의 시선에 무롤로가 어깨를 으쓱이며,

"아, 당장 녀석을 구하러 가란 말은 말라고. 푸고의 바이러스는 십중팔구 이전보다 훨씬 더 흉포해졌을 테니까— 캡슐을 이로 깨뜨렸을 때 녀석의 입안에서 증식한 대량의 바이러스가 녀석의 육체를 파괴하기에 앞서 자기들끼리 서로 먹어치워버렸을 거야— 그런 무시무시한 녀석 근처엔 가급적 얼씬도 하고 싶지 않거든."

그러더니 무릎으로는 실라E의 몸을 여기저기 살펴봤다. 그리고 쓴웃음을 지으며,

"그나저나 네녀석도 참 터프한걸— 손발은 부러졌지만 내장은 손상을 입지 않았어. 목숨에 별 지장은 없을 거야. 역시 미스타 님이 너라면 괜찮을 거라고 장담하실 만도 하군—"

이라고 말했다. 어쩐지 지금까지와 느낌이 달랐다. 여유가 느껴졌다.

'이 인간은 대체—'

그러나 더이상 이리저리 머리를 굴리기도 피곤했다. 실라E는 눈을 감고 휴우우우 하며 깊은 숨을 내쉬었다.

…바로 곁에 서 있었다.

그리고 자신을 내려다보고 있었다. 실로 무시무시한 모습이. 온통 얼기설기 기운 몸에 핏발 선 채 부릅뜬 눈, 시종 이를 갈고 있는 것만 같은 일그러진 입가에서는,

"슈르르르르르르르르ㅇㅇㅇㅇㅇㅇ..."

하고 기분 나쁜 신음소리가 흘러나오고 있었다.

'퍼플 헤이즈'—

자신의 분신. 그 내면의 반영. 또 하나의 판나코타 푸고.

녀석이 그를 빤히 응시하고 있었다.

'……'

푸고는 처음으로 녀석을 빤히 마주봤다. 이런 눈을 하고 있었나, 생각했다. 어쩐지 외로워 보이는 눈인걸, 하는 느낌이 들었다.

그것은 그가 어딘가에 두고 온 마음일 것이다.

이 세계에 충만한 세균처럼 무시한다 해도 여전히 존재하고, 아무리 살균하려 해도 어디로든 침투하는 존재.

말소하고 싶지만 무슨 수를 써도 사라지지 않는, 자신도 이해할 수 없는 확신이 형태를 이룬 것. 모순된 감정의 투영.

녀석이 그를 응시했고, 그도 녀석을 마주봤다.

그가 아무것도 믿을 수 없게 되어도, 의지할 것을 모두 잃어도, 분명 녀석만은 언제나 그의 곁에 서 있을 것이다…

"……"

"……"

침묵하는 그들의 머리 위로 작은 새가 날아갔다.

달이 없는 어두운 밤하늘을 향해 날아가는가 싶더니, 허공으로 녹아들 듯 사라져 보이지 않게 되었다.

임무 완료.

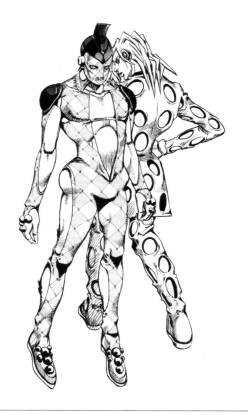

스탠드 명 : 퍼플 헤이즈 디스토션		
본체 : 판나코타 푸고 (16세)		
파괴력 = A	스피드 = B	사정거리 = C → E
지속력 = E	정밀동작성 = E → C	성장성 = B → ?

능력 = 살인 바이러스를 살포한다. 성장하여 더더욱 흉포화한 바이러스는 다른 바이러스마저 먹어치워버리기 때문에, 전력으로 공격하면 할수록 바이러스들끼리 서로 잡아먹어 상대에 대한 살상력을 잃게 되고, 힘을 아끼면 아낄수록 확실히 상대를 죽일 수 있다는 모순된 성질을 지녔다. 본체도 감염되면 죽건만, 스탠드 자신에게는 어째서 바이러스가 통하지 않는 것일까? 그것은 수수께끼다.

VIII. 'o surdato 'nnammurato 사랑에 빠진 병사 ....

반년 전 눈물의 루카란 사내가 죽었을 때, 부차라티가 그 경위를 조사해보라는 명령을 받았다. 루카는 조직의 멤버로, 자신의 삽에 머리를 얻어맞아 의문사했기 때문이다. 물론 원인은 보나마나 마약 중독에 의한 사고사인 것이 뻔하지만 만일을 위해서였다.

　그런 하찮은 일을 이제 곧 간부가 될 부차라티가 할 필요는 없다며, 푸고는 "그 조사, 제가 할까요?"라고 제안했지만, 성실한 성격인 부차라티는 결국 그 조사를 자신이 직접 하기로 했다.

　푸고는 그 일을 나중에야 떠올렸다. 왜냐하면 그 이야기에는 결말이 없었기 때문이다. 결국 어떻게 된 것인지 알 수 없었다. 부차라티가 그 조사를 했는지 안 했는지조차 쭉 알 수 없었다. 그로부터 며칠 뒤 당시의 간부였던 폴포가 옥중에서 자살했고, 그의 후임자로 승진한 부차라티가 트리시 호위 임무를 맡게 되면서, 그런 사소한 일과 관련된 이야기는 어디론가 쏙 들어가버렸던 것이다.

　'하지만— 이제 와서 생각해보면…'

　분명 그 일을 조사하러 갔던 부차라티가 돌아와서 그때까지는 한번도 한 적 없던 소년에 대해 이야기하며 "조만간 동료가 될지도 모른다"는 말을 꺼냈다. 그 말에 솔직히 푸고와 다른 사람들은 당혹감을 감추지 못했다.

"어떻게 된 거야? 걔 정체가 뭔데?"

나란차가 덤벼들 듯 질문했지만 부차라티는 그냥, 하고 얼버무리며,

"내가 믿을 만하다고 생각하는 녀석이야. 불만이 있으면 다른 팀으로 가라고."

까지 말하는 것이었다. 아무리 그래도 그 말에는 다들 발끈했다. 아바키오가 보란듯이 화를 내며,

"이봐 이봐 이봐. 그런 말이 어디 있어. 우린 널 신뢰하지만 그들도 보도 못한 애송이는 어떤 녀석인지 전혀 모른단 말이야."

하고 다그치듯 따져댔다. 그래도 부차라티는 조금의 동요도 없이,

"날 믿으면 녀석도 믿을 수 있을 거야."

라고 단언했다.

"그럼 녀석을 동료로 삼기 전에 저희가 조사를 해보는 건 어떨까요?"

"그럴 필요 없어."

"너무 막무가내 아냐, 그거?"

미스타도 얼굴을 찌푸리며 흥 하고 콧방귀를 뀌었다.

모두가 항의했음에도 불구하고 그때의 부차라티는 완강하게,

"이건 결정된 사항이야. 변경은 없어."

라며 이야기를 끝내버렸다. 명백히 부자연스럽고 이제까지의 부차라티답지 않은 언동이었다.

'이제 와서 생각해보면— 그때 이미 모든 게 정해져 있었던 건가.'

그는 녀석과 이미 만났던 것이다. 인생을 바꿔버릴 선택을 해버렸던 것이다. 그랬다… 푸고가 부차라티를 만났을 때와 마찬가지로.

이렇게 얄궂은 일이 또 있을까.

부차라티는 그런 의미에서는 팀 내 누구보다도 늦었던 것이다. 다른 사람들은 모두 그와 만남으로써 인생이 바뀌었지만, 부차라티 자신은… 그 소년과 만나기 전까지 그 감각을 알지 못했던 것이다.

언제나 의지했다. 언제나 믿었다. 그러면 뭐든지 할 수 있을 거라고 생각했다.

그런데 그는 이렇게 간단한 것조차 그때까지 알지 못했던 것이다.

누군가를 동경하고, 그 사람에게 미래를, 꿈을 맡기고 싶다는 기분을.

＊

…사투가 끝나고 일주일이 경과했다.

"콜록, 콜록콜록…"

푸고의 기침소리가 어두컴컴한 리스토란테 안에 울려퍼졌다.

너무 이른 아침이라 개점 전이다보니 손님은 달리 아무도 없었다. 안내해준 점원도 어디론가 가버려 혼자 남겨져 있었다.

큰 창문에 걸린 커튼의 틈새로 아침해가 비쳐들 뿐, 다른 조명은 없었다.

켜져 있는 라디오에서 〈전통 음악의 가락〉이라는 방송이 흘러나왔다. 도니제티가 작곡한 칸초네 〈당신을 너무나 사랑해〉의 달콤한 노랫소리가 흘러나오고 있었다.

"콜록콜록… 콜록…"

리스토란테에 와 있었지만 지금의 그는 요리를 먹을 수 없었다. 순식간에 사멸했다고는 해도 바이러스가 마구 날뛰고 다녔던 입안은 온통 엉망진창이 되었고, 기도는 표면이 죄다 헐어 까끌까끌한 상태였다. 음식을 삼킬 수 없었기 때문에, 지난 일주일간은 링거로 영양을 섭취할 수밖에 없었다. 봉합한 복부의 상처 역시 당연하게도 아직 실밥도 뽑지 않았다.

그렇게 쇠약한 상태였지만, 그럼에도 그는 '조직'의 호출을 받았다.

드디어 처분이 내려지는 것일까. 일단 받은 지령은 완수했지만, 그 결과가 어떻게 판정됐는지 그로서는 판단이 서질 않았다. 누가 오는지조차 듣지 못했다. 어쩌면 사람은 오지 않고 모종의 형태로 통보만 해올 수도 있다.

"콜록콜록, 콜록…"

기침을 멈추려 했지만 좀처럼 그럴 수 없었다. 입에서 피가 흘러나와 그것을 닦기 위해 손수건을 꺼내려 했다. 그러나 손끝이 떨려 아래로 떨어뜨리고 말았다.

'아, 이런—'

몸을 굽혀 주우려 했다.

그때— 라디오의 노랫소리 사이로 등뒤 테이블에서 달칵하는 소리가 들렸다. 접시와 포크가 서로 부딪치는 소리였다.

시선을 돌리자 어느샌가 그곳에는 한 손님이 앉아 요리가 담긴 접시에 포크를 갖다대고 있었다.

곱슬곱슬한 금발에 무당벌레 브로치를 몸에 단 소년이었다.

알고 있는 소년이었다. 아니, 사실 잘 알지는 못했다. 과거 행동을 함께한 기간은 사흘도 채 되지 않았기 때문이다.

그래도 그 소년에게서 두 번 다시 잊을 수 없을 것 같은 인상을 느낀 바 있었다… 빛과 어둠이 동시에 존재하는 것만 같은 신비한 이미지를.

"……"

손수건을 주우려는 어정쩡한 자세의 푸고에게 그 소년은 다소 불만스러운 표정으로,

"거참, 곤란하다니까요—"

라고 말했다.

"———"

"이 가게 주방장은 실력 하난 최고지만 왠지 제게 자꾸 오리나 닭 요리를 권한단 말이죠. 전 닭고기 별로 안 좋아하는데—'이 풍부한 고기의 풍미를 맛보지 않는다는 건 인생의 손해'라나 뭐라나… 문어 샐러드 하난 정말 일품인데요."

그러면서 접시 위 요리를 포크로 뒤적였다.

"이 닭과 감자 오븐 구이는 주문도 안 했는데 꼭 먹어보라며 나온 거고… 거참… 안 먹으면 호통을 쳐대니, 그 주방장."

"……"

"향기는 좋은데… 그렇게 생각하지 않나요? 아니, 푸고는 애당초 닭을 싫어하지 않았던가요?"

동시에 푸고는 흠칫했다.

분명 방금 전까지만 해도 목의 출혈 때문에 다른 냄새는 전혀

느끼지 못했는데, 올리브유에 볶은 마늘과 양파의 풍부한 향기가 그의 코를 간질이기 시작한 것이다.

입에 손을 갖다댔다— 방금 전까지만 해도 쭉 따라다니던 까끌까끌한 통증이 말끔히 사라져 있었다. 어디 그뿐인가, 분명 빠졌던 이가 원래대로 돌아와 있었다.

'이, 이건—'

그리고 눈앞에는 떨어뜨렸던 손수건이 둥글게 말려 있었다. 그것을 주워 펼쳐봤더니… 그 안에 갈색으로 얼룩진 실이 들어 있었다.

분명 그의 복부에 난 상처를 봉합했던 실밥이었다.

온몸 여기저기에서 느껴지던 상처의 통증이 거의 사라져 있었다. 치유되어 있었던 것이다.

'이건— 이 능력은…'

생명을 다루는 능력.

그것이 소년의 '골드 익스피리언스'의 능력이었다.

어느새 상대가 무엇을 한 건지도 전혀 알 수 없었다— 실력 차가 나도 너무 났다. 차원이 달라도 너무 달랐다…

"……"

망연자실한 채… 시선을 들었다. 소년은 포크를 입으로 옮기고 있었다. 몇 번인가 씹더니 가볍게 얼굴을 찌푸렸다.

"맛은 나쁘지 않지만… 역시 도무지 내키지 않아요. 어린 시절의 경험 때문일지도 모르겠군요. 저녁에는 이거 먹고 있어, 하고 어머니가 던져주고 간 게 야키토리밖에 없던 기억이 있어서 말이죠, 전. 야키토리라고 알아요? 일본 음식인데, 주로 맥주 안주로 먹는 꼬치구이거든요. 뾰족한 대나무 꼬치에 닭고기가 꽂혀 있는데 말이죠, 어린애한테 그런 건 위험하지 않나요? 쓸쓸한 추억이었죠. 극복하려고 해도 좀처럼 쉽지가 않다니까요— 이해가 됩니까?"

"……"

"뭐, 퍼석퍼석한 식감을 싫어하는 단순한 기호 문제로 볼 수도 있지만. 윤활유에 적신 스펀지를 씹는 것만 같은 기분이 든다니까요—"

그렇게 말하면서도 소년은 그 싫다는 요리를 우물우물 계속해서 먹고 있었다.

"죠…"

라고 하려다 말문이 막혀 우물거렸다. 그를 뭐라고 부르면 좋을지 알 수 없었다. 보스라고 해야 할까?

"아, 그거 말인데— 앞으로는 절 '죠죠'라고 불러주시면 안 될까요?"

소년이 고개를 끄덕거리며 그렇게 말했다.

"보스라고 하면 아무래도 디아볼로가 떠오르기도 하고, 앞으로는 이것저것 이미지를 쇄신하고 싶거든요. 또 간단한 게 부르기에도 편하죠?"

그러나 이름을 부르는 것보다 어쩐지 이쪽이 더 버릇없이 느껴졌다. 푸고는 어떻게 반응해야 할지 곤란했다.

죠르노 죠바나 ─

역시 소년의 의중은 가늠할 수 없었다.

"자, 그럼 ─ 푸고. 이것저것 궁금한 게 있을 테죠?"

죠르노는 포크를 내려놓고 냅킨으로 입가를 닦으며 물었다.

"그리고 제게는 그것에 대답할 의무가 있을 겁니다. 좋아요. 질문해봐요."

"그, 그건 ─"

그가 말을 망설이는 그 순간, 라디오에서 노랫소리가 흘러나왔다. 아까까지 들려오던 곡은 어느새 끝나고, 다른 곡으로 바뀌어 있었다. 여성의 목소리였다.

"…어?"

화들짝 놀랐다. 들어본 기억이 있는 목소리였다. 처음 만났을 때 "잔말 말고 얼른 벗기나 해요. 딱히 그쪽 알몸이 보고 싶은 건 아니니까."라고 쌀쌀맞게 말하던 그 목소리였다.

노래는 제1차 세계대전 당시 전쟁터로 가는 젊은 병사가 고향에 있는 애인을 그리는 〈사랑에 빠진 병사〉라는 노래였다. 조금 슬프지만 어딘지 모르게 경쾌했고, 행진곡을 연상케 하는 힘찬 분위기도 있었다. 그것을 젊은 여성의 목소리가 삶의 충실함을 느낄 수 있는 평온한 톤으로 부르고 있었다.

이윽고 노래가 끝나자 방송 사회자가 게스트로 나온 그녀에게 질문을 시작했다.

"자, 그럼 청취자 여러분, 소개하겠습니다. 신인 유망주, 트리시 우나입니다."

"안녕하세요, 여러분. 트리시입니다."

"축하합니다, 트리시 양. 지난번 이벤트 출연에 이어 이번에는 음반 데뷔가 결정됐다면서요?"

"여러분의 응원 덕분이에요."

"트리시 양은 옛날부터 어머님과 함께 무대에 섰었죠?"

"예. 어머니가 돌아가신 뒤로 살짝 힘든 시기도 있었지만… 지금은 괜찮아요."

"한때 잠적하셨던 적이 있다고 들었는데요. 관계자 얼굴이 새파래졌다고 그러더라고요."

"심려 끼쳐드려서 정말 죄송합니다. 여행을 좀 하느라고요. 사르데냐라든가 로마라든가, 여기저기 돌아다녔죠."

"고민이 많았나보군요."

"예. 하지만 친구들 덕분에 다시 일어설 수 있었답니다."

"우정에 감사해야겠군요?"

"정말요. 둘도 없는 사람들이죠. 평생 갚아도 모자랄 은혜를 입었다고 생각해요."

"과연. 기특한 트리시 양을 다들 응원해주시길. 그럼 다음 곡."

라디오에서 또다른 곡이 흘러나왔다. 하지만 그런 것은 더이상 푸고의 귀에 제대로 들어오지도 않았다.

"……"

말문이 막힌 그에게 죠르노는 테이블에 놓여 있던 물주전자를 들고 자신의 유리잔에 따르며 말했다.

"당신은— 베네치아에서 분명히 '우린 트리시가 어떤 음악을 좋아하는지도 모르는 사이라고!'라고 그랬죠— 이걸로 알게 된 것 같군요."

유리잔을 입가로 기울여 한 모금 마신 뒤, 다시 테이블 위에 놓았다.

"아니, 딱히 '조직'에서 힘을 쓴 건 아닙니다. 그런 짓은 이제 그만뒀으니까요. 데뷔한 건 트리시 본인의 실력 덕분입니다."

죠르노의 시치미를 떼는 어조에 푸고는 그를 향해 고개를 돌렸다. 그러나 시선은 여전히 아래를 향하고 있었다. 도저히 눈을 마주칠 수 없었다.

"…저, 저기—"

"응?"

"—왜, 저였습니까?"

"_____"

"중대한 임무였을 텐데요. 실라E나 무룰로는 그렇다 처도, 굳이 절 보낼 필요가 있었습니까? 그…"

푸고는 살짝 말을 망설였지만, 그래도 말했다.

"…저 같은, 신뢰할 수 없는 배신자를?"

"……"

죠르노는 유리잔을 들고 한 모금 마신 뒤,

"바로 '그게' 당신의 좋지 못한 점이라니까요."

라고 말했다. 푸고의 몸이 굳자 고개를 끄덕거리며,

"당신 자신은 그렇게 생각 안 할 텐데요. 당신이 배신했다는 생각은 추호도 없는 것 아닌지? 오히려 부차라티가 당신을 배신했다고 느끼고 있지 않나요. 제 말이 틀립니까?"

"……"

"당신은 우리가 당신이 '배신했다'고 생각할 거라는 계산에 한 발 앞서 그런 말을 하는 겁니다— 마음에도 없으면서."

"……"

"그때도 그랬죠— 갱들의 사회에서는 이런 것이 당연하다는, 그런 이야기밖에 하지 않았죠. 당신 자신의 마음은 어디에도 없었어요. 세간의 상식을 따르기만 할 뿐이었죠. 하지만."

죠르노가 자신을 직시하고 있다. 그 시선이 뼈저리게 느껴졌다.

"사실 당신은 그 세간의 상식이라는 것이 너무나 싫었을 겁니다. 그렇지 않았다면 애당초 교수를 백과사전으로 마구 폭행하지 않았겠죠. 당신이 믿는 것을 타인이 믿어주지 않는 데에 마음 한 구석에 항상 화가 존재했어요— 그래서 아무래도 상관없는 대목에서 갑자기 버럭 화를 내는 겁니다. 그게 당신이에요."

"……"

푸고는 문득 정신을 차리고 보니 부들부들 떨고 있었다. 온몸의 피부에 얼음을 직접 갖다대고 있는 것만 같은 기분이 들었다. 그런 그에게 죠르노는 나직이 이야기를 계속했다.

"노토리어스 B.I.G.라는 적이 있었죠. 당신이 팀을 이탈한 뒤 마주친 상대였기 때문에 당신은 모를 테지만— 놈은 특별했습니다."

그는 팔짱을 끼고 살짝 골치 아파하는 듯한 몸짓을 했다.

"본체가 죽은 뒤 진정한 능력이 발현되는 강적이었죠. 살해당한 원념의 파워로 움직이기 때문에, 발현 뒤에는 더이상 사고하는 인간 자체를 필요로 하지 않는 것 같더군요. 망령이기에 그 어떤 공격도 통하지 않는 무시무시한 불사신 같은 상대였어요 ─ 놈과 마주친 뒤, 전 잠시 어떤 생각이 들었습니다. 그건 어디서 본 적이 있는 것 같다는 생각이었죠."

"……"

"그래요─ 당신의 '퍼플 헤이즈'였죠. 원념으로 움직이고 있다는 점이 당신의 능력과 같아요. 게다가 당신의 '바이러스'는 당신 자신조차도 죽여버리죠─ 당신의 의지와 상관없이요. 당신이 이 능력을 각성했을 때 죽지 않았던 것은 정말 운이 좋았던 거예요. 보통은 이미 죽었을 테죠?"

"……"

"당신은 아까 당신이 아니라도 상관없지 않았냐고 했지만─ 그 반대였어요. 우선적으로 문제가 되는 건 당신이었고, 다른 건 부차적인 문제였죠. 바로 당신이 최우선 사항이었던 겁니다."

"……"

"당신을 처리하는 것 자체는 간단했죠. 하지만 만에 하나 당신을 죽여도 '퍼플 헤이즈'가 죽지 않을 경우─ 그 능력만이 남아 세계를 유린할 경우, 우리는 그것에 대항할 수 있는 수단이 없습니다. 세계는 멸망하겠죠."

망연자실해 있는 푸고를 향해 참으로 무시무시한 얘기를 과장을 섞지 않고 담담히 말했다.

"그것을 어떻게든 할 수 있는 건 단 한 사람밖에 없었어요. 예
― 바로 당신이죠. 판나코타 푸고. 당신만이 그 위협에 대항할
수 있는 유일한 수단이었던 겁니다. 당신의 능력을 어떻게든 할
수 있는 건 결국 당신뿐이니까요."

"……"

"당신이 자신의 바이러스에 대한 혐오와 공포를 극복할 수 있
을 것인가. 거기에 모든 것이 달려 있었죠. 강제할 수는 없었습
니다. 어디까지나 당신 자신이 주체가 되어 결단을 내려줄 문제
였어요.― 당신이 과연 그렇게 할 수 있을 것인가, 제 고민은 그
것뿐이었습니다. 하지만 그것도 실제로는 불필요한 고민이었죠."

"…네?"

푸고는 자신도 모르게 고개를 들었다. 그러자 죠르노는,

"전 당신에 대해 잘 몰랐기 때문에 판단을 내리기 힘들었지만
― 부차라티는 당신을 믿었습니다. 그리고 전 그런 부차라티를
믿었죠. 때문에… 고민할 필요는 없었던 겁니다."

똑바로 응시해왔다. 푸고는 그 시선으로부터 눈을 돌릴 수 없
었다.

"저, 전―"

"그리고 또 한 가지, 제 마음에 걸렸던 건 실라E였습니다. 녀

석과 함께 행동했던 당신이라면 알 거라고 생각하지만… 녀석은 스스로를 벌하고 싶어하는 구석이 있어요. 일부러 위험한 일을 고르려 하고, 정의를 위해 희생하려는 경향 말이죠. 하지만 그건 진정한 각오가 되지 못합니다. 녀석은 좀더 후퇴할 줄 아는 용기를 가져야 해요. 신중한 당신과 함께 행동하면서 녀석이 그걸 배우길 바랐죠. 과연 그리 되었는지의 여부는 앞으로 알게 될 테지만요."

"'용기'…"

그 말에 코카키가 했던 말이 떠올랐다. 그 노인은 이렇게 말했다―

"자네는 아무것도 몰라, 푸고 군. 자네가 안다고 생각하는 것들은 모두 표면적인, 얄팍한 잔꾀에 불과해― 자네는 용기를 몰라. 인간이 자신을 버리고 살 때의 강함을, 하나도 모른다 이거야. 용기를 모른다는 점에서 자네는 현명한 인간의 피를 빨기 위해 달려들다가 피떡이 되는 벼룩과 다를 바가 없음이야―"

옳은 말이라고 생각했다. 자신은 아직 아무것도 모른다. 그런 그의 얼굴을 보고 죠르노가 고개를 끄덕였다.

"그건 분명 모든 인간에게 공통된 인생의 목적일 겁니다. 자신

에게 용기란 무엇인지를 아는 것— 평생에 걸쳐 그것을 찾아나
가는 것이 모든 인간에게 부여된 숙명이죠. 그것은 문 같은 것으
로, 자신이 직접 열지 않는 한 결코 길이라고 깨달을 수 없어요
— 당신은 지금 그 문 앞에 서 있습니다. 거기까지는 도달한 거
예요. 다음은— 당신에게 달려 있습니다."

"제게…"

"맞다— 돌려드릴 물건이 있었죠. 테이블 위를 보시죠."

죠르노가 가리키자 그곳에 어느샌가 봉투가 놓여 있었다. 열
어봤더니 한 장의 사진이 나왔다.

흠칫했다— 그것은 항구에서 요트 라군호 앞에서 찍은 기념
사진이었다. 같은 팀 모두가 햇빛을 받으며 서 있는 사진. 푸고
는 어정쩡한 얼굴로, 부차라티는 살짝 곤혹스러워 하는 얼굴로,
미스타와 나란차는 활짝 웃고 있었고, 아바키오는 퉁명스러운
표정을 짓고 있었다. 그때 그 희망이 가득차 있었던 그들의 모습
을 오려낸 것만 같은 광경이 찍혀 있었다—

"……"

사진을 응시하던 푸고의 몸이 또다시 부들부들 떨리기 시작
했다. 더이상 들고 있을 수 없어 테이블 위에 떨어뜨리고 말았
다. 그런 그에게 죠르노가 말했다.

"어떤가요, 판나코타 푸고— 다시 한번 당신의 그 힘과 재능

을 제게 빌려주시지 않겠습니까? 제게는 꿈이 있습니다. 그것을 이루기 위해서는 동료가 필요합니다."

그러더니 죠르노가 손을 뻗어왔다.

그것을 움켜쥐면 모든 죄가 용서될 것만 같은, 그런 희망의 상징처럼 보이는 손이었다.

"전…"

푸고의 몸은 계속해서 부들부들 떨리고 있었다.

이것은 세번째 선택이었다. 맨 처음 그는 따라갔고, 두번째 때는 이탈했으며, 그리고 지금은…

'지금은—'

그는 입을 다물고 말았다. 한동안 침묵이 계속됐다. 그리고 고개를 푹 숙여버린 그의 앞에 뚝뚝 물방울이 떨어졌다.

그는 울고 있었다.

양쪽 눈에서 끊임없이 눈물이 흘렀다.

갈 수 없었다.

앞으로 나아갈 수 없었다.

한 발짝을 내디딜 수가, 도저히 없었다—

"—우우우우우우우우…웃…!"

울고 있는 그에게 죠르노가,

"왜 그러죠?"

라고 다정히 물었다. 푸고는 고개를 들 수 없었다.

"아, 아뇨— 그냥… 그냥, 왜 지금 이 자리에 있는 게 부차라티가 아니라, 저일까… 하는 생각이 들었습니다. 왜 당신에게 충성을 맹세하는 게 부차라티가 아니라 저일까, 하는 생각이…"

아아— 정말, 만에 하나라도 그럴 수만 있다면 얼마나 좋을까?

부차라티가 죠르노에게 충성을 맹세하고, 자신들이 뒤에서 그것을 보고 있을 수 있다면, 얼마나 좋을까?

분명 동료들은 저마다 이런저런 말을 했을 것이다. 그 목소리가 푸고에게 들려오는 것만 같은 기분이 들었다.

"엥? 이거 뭐가 어떻게 되는 거야? 죠르노가 연하잖아! 아— 그치만 부차라티는 나보다 연상이니까… 아— 뭐가 뭔지 모르겠다! 뭐 어때!"

"어쩐지 좀 꼬운 기분이 들지만서도— 뭐, 부차라티가 이걸로 만족한다면 난 따라갈 뿐이야. 불만 있는 녀석은 내가 흠씬 두들겨 패줄 줄 알라고."

"말해두지만 뭔 일이 있어도 내 서열은 4번 말고 딴 걸로 하기다."

그들은 그렇게 말하며 여느 때처럼 웃고 있을 것이다. 그 모습이 푸고에게는 너무나도 생생하게 느껴졌다. 그것은 얄팍한 자신의 존재보다도 아득히 무게감 있게 느껴졌다.

그런 그들이 아닌 자신이 홀로 지금 이 자리에 있다는 사실을 도저히 인정할 수 없었다.

"우-우-우-우-우-우…!"

눈물이 멎지 않았다. 어째서일까. 어째서 자신은 이제 와서 울고 있는 것일까. 지금 울 바에는 어째서 그때 함께 가지 못했던 것일까. 후회라는 말로는 턱없이 모자라다. 너무나 커다란 것이 떠나갔다. 그리고 이제 두 번 다시 돌아오지 않는다—

그런 그의 앞에 어느샌가 죠르노가 서 있었다.

그 그림자가 푸고에게 드리워졌다. 고개를 들었다. 죠르노는 그를 정면으로 응시하며,

"반 발짝."

이라고 말했다.

"당신이 한 발짝을 내디딜 수 없다면, 제 쪽에서— 반 발짝 다가가지요."

"……"

"모든 것이 당신의 결단에 달려 있지만, 그럼에도 슬픔이 당신의 걸음을 무겁게 한다면 저도 그것을 함께 짊어지도록 하겠습

니다."

"……"

푸고는 이제야 이해할 수 있을 것 같았다, 그런 생각이 들었다. 어째서 부차라티가 이 소년을 위해 목숨까지 바쳤는지, 그 이유를 머리가 아닌 마음으로 실감한 기분이 들었다.

"죠…"

다리가 후들후들 떨려 거의 넘어질 뻔하면서도 푸고는 몸을 앞으로 내밀었다. 무릎마저 꿇고 말았지만, 그래도 그는 죠르노가 건넨 손을 붙들었다.

죠르노는 그런 그에게 나직이 말했다.

"떠나간 이들을 이어받은 자는 계속해서 앞으로 나아가야 합니다. 그것이 우리의 책임입니다. 신(디오)처럼 마음에 들지 않는 것을 파괴하는 것이 아니라 별(스타)처럼 희미한 빛이라도 그것에 의지해 고난 속을 걸어나가야 합니다."

"———"

더이상 푸고의 몸은 떨리지 않았다. 그는 자신이 움켜쥐고 있는 손바닥에 천천히 얼굴을 갖다댔고, 입을 맞췄다.

"—제게 목숨이 붙어 있는 한, 제 모든 것은 당신의 꿈을 위해 존재할 겁니다. 몸도 마음도 영혼도, 모든 것을 바칠 수 있도록 허락해주십시오. 그것이 저의 희망이며, 저의 미래입니다."

그러고는 당찬 얼굴로 굳게 맹세했다.

"저는 당신의 것입니다. 우리의 '죠죠'—"

커튼의 틈새를 통해 아침해가 비쳐드는 가운데, 사람들에게 삶의 시작을 알리는 종소리가 울려퍼졌다.

"Purple Haze Feedback" closed.

갈 곳 없는 마음과 용기

실존했던 마피아이자 그 일화가 영화로도 알려진 전설적인 갱스터, 살바토레 '러키' 루치아노는 제2차 세계대전 중 미군에게 협조하여 연합군의 시칠리아 상륙 작전 당시 현지 마피아와 접촉해 도움을 준 것으로 유명하다. 나치 독일군이 지배하고 있던 시칠리아를 미영 연합군이 해방할 당시, 마피아가 그 이면에서 활약했다는 것은 아무래도 사실이었던 것 같다. 당시 수감자 신분이던 루치아노는 협조한 대가로 석방됐다. 전쟁이라는 거대한 사건 앞에서 그의 범죄 행위는 부차적인 문제로 치부된 셈이다. 이런 것들이 쌓이고 쌓여 전후 이탈리아에서는 조직범죄가 횡행하였고, 그로 인해 마약 등이 널리 퍼지는 바람에 많은 사람들이 지대한 피해를 입게 되었다. 혹자는 흔히 "큰 선善을 위해서라면 작은 악惡은 어쩔 수 없는 법"이라고 하지만, 그것은 그 악을 직접 경험하는 사람 입장에서는 그렇지 못하다. 거꾸로 그 '큰 선'이 그 사람에게는 악이 되어버리는 것이다. 그리고 그것에 대한 저항이 또다른 유혈 사태로 이어지기에 이른다. 여기서 문제가 되는 것은 이미 선악이 아니라 단순한 원한 관계다.

일상생활에서 예를 들어보면, 노래방에 가서 자신이 부르려던 노래를 친구가 먼저 부를 때가 있다. 그것도 같은 사람이 몇 번이고 그런 행동을 반복해 자신도 모르게 화가 나 투덜거리면, 주변 다른 친구들이 "뭐야 얘? 뭐 그런 영문도 모를 일로 갑자기 화를 내는 거야? 이상한 자식"이라는 눈으로 보는 둥 분위기가 이상하게 돌아가는 것이다. 그럼 또 그 자리에 있는 모두가 미워 보이게 된다. 그 상황에서는 모처럼 분위기 좋은데 다소 마음에 들지 않는 일이 있어도 그냥 넘어가는 것도 틀린 판단은 아니지만, 몇 번이고 노래를 빼앗겼다고 생각하는 사람에게는 그런 주변의 시선 자체가 몹시 불쾌한 것이다. 어느 쪽이 옳고 어느 쪽이 틀린 것이지, 그런 것은 아무래도 상관없이 그저 화가 날 뿐이라는 말이다.

세상 사람들은 이게 맞는 길이니 작은 문제쯤은 눈감고 넘어가라고들 하는데다, 자신도 남들에게 그렇게 말하기는 하지만, 막상 실제로 그런 일과 맞닥뜨리면 그렇게 달관한 기분은 좀처럼 들지 않는다. 온 세상이 적으로 돌변하면 사람은 무엇을 의지해야 하나. 자신이 옳다고 생각한 바를 남들이 일제히 "아니, 틀려"라고 말한다면 대체 어쩌면 좋단 말인가. 네 그렇군요, 하고 순순히 따를 것인가, 자신이 믿는 바를 솔직히 주장할 것인가, 애당초 왜 내가 그런 일로 골치를 앓아야 하는 것인가, 그런 식으로 또 화가 나기 때문에 더욱더 그 마음은 갈 곳이 없게 된다.

물론 사람은 누구나 실수를 하는 법이다. 때문에 남들이 옳고 내가 확실하게 틀린 경우도 많다. 그럴 때는 수긍해야 마땅하겠지만, 어쩐지 이상하게 고집이 들 때가 있다. 잘못을 인정할 용기를 내야 한다는 생각은 들지만, 도무지 쉽지가 않다. 무언가 영 마음에 걸린다. 그것이 무엇인지는 나 자신도 모른다. 그러나 지금 주변의 대세를 따르면, 자신에게만 있는 소중한 무언가를 잃어버릴 것만 같은 기분이 든다… 그래서 그것을 거슬러보려 하지만, 결국 주변의 대세에 떠밀려 그대로 흘러가버리는 것이다. 그리고 동시에 그때까지 마음속 틈새로 살짝 엿볼 수 있었던 소중한 무언가는, 이번에는 정말로 어디론가 사라져 스스로도 더이상 떠올릴 수 없게 된다. 사람들은 곧잘 "그때 이렇게 했으면 좋았을 텐데" 같은 후회를 하지만, 그러나 아마도 진정으로 뼈아파야 할 후회는, 돌이킬 수 없는 상실은 기억조차 할 수 없을 만큼 허무하게 사라져버린다는 사실에 있을지도 모른다.

잘못을 인정하는 용기, 자신을 관철하는 용기, 양쪽 모두 용기지만 그중 어느 쪽이 옳은지는 단정짓기 쉽지 않다. 다양한 상황이 있고 다양한 입장 차이가 있으니까. 때문에 중요한 것은 나는 용기를 냈으니까, 하는 자기만족이 아니라 그 결과 무엇이 사라져버릴 것인지 가릴 줄 아는 힘이다. 진실에서 비롯된 '참된 행위'는 결코 스러지지 않는다는 말도 있지만 우리의 삶은 항상 무언가를 계속해서 잃어가는 과정이기도 하기에, 그중에서 스러지지 않을 것만 계속해서 택할 수도 없는 노릇이다. 자신이 어디에 서 있는가, 그것을 알아야 한다. 완전히 두서없는 문장을 늘어놓은 꼴이 되고 말았지만, 아마도 그것이 이 문제의 숙명일 것이다. 한평생 걸려도 명확한 답이 나오지 않는다, 라는… 그렇다 해서 포기할 용기는 없지만서도.

여담이지만 "뿌리고 잎이고 다 파내라는"('이 잡듯 샅샅이'를 뜻하는 일본의 관용구 -역주) 건 말도 안 돼, 라는 사람이 있다. 이것은 나무뿌리는 땅을 파면 나오지만 나뭇잎은 땅을 파도 안 나오잖아? 라는 식의 분노인 것 같은데, 그런 것은 산에만 잠깐 가봐도 금세 답이 나온다. 떨어진 나뭇잎이 사방에 묻혀 있기 때문에, 땅을 파면 나뭇잎이 넘쳐난다. 부엽토가 되기 직전의 나뭇잎이 잔뜩 나온다 이 말이다. 얼마든지 "뿌리고 잎이고 다 파낼" 수 있다. 냉정하게 생각하면 금세 해결되기 마련이다. 그런 것은 순순히 인정하는 용기가 필요하다, 암. 이상.

'…아니, 죠죠 이야기를 좀더 하라니까.'
'무슨, 이제 와서.'

BGM ⟨MACHINE GUN⟩ by JIMI HENDRIX

저자 소개

카도노 코헤이 上遠野浩平

1968년생. 「부기 팝은 웃지 않는다」로 제4회 전격 게임 소설 대상을 수상하며 1998년 데뷔, 라이트 노벨 붐을 선도한다. 주요 저서로는 「소울드롭의 유체연구」 「살룽 사건」 등 다수가 있다.

아라키 히로히코 荒木飛呂彦

1960년생. 「무장포커」로 제20회 테즈카상에 준입선, 같은 작품으로 주간 소년 점프에서 데뷔했다. 1987년부터 연재를 시작한 「죠죠의 기묘한 모험」시리즈로 압도적인 인기를 얻고 있다.

수치심 없는 퍼플 헤이즈

죠죠의 기묘한 모험
제5부의 또다른 이야기

1판 1쇄 2021년 11월 5일
1판 3쇄 2023년 1월 20일

지은이 카도노 코헤이
오리지널 콘셉트 아라키 히로히코
옮긴이 김동욱

책임편집 이보은
편집 김지애 김혜인 조시은
디자인 신선아
마케팅 정민호 이숙재 박치우 한민아 이민경 안남영 왕지경 김수현 정경주
브랜딩 함유지 함근아 김희숙 고보미 박민재 박진희 정승민
제작 강신은 김동욱 임현식

펴낸곳 ㈜문학동네
펴낸이 김소영
출판등록 1993년 10월 22일 제2003-000045호
주소 10881 경기도 파주시 회동길 210
전자우편 comics@munhak.com
대표전화 031-955-8888 | 팩스 031-955-8855
문의전화 031-955-3578(마케팅) | 031-955-2677(편집)

ISBN 978-89-546-8304-3 03830

인스타그램 @mundongcomics
카페 cafe.naver.com/mundongcomics
트위터 @mundongcomics
페이스북 facebook.com/mundongcomics
북클럽문학동네 bookclubmunhak.com